JN000551

風月

永井紗耶子

きらん

KODANSHA

きらん風月／目　次

装幀　芦澤泰偉
装画　朝江丸
題字　明石すみれ

きらん風月

序　楽翁の旅

松平定信《まつだいらさだのぶ》が、「栗杖亭鬼卵《りつじょうていきらん》」という男の名を初めて耳にしたのは、お忍び旅の途上、掛川《かけがわ》城でのことであった。

文化《ぶんか》十五年、春。

六十一歳になる定信は、掛川城竹の丸の縁から、空を見上げていた。

「昨夜の嵐が嘘のように、よう晴れた」

雨あがりの澄んだ青空を黒い燕《つばめ》が横切っていく。

斜め後ろに控えている側近、服部半蔵正礼《はっとりはんぞうまさのり》は、さようでございますな、と応えた。

「嵐が過ぎた故、そろそろ出立できそうか」

定信が問う。半蔵は思わず眉根を寄せた。

「大井《おおい》川がございます。雨こそ止みましたが、山の方では更に激しく降った模様。そうなりますと、御身大事でございますれば、渡河にはあと二日ほど待たれるがよろしかろうと存じます」

「ああ……そうであったな」

大井川は、東海道の難所の一つ。江戸と駿府《すんぷ》を守るために、橋を架けることも、船を渡すことも許されない。定信は顔をややひきつらせたが、致し方ないと思ったのか。深い吐息をした。

「これも権現様《ごんげんさま》の叡智《えいち》の賜物《たまもの》よ」

褒《ほ》め称えつつ、仄《ほの》かにいら立ちを感じさせた。

八代将軍吉宗《よしむね》の孫として生まれ、三十歳にして老中となった定信は、幕政の中心でその辣腕《らつわん》を揮《ふる》って来た。その一方で、時に周囲を顧みることなくことを為すことから、

「独りよがりな」

との批判もあった。

とはいえ今は、家督を長男である定永《さだなが》に譲り、自らを楽翁《らくおう》、風月翁《ふうげつおう》と号して、穏やかな隠居暮らしをしている……はずであった。

「上様には、引いて頂かねば困ります」

御家の儒学者である広瀬蒙斎《ひろせもうさい》に、厳しい口調で言われたのがつい先ごろのこと。九歳年下で、自らが目を掛けて来た蒙斎からの言葉に、定信は苛立った。

「既に家督は譲っておる」

「ならば、それらしゅう御振る舞いを」

蒙斎が言うのも無理はない。

嫡子《ちゃくし》である定永は、定信から見ると甚だ頼りなく、心もとない。ついつい、

「あれはこうするべきではないか」

「もっと、あの件については倹約を」

「さすれば、余がやったようにせよ」

と、口を出してしまう。定永が何をしたのか、家臣に何を命じたのか、逐一報告をするように

蒙斎には伝えていた。

「上様が政《まつりごと》にご意見なさる限り、太守《たいしゅ》様たる定永様に御威光がつきません。これでは家中が混乱致します」

御家がまとまらないのは、定信のせいだという。

それは甚だ不本意であった。

「ならばもう政には構うまい。余は好きに致すこととしよう」

腹立ち紛れに言い放つと、

「それもよろしいかと」

と、蒙斎が言った。売り言葉に買い言葉。さながら童《わらべ》の喧嘩《けんか》のようであるが、六十一歳と五十二歳。共に分別もあるはずなのだが、どうにも引くに引けなかった。

「真に参られるのでございますか」

呆《あき》れた様子で、服部半蔵正礼が問う。

この半蔵は、かつて家康の家臣であった服部半蔵を祖に持ち、長らく定信に仕えて来た側近である。今も家老分として定永のことも支えている。

「そなたも参れ」

定信の誘いに、半蔵は苦い顔をした。

「何処《いずこ》でございましょう」

「今一度、権現様の足跡を辿《たど》ってみたい」

東照大権現たる徳川家康の生まれた岡崎《おかざき》や、住まいしていた浜松《はままつ》、駿府などを訪ね歩くことに決めた。

定信は幼い頃から、権現様のようになろうと心に決めていた。この国を遍《あまね》く照らすべく、政に精進《しょうじん》して来たのだ。その道に間違いはなかったと、改めて確かめる旅に出るのだ。

「拗《す》ねた上様のわがままに付き合うのは、慣れておりますが……」

半蔵は遠慮なく言い、渋々ながらも同行することとなった。

かくして江戸から駿府を経て岡崎へ。一行はお忍びとあって人数を抑え、警護の者らを十五名ほど従えた。駕籠《かご》も荷も少なくした。

お忍びであるからには、名乗らずに旅をしたいというのが定信の望みであった。道中の陣屋には委細を伝えず、ただ葵《あおい》の御紋の御方が逗留することだけを知らせた。結果、出迎えた陣屋の面々は、定信のことを敬い気遣いながらも、何者かについてはついぞ問わなかった。

「老中や当主であったら、こうはゆかぬ」

しかし岡崎までたどり着き、折り返す頃になると、

「そろそろ江戸が恋しい」

どうやら定信は旅に満足したというか、飽きて来たようだ。

供の者たちもようやっと帰途につくことができたのであるが、生憎と空が怪しく曇り始めた。

「小夜《さよ》の中山《なかやま》を越えるには、雲行きがよろしくございません」

掛川宿で逗留しようということになったのだが、折からの雨が激しさを増してきた。

「これは、嵐になりそうだ」

となると、旅人は皆、この辺りの宿に駆け込むこととなる。定信一行も、陣屋に逗留しようか

と考えたのだが、軽装とはいえ駕籠に馬にとそれなりの旅支度である。しかも、葵の御紋の一行が来れば先方も気を使い、旅で難儀している別の武士を断ることになり、嵐の中で宿を得られぬ者も出よう。

「ここは掛川の城にお頼み申し上げましょう」

半蔵の進言に、ここまでお忍び旅を味わい尽くした定信も頷《うなず》いた。

掛川城主太田資始《おおたすけもと》は定信とも懇意の間柄。しかし資始は江戸屋敷にいる。突然の来訪に応じて
もらえるかと案じつつ、半蔵は先駆けて登城した。

「城下をお通りになる旨、広瀬殿より書状を受けております。どうぞご逗留を」

蒙斎が手を回しておいてくれたらしく、無事に掛川の城へ入ることができたのだ。

縁から空を見上げていた定信は、退屈そうに大きく伸びをした。

そこへ、一人の剃髪姿の男が姿を見せた。

「御不自由はございますまいか」

掛川の藩医である本間春伯《ほんましゅんぱく》であった。以前の当主であった太田資愛《すけよし》の御典医として江戸にい
たこともあり、定信とは顔見知りであった。

「久しいの、春伯。達者であったか」

「お陰様をもちまして」

「不自由などあろうものか。昨年はこの辺《あた》りは不作であったと聞いていたが、昨晩は大層な夕餉《ゆうげ》
を馳走《ちそう》になった」

無論、元老中でもある大名への馳走としては、甚だ質素であった。しかし、昨年は掛川のみな

らずこの辺りが不作であったということは、旅の道中で度々、耳にしており、心づくしのもてなしをしてくれているのを定信も痛感しているのだ。

「早々に出立したいと思うたのだが、生憎と昨晩の嵐で川止めとか」

「はい。さようでございます。ゆるりとなさっていただきたく。お疲れとあれば薬湯などもご用意を」

するとそこで定信は、ふむ、と吐息した。

「有難くもあるが、ここにただ座り込んでいるというのも退屈でな」

春伯はふと、廊下の方へと目をやる。そこには春伯の弟子と思しき総髪の若者が薬籠の傍らにいた。春伯に促されるように、おずおずと膝を進めた若者は、深々と頭《こうべ》を垂れた。

「孫の吾郎《ごろう》と申します」

吾郎は、十五、六といったところか。聡明そうな眼差しに好奇心を宿し、高名な元老中をちらちらと盗み見ている。それがどうにも面白く、定信は吾郎を手招いた。

「おお吾郎と申すか。もそっと近う」

まだ年若い吾郎は、戸惑いいつつも膝を進めた。

「その方のような若者に問うてみよう。昨今この掛川の城下にて流行《はや》っているものはないか」

「流行りでございますか」

吾郎は戸惑いながら、祖父の春伯の顔を窺《うかが》う。お答えするように促されると、吾郎は暫《しば》しの沈黙の後、ポンと手を打った。

「山中鹿之助《やまなかしかのすけ》の生まれた諏訪原《すわはら》城が近いと、評判になっております」

定信は眉を寄せた。

「諏訪原城というのは、牧之原《まきのはら》のか」

「はい。以前には諏訪原城と申したそうで」

「そうであるな」

大井川に沿った切り立った山の上にある諏訪原城は、武田《たけだ》の武将、馬場信春《ばばのぶはる》によって建てられた難攻不落の城であり、その昔徳川家康が駿河《するが》を奪還するべく戦い、勝ち取った。その際、武田の祭神である諏訪大明神の名を冠した「諏訪原城」から「牧野《まきの》城」に改めた。周《しゅう》の武王《ぶおう》が殷《いん》の紂王《ちゅうおう》を牧野《ぼくや》に破った故事にあやかって名付けたとされる。

「山中鹿之助というのは、出雲《いずも》の尼子《あまご》の家臣ではなかったか」

「さようでございます」

吾郎は、よくご存じで、とでも言いたげに明るい口調で答える。傍らにいる春伯は、孫の無礼を案じて落ち着かない。しかし定信は気を害する様子もなく、腕を組んだ。

「鹿之助とやらは尼子と毛利の戦で主が負けた後も、主家再興のために尽力したと伝え聞く。しかし尼子の所領は出雲であろう。その生まれた地が牧野城とは、どういうことか」

その時、はたと春伯は何かに気付いたらしく、孫の袖《そで》をぐいと引いた。

「吾郎、そなたまた、読本《よみほん》の話であろう」

「さようでございます。昨今、巷間《こうかん》で流行りおります読本に出て参ります」

定信はそこまで聞いて、かかか、と哄笑《こうしょう》した。

「ああ、なるほど。読本であったか」

どうやら、山中鹿之助について書いた読本があるらしい。吾郎は物語の中にいる鹿之助を、定信は実在した鹿之助を話していたのだ。

「読本でも、山中鹿之助は主家再興をするのか」

「はい。そして、鹿之助の母、更科《さらしな》姫は武勇で知られる村上義清《むらかみよしきよ》の息女。姫もまた勇婦でございまして、それが痛快なのです」

「面白い話を思いつくものよのう」

信濃の武将と駿河の城、そして出雲安来《やすぎ》の尼子へと繋がる。

「それで、その話が流行なのか」

「はい。『繪本更科草紙』と申しまして、この辺りはもちろん、江戸や大坂でも評判とのこと。昨今、旅の道中に、山中鹿之助の生まれた城跡を詣《もう》でる人がおり、私も幾度か案内を致しました」

真の話でなくともそこまで人が訪ねれば、それは最早、名所と言えるであろう。

「今、牧野城は如何《いか》になっている」

定信は傍らに控える半蔵に問う。

「今はすっかり荒地かと……濠《ほり》はございますが、城跡と言うほどの何もございますまいが」

「そこに物語を見るのもまた一興」

好奇心を見せる主を眺《なが》め、半蔵は恐る恐る問いかける。

「御覧になられますか」

牧野城は、小夜の中山を越えた金谷宿《かなやしゅく》近くにある。なかなかの遠路ではあるが、退屈凌《しの》ぎに訪ねたいと言うのなら、付き合わねばなるまい。

「いや、吾郎の話だけで十分だ。しかし、権現様の名付けた牧野城の名より、諏訪原城の名が知れ渡るのは、あまり好ましいことではないが」

吾郎は改めて恐れ入った様子で、首を竦《すく》めてやや後ろに膝を引く。春伯は孫の非礼を詫びるように頭を下げた。

「申し訳ございません。日ごろから書を読むように申し付けておりますが、この頃は四書五経《ししょごきょう》よりも読本の類《たぐい》にばかり手を伸ばしており……」

「しかし……」

吾郎が不服を言おうとするのを春伯が制する。

「何だ、申してみよ」

定信が問いかけると、春伯は渋々と孫を見やる。吾郎は祖父を盗み見つつ口を開く。

「いざという時に何が役に立つかはわからぬ。世に不要な書などない。選り好みをせずに何でも読めと」

定信は、ははは、と笑う。

「なるほど確かにさよう。かく言う余も、昨今は、源氏物語なぞを読み解いておる」

かつては、その奔放な恋愛模様から、禁書とされた源氏物語であるが、国学の隆盛と共に読まれることが増えていた。定信は、元は「異学の禁」を出すほどに朱子学一辺倒であったが、昨今はこうした古典も読むようになった。

「してみると、物語というのは現《うつつ》を離れて面白い。読本とても楽しむ分には良い。ただ、恐らくは山中鹿之助は諏訪原城では生まれておらぬ」

吾郎は顔を真っ赤にして、それはまさしく、と小さく頷いた。

「他に何か、面白い話はないか」

定信の問いかけに、春伯は、はあ、と頷きながら思案を巡らせている。

「面白い人でも良いが」

すると春伯は一つ膝を打った。

「さすれば昨今、流行りのものがございます」

しばしお待ちを、と言って座を立った春伯は、薬籠の傍らにあった風呂敷包みから一冊の本を差し出した。

「こちらでございます」

表紙には『東海道人物志』と記されていた。

「このところ東海道を旅する者も増えて参りました。少し前までは、それこそ名所を描いた図絵などもよく出ておりましたし、名物を記した本もありました。こちらは、街道筋の名人たちの名を記してあるのです」

定信は、ふむ、と一つ頷いて書をめくる。すると、品川から大津《おおつ》までの各宿場と共に、歌人、漢学、外科、暦学、箏《こと》、碁、書画などなど、様々な分類と共に、名が連なっている。

「つまり東海道の旅人たちは、この書に載っている人を訪ねるというのか」

「はい、さようでございます。旅もただ遊ぶのではなく、その地で学ぶことも、楽しみの一つになっているようです」

「それは良い。学ぶ者が多いのは、天下安寧の証《あかし》でもあろう」

「もしもお望みとあれば、そちらに名のある掛川宿の辺りの者を、城に招いてお話しになりますか。こちらの碁の名人や舞の上手など」

ふむ、と頷いてから首を傾《かし》げる。

「名人と申せども、当人たちが言っているだけならば意味はない。そも、これを書いたのは何者なのだ。大須賀陶山《おおすかとうざん》と書いてあるが」

「ええ、その者は私どもも訪ねて参りました。何でも元は上方で、歌などを嗜《たしな》んでいたとか……そこに私どもの名もございます」

見ると確かに、掛川宿の人物志に本間春伯、中郎の名もある。どうやら春伯はそれを自慢したかったらしい。そうでなければ、薬籠と共に本を持ち歩くはずもない。

吾郎は定信と春伯のやり取りを黙って見ていたが、やがてふふふ、と忍び笑いを漏らした。春伯は孫の無礼を気にして、目で窘《たしな》める。

「……すみません、ふふふ」

どうにも笑いが止まらぬ様子である。

「何が面白いか、申してみよ」

定信に促され、吾郎はついと進み出た。

「実はその大須賀陶山と申す男には、今一つ名があるのです。そこの端にも記されてございます」

確かに、人物志の端に名がある。定信は指で文字を追う。

「おに、たまご……と」

「鬼卵でございます。栗杖亭鬼卵」

「りつじょうていきらん」

聞きなれぬ名に、定信はやや眉を寄せる。

「先ほどお話ししました、『繪本更科草紙』を書いたのも、『東海道人物志』を書いたのもこの鬼卵なのです」

定信はほう、と嘆息して春伯を見る。春伯はそれを知らなかったのか。先ほどくさした孫の読本の筆者と、奇しくも同じ作者の本を差し出してしまったことに恐縮していた。

定信は、よいよい、と笑う。

「あの奇妙な山中鹿之助の物語と、この『東海道人物志』を同じ者が書いたとは面白い。だが、この読本の戯作者が何故に東海道の名士を選ぶことができるのだ。この選定も、山中鹿之助の逸話と同じく、でたらめなのではあるまいな」

そこまで呟《つぶや》いてからふと手を止めて眉《まゆ》を寄せた。

「如何《いかが》なさいました」

「この序文、富小路正三位《とみのこうじしょうさんみ》とあるのではないか」

定信は半蔵にぐいっと本を示した。半蔵はそれを受け取ってよくよく目を凝《こ》らす。

「富小路貞直卿《さだなおきょう》でございましょう。確か、治部卿《じぶ》で、娘が掌侍《ないしのじょう》として帝の寵姫《ちょうき》の御一人になられたと……」

読本を書く傍ら、名士たちの名簿を作り、どういうわけか帝の寵姫の父とも縁がある。この鬼卵という男は果たして何者なのか。

「面白い。会うてみたい」

定信は興《きょう》がる。春伯はついと進み出た。

「さすればこの鬼卵なる者を、こちらに招きましょうか」

「その者の住まいは近いのか」

「はい。小夜の中山の入り口にある日坂宿《にっさかしゅく》にて、煙草《たばこ》屋を営んでおります」

定信が、ほう、と嘆息するのを聞いて、傍らにいた半蔵はやや苦い顔をした。主が余計なことを言いだしそうな気がしたからだ。

「呼びつけるのも無粋故、足を運んでみようではないか」

ああ、やはり面倒なことを……と、半蔵は嘆息する。隠居をしてからというもの、この主は面白いことにはじっとしていられないようだ。

「承知 仕《つかまつ》りました」

半蔵は、やれやれといった様子で立ち上がり、忙《せわ》しなく随行の者たちの支度を始めさせた。

定信はいそいそと身支度をする。常より質素を心掛けてもいるが、それでも「相応に」装うべく錦を纏《まと》うことも多い。しかし、ここはお忍びということで、葵の紋の入っていない、唐草《からくさ》地紋の濃鼠《こいねず》色の羽織を着た。

「これならば、余とは分かるまい」

装いは小藩の主といった風情《ふぜい》である。これで半ばその煙草屋を揶揄《からか》ってやろうという悪戯《いたずら》めいた心もあった。

駕籠《かご》に乗り、半蔵と吾郎、それにわずかな供を徒歩《かち》にて従えて、鬼卵という男の営む煙草屋へと向かった。


小夜の中山は、東海道の中でも上り下りのきつい山道となっている。その手前にある日坂宿は掛川城からおよそ一刻《とき》ほど。春の陽気の中を行くには丁度良い。

「こちらでございます」

吾郎の声で、定信は駕籠から顔を出した。

宿の並ぶゆるやかな上り坂の途中、日坂の本陣の少し手前。「きらん屋」と記された看板が下がっている小さな店があった。

半蔵は定信に先立ち、店へと近づいた。

「頼もう」

声を掛ける。

駕籠から降り立った定信は、店先に立ち、佇《たたず》まいを眺める。煙草屋は、二階建てで開かれた縁があり、その奥に住まいがあるようであった。

この煙草屋の主が、帝の寵姫の父やら、稀代《きたい》の学者やら、東海道の名だたる名士と知り合いとは思えない。

「頼もう」

再度、半蔵が声を掛けると、

「はい」

という声がした。暫くして白髪の男が、ゆっくりと顔を覗《のぞ》かせた。縞文《しまもん》の紬《つむぎ》に黒羽織という装いである。年のころは六十半ばほどといったところか。定信よりもいくらか年上に見えた。

男は物々しい様子で立っている半蔵を見ても、その後ろに続く只者《ただもの》らしからぬ風情の定信と、やや仰々しい駕籠の一行を見ても慌てて畏《おそ》れ入る素振りを見せず、ついと小上がりに膝をつく。

「煙草をご所望で」

半蔵はしみじみと男を見やり、ついで店の奥にまで目を配りつつ問う。

「その方が、この店の主か」

「さようでございます」

「栗杖亭鬼卵とか」

「はい。鬼卵と号します故、きらん屋と」

半蔵の後ろにいた定信が、ついと前に進み出た。鬼卵は定信をちらりと見やり、何も言わずに深々と頭を下げた。

「その方に会いに参ったのだ」

「それはありがとうございます。ただ、当方は煙草屋でございますれば、煙草をお買い求めいただかねば」

遠慮のない物言いに、定信はふっと口の端を上げて笑った。

「それもそうだ。さすれば一服しよう。その方らも座るが良い」

小上がりに腰を掛けた定信に促され、半蔵もその傍らに座る。吾郎もまた、勧められるままに、床几《しょうぎ》に腰を下ろした。

「煙管《キセル》もご入用とあれば」

鬼卵は煙草盆と共に、煙管を数本載せた盆を差し出した。そこには、安手の色褪《いろあ》せたものもあるが、朱塗りや蒔絵《まきえ》の入ったもの、雁首《がんくび》と吸い口に、龍の彫り物が施された派手なものまで各種取り揃えて並べてあった。

定信は日ごろ煙草を吸わない。以前は吸っていたのだが、家康が煙草に「禁令」を出したことがあると知ってから避けるようになった。とはいえ元より嫌いではないこともあり、興味津々《しんしん》で並ぶ煙管を眺めていた。

「上様、こちらを」

半蔵としては定信に借り物の煙管を使わせるわけにはいかない。自らの持ち物を差し出すと、定信はつまらなそうに顔を顰《しか》めたが、渋々と受け取った。それはかつて定信が下賜《かし》した漆塗《うるしぬ》りの羅宇《ラウ》のものであった。半蔵が店の煙管を借りようとすると、

「それにせよ」

と、定信が示す。それは竹の羅宇で、吸い口の真鍮《しんちゅう》に筋彫の入った煙管である。

「如心斎好《じょしんさいごのみ》でございますな」

鬼卵は静かに言う。吾郎もまた身を乗り出して盆の煙管を眺めている。鬼卵はその吾郎を見て微笑《ほほえ》みかける。

「また参られたか」

「そなたはこの吾郎を存じおるのか」

定信が問うと、鬼卵は、はい、と頷《うなず》く。

「一年ほど前でしたか、『繪本更科草紙』のことを話しに参られましたな」

吾郎は、はい、と照れ笑いを浮かべる。そして慣れた様子で盆からぎやまんの煙管を取った。

「ぎやまんもあるのか。珍しいものも取り揃えておるな」

定信が言うと、鬼卯は、ええ、と頷く。

「旅の醍醐味《だいごみ》は、見たことのないものを見、したことのないことをするもの。煙草屋と申せども、ただ一服するだけではつまらぬと存じまして」

「なるほど」

「それに、煙草は身分を問わず、好む方が多うございます。気楽に吸うには、却って色褪せた古びた煙管がいいと言うお人もあれば、折角の旅故に御大尽《おだいじん》な気分になりたいからと、この大仰なほどに彫の入った品を好むお人もあり、面白いものでございますよって」

そして半蔵の手にある煙管を見やる。

「そちらは、表千家《おもてせんけ》七代如心斎が好んだ筋彫。抑えた装飾に品がございます」

定信は鬼卯の話を聞きながら苦笑した。

「なるほど。煙管を差し出すは、親切というだけではなく、その方がそうして人品を見定めるのに使うということか」

「滅相もない。煙草を美味しく召し上がっていただければよろしいので」

好々爺《こうこうや》といった風情であるが、ただの宿場の煙草屋ではなさそうだ。先ほどから見ていると、所作《しょさ》は滞りなく優美さもある。言葉には時折、上方の音が混じる。

定信はゆったりと煙草を燻《くゆ》らせながら、改めて店の様子を眺める。小さいながらも整っており、そこここに置かれた調度の中には、逸品も混じっているようだ。煙草の置かれた棚の下には、本が山と積んである。

定信はそれを暫し眺めてから、煙草の灰をとん、と落とした。

「その方は何者か」

「さて、何者とは。先ほども名乗りました。栗杖亭鬼卵と申します。煙草屋の主でございます」

定信は半蔵の方へと手を伸ばす。半蔵が察して『東海道人物志』を差し出すと、それを受け取り、鬼卵の前に置いた。

「これを書いたのは、そなたであるとか」

「さようでございます」

定信は表紙をめくる。

「序文に富小路正三位貞直とある。公卿で歌人の治部卿であろう。存じておるのか」

定信はかつて、宮中に幾度か殿上《てんじょう》したことがある。その折にこの富小路家の者とは顔を合わせたことがあった。

「はい。つい先日もお便りを頂戴しました。御達者のご様子で」

定信は更にもう一つの序文を指す。

「ここには、海保青陵《かいほせいりょう》とある。この者もか」

海保青陵は学者である。江戸のみならず、国中のあちこちにて朱子学とは一線を画す思想を喧伝《けんでん》して歩いていた男だ。大名家の中にはこの海保を重用したことで、財政を立て直した藩もある。

「惜しくも昨年世を去りました」

鬼卯は嘆息と共に言い、定信の顔を窺う。

「苦手な御方もおられたようでございますが」

定信は軽く眉を寄せた。定信は海保青陵の学問とは相容れぬ。鬼卯の問いかけは、それを見越しているように聞こえた。

「その方、余が何者か知っているのか」

「いいえ。お忍びでいらしているからには、気づいても気づかず、見ても見ずが粋人《すいじん》でございましょう」

いよいよ何者なのかが気になるが、その視線の先で鬼卯は静かに微笑んだ。

「じいっと見られていても、商いにはなりません。さて、新たな御煙草は如何でしょう。もしよろしければ茶もございますが」

定信は煙管を置いた。

「茶をもらおう。そして煙草は、同道の者たちにもまとめて買おう」

「有難うございます」

「その代わりしばし話を聞かせてもらおう。その方に興味がある」

鬼卯はわざとらしく驚いたような素振りを見せた。

「さて、立派な御殿様がかような煙草屋にご興味をお持ちとは。御耳汚しでございましょうが、何をお話しすれば良いのやら」

「何でも構わぬ。その方は読本も書くのであろう。尼子の家臣、山中鹿之助がそこの諏訪原城で生まれたと絵空事を書き記し、そこな吾郎がすっかり夢中で読んだと」

「おや、ご存知でしたか。読本など書く者は、お縄を頂戴するかと」

「大仰なことを」

ふん、と鼻息も荒く苦笑する。鬼卵はすっとその場を立ち、盆の上に楽茶碗と黒溜の棗《なつめ》を持って来た。鉄瓶から湯を注《つ》ぎ手際よく茶を点《た》てて差し出した。

「宿場の菓子でございますが」

定信は、懐紙の上の素朴な落雁《らくがん》をかじり、茶を飲む。

鬼卵はその様子を眺めてから、ゆっくりと自らも煙管に煙草を詰めて煙を燻らせた。

「では、嘘か真か。このやつがれの来し方を、物語ってみましょうか」

鬼卵はついと背筋を伸ばし、ふと目の前で慣れぬ煙草に噎《む》せこんだ吾郎を見やった。

「そこな若者と同じ、十六、七の頃のこと。かれこれ……もう、五十八年も昔ですな」

煙草の煙と共に口を開いた。

第一章　埋火

○北堀江

昼から降り続いていた雨が、夜になってようやく小降りになっていた。

宝暦《ほうれき》十年、八月の末。

北堀江《きたほりえ》にある町家の軒先から、天を仰いでいたのは、縞文を着た手代《てだい》風の若い男である。

「雨、やみそうやな」

ほっと吐息した。

男の名は伊奈文吾《いなぶんご》、十七歳。後の栗杖亭鬼卵である。

河内国佐太《かわちのくにさた》で生まれ、陣屋に手代として仕えている。陣屋の手代というのは、領内で文武に優れた者や名士の役目である。名字はあるが、武士ではない武家奉公人という立場である。

しかしこの日の鬼卵は町人らしい装いである。それには理由があった。

この町家は狂歌師、栗柯亭木端《りっかていぼくたん》の住まいである。文吾はこの木端の弟子の一人である。この日は兄弟子、如棗亭栗洞《じょそうていりつどう》こと、和泉屋藤兵衛《いずみやとうべえ》が開いた連歌会の下働きをしていた。自らも末席で歌を詠《よ》んだ後に、玄関先で帰る客の草履と傘を支度する役目を仰せつかっていたのだ。

玄関先で空を眺めていると、客人の一人が玄関に出て来て、声を掛けた。

「栗杖やないか。何しとるんや」

造《つく》り酒屋《ざかや》、仕舞多屋《しもたや》の主である木村蒹葭堂《きむらけんかどう》である。木村蒹葭堂は二十半ば。文吾よりも八つほど年かさで、文吾が十二で木端の所に出入りし始めた頃からの知り合いだ。

「文吾で呼んで下さいよ」

「何を勿体《もったい》ないことを。折角、師匠から号をもろたんやろ」

文吾は師である木端から「盈果亭《えいかてい》栗杖」という号を授けられた。狂歌集の端に名を連ねるにあたり、栗派《りっぱ》の弟子であることを示す名をもらったのだ。

「せやけど、号で呼ばれると誰のことやら」

「早いところ号に慣れて、こんなところで下足番せんと、栗杖の名で連歌会が開けるとええな」

「まだまだでございます」

苦笑しつつ草履を揃えて傘を差し出す。その手際を見守りながら、

「おおきにな、丁稚《でっち》どん」

と揶揄《からか》った。

「へい、旦那さん。おおきに」

文吾もまた、丁稚のふりをして答えつつ、蒹葭堂の背を見送った。

文吾がこうして歌会に出ているのは、同じく陣屋の手代であった今は亡き父の考えであった。

「何せ勤めは退屈や」

陽気な父はよくそうこぼして、暇を見つけては大坂や京へ足を延ばしていた。若い時分は母もそのことにやきもきしていたらしい。しかし、何やかやと言いながらも佐太には帰って来て、女遊びの気配はない。勤めはそれなりに真面目にしている。しかも、金を散財することはなく、むしろ金を稼いで戻ってくる。

「何をしてはるんですか」

母は尋ねたらしいが、父ははっきりとは答えなかった。

「言うなれば、文人墨客《ぶんじんぼっかく》や」

そう胸を張っていたらしい。母はよく分からなかったが、困ることはなかったので、それ以上の追及はしなかった。

やがて、文吾が十を過ぎた頃のこと。

いつものように大坂から帰って来た父は、文吾に向かって、

「お前、何でもええから描いてみ」

と言った。描くといって何を描くのかと問うと、

「そこらの猫でも花でもええ。絵が嫌やったら、書でもええ。五七五でもええ」

何を言いだしたのか分からなかったが、手遊びで縁先で昼寝をする野良猫を描き、先ごろ習ったばかりの論語の一節を書に書き、五七五で庭に咲く花について書き散らして父に渡した。

「お前は器用やなあ」

父はしきりに感心していた。それから数日後。

「ほな、行こか」

父は文吾を大坂まで連れて出かけた。

佐太での静かな暮らしに慣れていた文吾にとって、大勢の人々が行き交う華やかな大坂の町は、何処《いずこ》を歩いてもさながら祭りのようである。道行く物売りや並ぶ店に心が躍った。やがてたどり着いた茶屋にいたのは、坊主頭に黒小袖を着た五十歳ほどの男であった。

「先生、これが倅《せがれ》です。よろしゅうに」

父と共に頭を下げた。

「えらいやっちゃ、ほんまに連れて来よった。酒の席の話やけど……まあ、ええわ。お前さん、今日からわての弟子や」

それが栗派の祖である狂歌師で、元は尼崎《あまがさき》の寺の僧侶であった栗柯亭木端だった。見るからに生臭《なまぐさ》坊主といった風情であるが、門下の弟子は大坂、畿内のみならず、出羽《でわ》や豊前《ぶぜん》、豊後《ぶんご》にまでおり、総勢七十人を超えるという名うての一門であった。

木端の住まいは大坂の堀江。遊郭も近い繁華街である。

「僧やゆうて寺に籠《こも》っておったら、世事に疎《うと》くて面白いものは書けん。せやからここがええんや」

弟子の一人が持つ町家を借りて暮らしているのだ。そこでは歌会が頻繁に開かれており、老若男女が出入りして、歌を詠み、世間話に花を咲かせ、酒や茶に興じる。

「ええ師匠に会えた」

父は満足していたし、木端は文吾を可愛がってくれた。そして文吾自身も、おかしな大人たちに囲まれて過ごす時間が好きだった。

しかし母は、文吾が木端の元へ通うことを、あまり喜ばなかった。

「子どもが出入りするには早いのでは」

素読をし、算盤《そろばん》を覚え、剣道に通うというのならまだしも、粋人たちの集うところに出入りしていて良いものかと、不安に思うのも無理はない。しかし父は違った。

「ええか。うちは名門でもない。なんぼ陣屋で勤めたかてそこまで出世は望めへん。せやったら、文人墨客として世に出たらええ。この子にはその才がある」

そして文吾には言った。

「耐え忍んだかて禄は増えん。とはいえ、ただ怠けるのも、それはそれでしんどい。せやから楽しいことをせい。それはいずれ、お前を助けてくれる」

それは父が、己の人生を経て学んだ教訓であったのかもしれない。まだ十一、二になったばかりの文吾には、その真意はまるで分からなかったが、母の様子を見る限り、世間の教えとは違うであろうことは分かった。それでも文吾は足しげく木端の私塾に通った。そこは、父の教えそのままに「楽しいこと」を追い求める者たちの巣窟でもあったのだ。

そして文吾が十五になった時のこと。父が世を去った。三十七という若さであった。

「元より、心の臓が弱かったのですよ」

母から聞かされるまで、およそ父に病弱さを感じたことはなかった。言われてみればあまり走る姿を見たことはない。酒にはすぐ酔うからあまり嗜《たしな》まず、疲れやすくてよく寝ていた。だが、いつも陽気であったので、気づくことはなかった。

弔問に訪れた木端は、憎らしく念仏を唱えた後に、しみじみと父を見やり、

「寂しいなあ……せやけど、このお人には悔いもないやろう」

と言った。確かに、悔いなく生きたと思う。

ほどなくして文吾は、父の跡を継いで陣屋に勤めることになった。

陣屋の勤めは日々、年貢、訴え、出来事などを記録する。日が昇ってから出仕し、日が暮れる頃には帰途につく。単調な毎日の中で父が言っていたことが身に染みる。

「楽しいことをせい」

父の言いつけに導かれるように、文吾の足は自然と北堀江の木端の元へ向かう。木端の弟子の中でも年若く、兄弟子たちにも可愛がられ、連歌の会にも招かれるようになると、陣屋では知り合えぬような人々とも出会えた。

結果、陣屋の役人たちには嫌味半分に、

「伊奈殿は、むしろ文人墨客が本分か」

と言われた。

「いえいえ、滅相も……」

笑って誤魔化しはしたが、本音ではその通りだと思っていた。

この日の連歌の会も、陣屋の勤めもほどほどに、黒羽織に袴《はかま》という武家奉公人らしい装いのまま駆け付けたのだ。すると、

「何ちゅう無粋ななりや」

師匠や兄弟子たちに揶揄われ、粋な縞文のお下がりをもらって、小粋な手代風に仕上がったのだ。

だが、無理をしてでも来て良かった。

この会に来るだけで、羽振りのいい旦那や女将《おかみ》、売れっ子の芸妓《げいぎ》に武家に公家にと、実に多彩な面々と会うことができ、面白い話も聞けた。

その中には、不穏な話もなくはない。

「狭山《さやま》は御家騒動らしいですな」

切り出したのは、藍玉《あいだま》問屋の主と、両替商の手代であった。

「そうそう、聞きました」

同じ河内国の狭山では、一昨年に当主が代替わりをした。そして新たな当主となった北条氏彦《ほうじょううじよし》が五月に初のお国入りをしたと言う。それからわずか三ヵ月で、何やら御家騒動があったらしい。

「何でも人死もあったとか」

二人は恐ろしいのう、と語り合う。

「御家騒動なんて、浄瑠璃《じょうるり》だけでええですわ」

そしていつしか話は、浄瑠璃のことに移ってしまった。

文吾にとっても狭山の御家騒動は、さほどの関心のある話ではない。そもそも自らが仕える御家の当主に会ったことすらないのだ。ましてや他所《よそ》の御家など知る由もない。

ただ、以前にこの連歌の会に一人、狭山の大目付だという人が来たことがあった。村上庄太夫《むらかみしょうだゆう》というその男は、四十歳ほど。武士ではあるが、武張ったところのない穏やかな人だった。歌はさほど上手くはないが、気さくな人柄で木端ともすっかり打ち解けて、よく笑い、よく飲んでいた。

「村上様は無事やろうか」

ふと、それだけ気になった。

ぼんやりしていた文吾ははたと下足番の務めを思い出し、下駄箱を覗いた。残っているのは、今日の主宰である和泉屋藤兵衛のものと、芸妓の鶴冨美《つるとみ》のもの。そしてもう一人、堺《さかい》の材木問屋、杵屋《きねや》のものである。

「杵屋さんか……」

杵屋の主は手代からのし上がったやり手で、ここ二回ほど連歌の会に顔を出しているが、歌が好きというよりも、ここで人脈を摑《つか》もうとしている様子であった。その腹の底が透けて見えるのが文吾は苦手であったが、木端にとっては慣れたもの。

「楽しみ方は人それぞれや。面白い人やな、と思うて見とけばええ」

言われてみれば、所作や口ぶりなどは独特で面白い。近しくなろうとは思えないので、上《うわ》っ面《つら》の挨拶だけを交わす間柄だ。

「おお、すまんすまん」

声がして、小太りの杵屋が姿を現した。小紋《こもん》の羽織で色男風を気取っている。

「傘をどうぞ」

文吾が差し出すと、ああ、と言って手に取りかけてから、空を見上げる。

「もうじき上がりそうやな。荷物になるさかい持ちたないな」

「ほな」

文吾が引っ込めようとすると、眉を寄せる。

「それやと濡れる。差しかけて、送ってくれ」

「は……どちらまで」

「堀江に来たら、新町《しんまち》やろ」

当たり前だろうという口ぶりで言われ、文吾は、ふうっと息をつく。

やっぱりこのお人は苦手や。

しかしそれが透けて見えるからこそ、杵屋も文吾が嫌いなのだろう。丁稚のようにこき使うことで気を晴らそうとしているらしい。

「ほな、参りましょう」

文吾は杵屋に傘を差しかけ、共に歩き始める。

新町は、江戸の吉原《よしわら》、京の島原《しまばら》と並ぶ大坂の遊里《ゆうり》である。堀江からは目と鼻の先で、長堀《ながほり》を渡ればすぐといったところ。問屋《といや》橋まで来たところで辺りを見ると、どうやら雨はすっかり止んだらしく、道行く人も傘を畳んでいる。

「雨が止んだようです」

「さよか。ほなご苦労さん。駄賃に一緒に遊ぶか」

この人と遊んでも楽しくなさそうや、と思い、文吾は愛想笑いをする。

「そないしたいところですけど、片づけをようせんと叱《しか》られてしまうさかい、ここで」

「そうか、ほなな」

杵屋は軽く片手を上げて問屋橋を渡って、新町の大門へ向かう。浮かれた背中を見送り、文吾は吐息する。送るまでもなかったものを、とぼやきたいところだが、ぐっと飲み込んだ。

「さてさて」

これから、師匠と兄弟子と、鶴富美姐《ねえ》さんの太棹《ふとざお》を聞きながらの宴《うたげ》だ。連歌の会よりも、むしろこれからが楽しい。足取りも軽く戻ろうとした。

その時、道の向こうからやくざ者風の男二人と、二人の女が歩いてくるのが見えた。女の方は、一人は十五、六。そしてもう一人は疲れた風情の三十半ば。母娘のように見えた。いずれも泥に汚れた木綿《もめん》の着物で、頭には薄汚れた手ぬぐいを被り、わずかな荷を手に、草履《ぞうり》は擦《す》り切れて足には血が滲《にじ》んでいた。

花街《はなまち》近くは、悲喜が入り乱れる。はしゃいだ背中の杵屋と、項垂《うなだ》れる娘の姿が、何とも苦く感じられ、文吾はすっと道を空けた。

すれ違おうとした瞬間、娘の方がふと顔を上げて文吾を見た。そして、驚いたように目を見開いた。

「伊奈様ではありませんか」

不意に声を掛けられたものの、

「え……あの……」

誰とはすぐに分からない。すると、男が娘の細腕をぐいっと摑んだ。

「とっとと行くぞ」

「どうかしばし、しばしお待ち下さい」

その声を聞いた瞬間、文吾は目を見開いて娘の顔を凝視した。険しい表情の下にある面差《おもざ》しは、娘らしく愛らしい。そしてその顔は見覚えがあった。

「……お志乃《しの》さん」

いつぞや、連歌の会に姿を見せた狭山の大目付、村上庄太夫の娘である。

「そうです、志乃でございます」

娘は目に涙を浮かべ、頭に巻いていた手ぬぐいを取った。髪も崩れているけれど、確かに志乃だった。

「一体、どうして……」

文吾は驚きのあまり言葉を失った。

文吾が志乃と会ったのは一年ほど前。師匠の遣《つか》いで狭山の大目付、村上庄太夫の屋敷を訪ねた時だ。縁先で茶を出してくれたのが、庄太夫の娘で、十五になる志乃だったのだ。

その時は、質素ではあるが品のいい装いで、髪も綺麗に結《ゆ》い上げて、明るい声で笑っていた。

それが今、泥だらけの装いで、やくざ者に連れられて繁華街に立っているとは。

「どうして、こんなところに……」

問いかけながら、文吾は言葉に詰まった。すぐそこには遊里、新町がある。やくざ者が娘を連れて来る理由は一つ。売られたのだ。

それが分かった瞬間、文吾は思わず女衒《ぜげん》の前に立ちはだかった。

「ちょいと待っておくれやす」

大柄なやくざ者は、文吾を見下ろし、恫喝《どうかつ》するように、胸を張る。

「何や、商いの邪魔する気か」

「いえ……せめてその……」

事情について話を聞いた方がいいのではないか。このまま大門をくぐったら、出て来ることが難しいだろう。どうにか助けることはできないか。ぐるぐると考えるのだが、これといって良い案が出て来るはずもない。

臆病にも半歩、後じさりそうになった。その時、

「後生でございます」

志乃が声を張り、その場に膝を折った。

「ええから行くぞ」

男が志乃の腕をぐいっと引いて立たせる。文吾は止めたい思いはあれども、うろうろと男の周りをまわることしかできない。

次の瞬間、志乃の目つきが変わった。

腰を落としてぐっと足を踏み込むと、そのまま男の鳩尾《みぞおち》を肘で打つ。男が揺らいで腕を離したと同時に男の腰から脇差を抜き、それを自らの喉元に突き付けた。

「何すんねん」

恫喝する男を前に狼狽《うろた》えもせず、ただ黙って自らの首に刃を当てている。

「半刻ほど下さいませ。もしそれが叶わぬなら、ここで潔く死にます」

その声は静かに低く、覚悟をもって響いた。志乃の母は娘の覚悟に殉じるつもりらしく、刃を構えた娘を止めようとはしない。

突如として始まった刃傷沙汰《にんじょうざた》に、行きかう連中は足を止めて野次馬に変わり、ぐるりと周り

を囲んだ。女衒はそれでも志乃の腕を摑もうと手を伸ばすが、志乃は隙《すき》のない動きでそれをかわす。

そう言えば、村上庄太夫は穏やかそうに見えて一刀流剣術に塩沢《しおざわ》流軍学、吉田《よしだ》流弓術を究めていると聞いた。武術に関心のない文吾にとっては何のことか分からなかったが、かなりの達人らしい。娘にもそれを仕込んでいたのであろう。志乃の気迫は勇ましい。

女衒としては、下手に手を出して返り討ちにあえば、己の縄張りである花街の門前で大恥をかくことになる。

「よし分かった。そこのうどんでも食うたらええ。その間を待ってやる」

橋の近くに屋台のうどん屋があった。うどん屋の主は、野次馬と一緒になって事の成り行きを見ていたのだが、騒動の渦中に放り込まれて、驚きながらも、へえ、と返事をする。

志乃は脇差を喉元に構えたまま、ゆっくりとうどん屋の床几に腰を下ろした。文吾もそれに並んで座る。女衒二人が志乃の母を挟んで、少し離れた床几に腰を下ろして見張っていた。

文吾は懐《ふところ》を探り、帳面と矢立《やたて》を取り出す。そして、「村上庄太夫の娘が女衒に連れられている。助けて欲しい」ということをその場で走り書きした。そして、野次馬の中にいた顔見知りの茶屋の丁稚を手招きした。

「木端先生に、今すぐこれを渡してくれ」

小銭と文を渡すと、丁稚はへえ、と言って勢いよく駆けていく。

うどん屋は事の成り行きを見守りつつ、戸惑いながらうどんを差し出した。志乃は脇差をゆっくりと首から離して、床几に置こうとするのだが、手が固まったように開かない。

「落ち着いて」

文吾の言葉に小さく頷き、幾度か深く息をして、ようやっと指が動いて、脇差がコロンと床几の上に転がった。そして両手でうどんを受け取った。しかし箸《はし》を摑む手は震え、上手く食べることができない。

無理もない。目の前では女衒に見張られ、野次馬に囲まれ、自らも脇差を傍らに置いているのだ。うどんを一本、二本、口に運んだところで、ようやっと呑み込んでから丼《どんぶり》を床几に置いて吐息する。

「一体、何があったんです」

文吾の問いに志乃は、小さく首を横に振った。

「よく、分からへんのです」

志乃の声は震えている。それでも伝えなければならないと気負っているらしく、大きく息を吸う。

「つい三日ほど前のことです。お役人が家にやって来たのです」

十人余りの役人が、刀や槍を携えて屋敷にやって来た。何事かと慌てる志乃と母、弟、それに下働きらを引っ立てるように並ばせた。

「村上庄太夫には御処分が下った。かくなる上は即刻、長子、三太兵衛《さんたへえ》は無刀の上、追放。母と女子は分散となる」

何を言われているのか分からなかった。二日ほど前、父、庄太夫は陣屋の用人に呼ばれて出かけて行ったきり戻っていないのだ。

「御処分とは何があったんですか。追放、分散とは、どういうことでございましょう」

母、勢津《せつ》はそれでも武家の妻として、背筋を伸ばして問いかけた。役人たちは居丈高《いたけだか》に振る舞いながら、一方で勢津の問いかけに戸惑い、怯《おび》えているようにも見えた。

「何があったんですか」

「御前の御沙汰である」

それ以上の問いを封じるように言い放つと、十二歳になる弟、三太兵衛は、腰に差していた刀を奪われ、役人に両脇を抱えられるようにして連れ出された。

「三太」

志乃が追いかけようとすると、役人にそれを阻まれた。

「そなたたちは、即刻出て行け」

「出て行けとは……何処へ」

「家財家屋敷全て、捨てていくのだ」

下働きの者たちは、役人たちに連れられて外へ出て行く。母娘は僅《わず》かな路銀すら持つことは叶わず、小さな包み一つ分の荷を抱えて着の身着のままで屋敷の外へと出されてしまった。

「弟の三太兵衛は、そのまま領外へ連れ出されたと聞いております。父はどうなったのか話を聞かせてくれる家もなく、頼れる人もありません。御処分が下った者の縁者に関わる者など領内には誰もおりません」

屋敷を追い出されたとて、行く当てなど何処にもない。しかし領内にもいられない。やむなく大坂を目指していたのだが、路銀もない。

「道中、母が体調を崩して倒れてしまい、やむなく宿を借りたんです。宿代に困っていたところ、あの者たちが金は立替えてやったから、働いて返せと言ってきたんです」

働くのはやぶさかではない。しかしその男が女衒であり、返すには志乃が身売りをするしかないということが分かったのは、つい先ほどのことであったという。

たった三日余りで、志乃たちの人生が瞬く間に一変したことに、文吾は空恐ろしさを覚えた。

「世間知らずでお恥ずかしい限りです。しかし、己の無知が招いたこと故、身売りするのも仕方ありません。ただ、せめてこれを、何方《どなた》かにお預けしたいと願っておりました」

志乃は腰に巻いていた風呂敷を外すと、そこに包んであった帳面を、ついと文吾に向かって差し出した。

「これは」

「辛うじて、持ち出すことができました。父の手記でございます。御家のことが書かれており……」

その時、

「文吾」

という声と共に、人込みの中から坊主頭がにょっと現れた。木端である。

「師匠、来て下さったんですね」

文吾は涙目で師を仰《あお》ぎ見た。

「何事や」

木端は大仰なほどに声を張りながら、女衒の視線を遮《さえぎ》るように文吾の前に立ち、志乃を見た。

「お前さんが、村上様の娘さんか」

木端の問いに、志乃が腰を浮かせた。

「父がお世話に……」

「そうか、そうか。可愛らしい娘さんや」

わざとらしく大声で言いながら、木端はしゃがみこんで志乃の手を取った。そして後ろの女衒を気にしながら声を潜めた。

「今すぐここを立って、後ろに向かって走るんや」

「母を置いて逃げろ、いうことですか」

志乃は眉を寄せる。すると木端は、いや、と首を横に振る。

「逃げたてあいつらが追いかけて来るだけや。最初の曲がり角を左に行くと、綺麗な芸妓が待ってる。後は万事、その人に任せ」

志乃は戸惑いながら答えを求めるように文吾を見やる。木端は何か策があるのだろう。文吾は一つ小さく頷いて促した。

志乃は、覚悟を決めたように唇をかみしめ力強く頷く。そして、間合いを見ながら勢いをつけて立ち上がり、そのまま床几を飛び越えて後ろに向かって駆け出した。

「おい、何してんねん」

女衒二人は慌てて立ち上がり、手下が後を追おうとする。するとその前に木端がよろよろとした足取りで立ち塞《ふさ》がる。

「えらいすんません。何や儂《わし》がおかしなことを言うたんやろか。手を握ったんが嫌やったんやろか。旦那さんのお連れでしたか、えらいすんません」

謝るような素振りを見せながら、男の行く手を阻む。

「どけ、坊主」

木端はその場で突き飛ばされ、ごろんと地面に転がった。

「師匠、大丈夫ですか」

文吾が駆け寄り、助け起こす。木端は腰を打ったらしいが大事はなく、いたたた、と呻《うめ》きながら立ち上がる。残った女衒の親分は、志乃の母、勢津の腕をぐっと掴んだ。

「何ちゅう親不孝な娘や。母親を置いて行きよった。なあ、おい」

野次馬たちに聞こえるように殊更に大声で罵《のの》しる。しかし勢津は黙って手を合わせる。

「このまま、逃げおおせてくれたら……」

か細い声で祈るように呟いた。その時である。

「ちょいと、どいとくれやす」

よく通る女の声がした。

人込みをかき分けて姿を見せたのは、年増《としま》の芸妓、鶴富美だ。ここらでは名の通った売れっ子でもある。その傍らには、項垂れた志乃が連れられていた。そして、どういうわけか二人の後ろには、大きな力士が三人、聳《そび》えるように立っていた。鶴富美は、志乃を引っ立てて女衒の前に立ちはだかった。

「この娘、お前さんのところのかい」

床几に腰かけたまま鶴冨美を見上げた女衒の顔を見て、鶴冨美は嫌なものを見たように顔を顰《しか》めた。

「おや、誰かと思えば甚五郎《じんごろう》さんやないか。相変わらず、人相の悪い」

「鶴冨美姐さんやないですか。その娘がうちのやったら何です」

甚五郎はぬっと立ち上がり、胸を張る。鶴冨美は毅然として甚五郎を見上げた。

「この子は今、そこの曲がり角で事もあろうに、大坂城代お気に入りの秋津嶋《あきつしま》関の足を踏みましたんや。もしも次の勧進《かんじん》相撲で負けるようなことになったらえらいこと。甚五郎さん、どないしましょ」

鶴冨美はにっこりと微笑んで見せ、秋津嶋と呼ばれた力士は、わざと足を浮かせて顔を歪ませた。

大坂の堀江界隈《かいわい》は、力士も多く、町人からの人気も高い。大店《おおだな》たちが谷町《たにまち》として名を連ねており、中には武家の贔屓《ひいき》の力士もいる。そのため一人の力士に怪我をさせれば、その償いは莫大になる。敵に回せば、下手な御大名より厄介だと界隈の者ならば知っていた。

甚五郎は志乃の様子を見て、文吾と木端を見やり、そして野次馬をぐるりと見回した。そして自嘲するように笑い舌打ちをした。

「全く……街道筋で拾った母娘やのに、厄介なことを」

悪態をつく。鶴冨美は秋津嶋を気遣うように傍らで支え、その傍らで志乃は、小さな声で、すみません、と繰り返す。

「茶番は勘弁しとくれやす、姐さん」

甚五郎は苦笑と共に言った。鶴冨美は、はて、何のことやらと小首を傾《かし》げた。

「その娘はわてとは縁もゆかりもない。ただ、ちょいと金を貸しただけや」

「そしたら金を返せば、この娘の身はうちが預かってええんやな」

「……へえ」

「ほな、母娘まとめて仕置きをせなならんから、母親の方も預からしてもらいましょ」

甚五郎はため息と共に、勢津を引っ立てると、その背を志乃の方へと押した。勢津は目の前で繰り広げられているやり取りに、どんな意味があるのか分からぬ様子で、戸惑っている。

「母様」

志乃は駆け寄り、母の手を取った。鶴冨美はそれを見届けると、懐から巾着《きんちゃく》を放り投げた。それはチャリンと音を立てて甚五郎の手に収まった。甚五郎はすぐにその中身を覗き、ひのふのみ、と数えた。甚五郎はもう少しふっかけようと思ったようだが、鶴冨美と力士を見て分が悪いと分かったらしく、懐に巾着を入れた。それを見届けた鶴冨美は、にっこりと微笑んだ。

「これで手打ちや。甚五郎さん、いい商いでございましょ」

甚五郎は懐の金を確かめるように叩き、

「ほな、おおきに」

嫌味たらしく一言を添え、そのまま踵《きびす》を返して橋を渡って新町へ向かって去って行った。

一連のやり取りを眺めていた野次馬たちは、

「いやあ、大したもんや」

「さすがは鶴冨美姐さんや、面白かった」

と、さながら見世物でも見終えたように騒ぎ、力士たちにも、

「ようやった」

と、賛辞を送る。大騒ぎの只中にあって、志乃母娘はその有様を見つめ、不安げに文吾を振り返った。

「伊奈様……あの、何がどうなりました」

「ああ、こちらはわての師匠で栗柯亭木端先生です。先ほど文で助けを求めまして」

木端はついと前に進み出て、母娘に深々と頭を下げた。

「村上様は儂の歌会にも来て下さった。ええ御人や。その娘さんが女衒に捕まったて聞いて、何とかせんといかんと思うてな。この鶴富美さんに、秋津嶋関と一緒に一芝居打ってもろたんや」

志乃は母と顔を見合わせた。

「ほな、私は、身売りをせんでも良いのですか」

志乃と勢津はまだ、次第が半ば分かっていないらしい。文吾は笑った。

「そうです。金は、立て替えてくれはった……んですよね、師匠」

木端は頷いた。

「和泉屋藤兵衛って羽振りのええ弟子が、ぽんと金を出しましたんや。身売りなんかせんでもええ。当面は、この鶴富美姐さんの置屋で、ちょいと手伝いでもして働いてくれたらええ」

母娘は顔を見合わせてから、ほうっと息をつき木端に頭を下げた。

「お金は働いて、きちんと返させていただきます。真にありがたいことで」

次いで鶴富美に向き直る。

「お頼み申します」

鶴冨美は、志乃の手を取った。

「次の住まいが決まるまで、うちにおったらええ。芸妓は、身売りはせんで芸を売る。置屋の手伝い言うても、お稽古事でもするつもりで芸をやってもええ」

ふわりと笑った鶴冨美は、流石《さすが》はここらで一の芸妓と言われる美しさだ。それからついと背筋を伸ばすと、力士たちを率いて歩き始めた。

鶴冨美たちの後ろ姿を見ながら、文吾は嘆息する。

「いやあ、助かりました。わて一人ではどうにもならなくて……」

木端は苦笑する。

「驚いたで、あの乱れた文」

茶屋の丁稚から届いた文を広げたものの、女衒、庄太夫息女、助け、求む、という文字が辛うじて読めるだけだった。そこで、丁稚に事の次第を聞いたところ、

「えらい強い娘さんが、脇差を首に突き付けはって、半刻くれって、うどん食べてます」

と、猶更《なおさら》分からない説明をする。そこで鶴冨美が一足先に様子を覗きに来たらしい。それで、野次馬たちの話を聞いて、文吾と志乃、勢津の様子を見て戻って来た。

「あの娘、死ぬ気です」

鶴冨美は、志乃の様子を見て言った。売られてきた御武家の娘は、遊里に入るなり死を選ぶ者も少なくないという。

「せやったら、女衒から買い取るしかないやろ」

居合わせた和泉屋藤兵衛が言った。

「庄太夫さんのことはわても覚えてます。今日の会かて来て欲しいて文を書いていたくらいや」

しかし鶴冨美は首を横に振った。

「ただ金を払うだけでは、ふっかけられて終わりです。もっと面倒を起こさんと……」

そこで鶴冨美は一計を案じた。

「うちに任せとき」

そうして、力士を引き連れて来たのだ。

「あの秋津嶋関は、鶴冨美の御贔屓さんやて」

「心強い御方が味方で良かった。ほんま、わては縁には恵まれてます」

文吾はしみじみと、頼りがいのある大人たちの顔を眺めて嘆息した。そして、前を歩く志乃母娘の背を眺める。

「それにしても村上庄太夫様が御処分て、何やろう……亡くならはったんやろか」

「狭山で御家騒動があったとは聞いたけどな」

苦い顔をしてから、傍らの弟子の肩をトンと叩く。

「お前が知ったかて何ができるわけでもなし。余計なことをするんやないで」

木端はたしなめ、文吾は、へえ、と返事をする。

しかし、返事とは裏腹に、文吾の中には知りたい思いが沸々《ふつふつ》と沸き上がっていた。

○狭山騒動

志乃たちを助けてから三日が経つ頃には、少しずつ大坂の町にも狭山での騒動の話が流れて来た。

「何でも奸臣《かんしん》が寺に立てこもり、ご当主を欺こうとしたとか。既に首謀者は処罰されたそうやけど、なんともまあ、不届きな」

ちょっとやそっとの騒動ではなかったということが分かると、皆、興味津々でありつつも、声は一層低くなる。

「御家中の内輪もめというんなら、面白おかしく話もしよう。せやけど、そこまでの大騒動となると、御家の大事。隠すのに必死やろうから、下手に口の端に上せると、こちらがとばっちりを食らう。何も言わぬが華よ」

噂好きの狂歌師の兄弟子たちも、肩を竦めて扇で口元を隠す。確かに、すわ内乱という事態であれば、御家取り潰しにもなりかねない。

「そもそも、何が発端やったんか」

その疑問については、志乃の父、庄太夫が残した手記が克明に語っていた。

狭山の北条家は、戦国時代の小田原北条の流れをくみ、小田原時代からの家臣の子孫である小田原六人衆たちが、代々家老を務めて来た。しかし結果として政《まつりごと》が滞り、金回りも厳しい。そこで先代当主の氏貞《うじさだ》は改革をするべく、新参たちを重用した。その中の一人が、志乃の父である村上庄太夫であった。

いざ、政の改革を為そうとしていた矢先、氏貞は若くして世を去る。次いで当主の座に就いたのは、十七歳になった嫡子、氏彦である。江戸屋敷で生まれ、一度も領国に足を踏み入れたことのない若者であった。

その氏彦がお国入りをするに際し、騒動があった。改革派の一人、田中粂五郎《たなかくめごろう》が、出立を前にして江戸屋敷で急逝《きゅうせい》。代わって台頭したのが、勝手掛《かってがかり》の宮城与甚五郎《みやぎよじんごろう》である。この宮城は、新参ではあるものの、小田原六人衆と近いと言われており、予《かね》て横領が疑われていた。それを検めようとした矢先に、粂五郎が死んだ。

宮城を訝《いぶか》しんだ山上郷助《やまがみごうすけ》は、若き氏彦に宮城を遠ざけるように繰り返し進言したのだが、受け入れられなかった。

氏彦、宮城、山上らは、軋轢《あつれき》を抱えたまま狭山にお国入りをしてきたのだ。

村上庄太夫は、国元で改革派の一人として尽力してきた。しかしこのお国入りに際して、突如として大目付の役を解かれている。庄太夫はその手記において、

「口惜《くちお》しいがやむなし」

と、自らが志半ばで役を解かれたことに、諦めの境地を書き記している。

そして、そこで手記は止まっているのだ。

「ここからどうして、庄太夫様が御処分になったんやろ」

木端の住まいで、文吾は手記を繰り返して読みながら唸《うな》っていると、木端は手記を取り上げた。

「これは儂からあの母娘に返す。御家騒動なんぞ、首を突っ込んでいいことは何一つないで」

「せやけど、気になりませんか」

「なる。けど、あかん」

長らく大坂において文人墨客として生きて来た木端の言葉は、簡潔ながらも正しいのだろう。

しかし、文吾は知りたかった。

一年前の夏のこと。文吾は木端の遣いで狭山の村上庄太夫を訪ねたことがあった。二度ほど連歌の会に参加した庄太夫に、その時の歌集を届けに出向いたのだ。

「ようこそいらした」

庄太夫はその時、四十二歳。潑剌《はつらつ》として気取るところのない人であった。屋敷は、武家というより農家といった風情である。

「先代の御前に父が取り立てて頂いたのがご縁でございまして」

庄太夫は新参ながらも、家中からの信頼も厚く、大目付になったと聞いていた。その日も、若い者たちと田畑を見て回って来たところだったという。

「ささ、こちらへ」

大きな縁に腰を下ろすと、手ぬぐいで汗を拭《ぬぐ》いながら、屈託なく笑う。

「木端先生のところにはまた伺いたいのです。歌の才などないのですが、学びたい」

文吾はあまり武家が好きではなかったが、庄太夫のことは好きだと思った。夏の風が心地よい縁側に腰かけて甜瓜《まくわうり》を食べた。

「せっかくですから、連歌でもしてみますか」

文吾の提案に庄太夫も乗った。しかし、なんだかおかしな歌ばかりが出来上がり、互いに顔を見合って笑っていた。

「随分と楽しそうでございますね」

笑いながら麦湯を出してくれたのが、庄太夫の娘の志乃だった。明るい笑顔で挨拶をした志乃の様子に、文吾は思わず見とれた。するとその様子を見た庄太夫は苦笑した。

「この娘は、ついこの前まで、そこらの畔《ほとり》で蛙を捕まえてたんですよ」

志乃が、父上、と窘《たしな》めるように言い、揶揄われた文吾も真っ赤になった。そこへ庄太夫の息子、三太兵衛が外から戻って来た。十一歳だが、小柄なせいか幼く見えた。出迎えた母、勢津に促され、こちらに挨拶をする。

「三太兵衛にございます」

その所作は流石に武士の子といった様子で、身のこなしに凜々《りり》しさもある。

「年が明けたら、元服させるのです」

誇らしげに庄太夫は言った。

どれもが昨日のことのように思い返される。

女衒に連れられた志乃と勢津。何処に行ったか分からない三太兵衛。更には「処分」されたという庄太夫……。

口をへの字に曲げて、空を睨《にら》んでいる文吾を見た木端は、やれやれと言った調子でため息をついた。

「紙、買うて来い」

木端に金を差し出されて、それを懐に仕舞いつつ、渋々と立ち上がる。

「蔵ですか、納屋ですか」

紙には大きく分けて二つの種類がある。一つは蔵物と言われ、名産地となる御国の蔵から市場に出るもの。もう一方が納屋物と言われ、商人同士で取引されるもの。歌集や洒落本などで使われるのは、納屋物が大半だ。

「納屋物や。それでな……その釣銭で白太夫《しらたゆう》に会うて来い」

「白太夫て、あの紙屋街《かみやまち》の黒縄屋《こくじょうや》ですか」

「ちょいと立ち話して来たらええ」

「分かりました」

文吾は勢いよく駆け出した。

北船場《きたせんば》は、「紙屋街」と呼ばれる一角があり、紙問屋が軒を連ねている。ここには日本中の紙が集まり、大きな市が開かれる日などは、近くの東横堀川《ひがしよこぼり》には舟がずらりと並んで、仕入れた紙を積んでいくのだ。

表の馴染みの店で納屋物の束を買うと、文吾はそのまま裏通りに入った。薄暗く、日の当たらないその辺りは、何軒もの怪しげな書物屋がある。御公儀が認める書物屋仲間から外れた店で、大抵は春画なんぞを売っていることが多い。

日の当たらない薄暗い長屋作りの一軒に、地獄の炎を模した看板がある。黒縄屋だ。殺生《せっしょう》、偸盗《ちゅうとう》をした者が落ちる「黒縄地獄」から名を取ったという。

「こんにちは」

中を覗くと、一人の白髪の老爺《ろうや》が小上がりにいる。物騒な店の名とは違い、傍目には浄瑠璃の白太夫のように好々爺といった風情である。四方を書に埋もれて座り、本に目を落としていたが、文吾の気配に顔を上げる。

「何や、木端のところの小童《こわっぱ》か」

元は何処ぞの御家中の儒学者であったらしいが、文吾が生まれる遥か以前から、この辺りに居ついたと言う。見目から白太夫の通り名で呼ばれているが、真の名は誰も知らない。

「白太夫、何ぞ狭山の御家騒動について知ってはりますか」

小上がりの端に腰かけて問うと、白太夫は眉を寄せた。

「余計なことを聞きな。師匠に言われんかったか」

「いや、わての知り合いが処分されたて聞いて。処分てどういうことか知りたかってん」

「処分言うたら処分やろうが、知り合いは誰や」

「大目付の村上庄太夫様」

「死んだ」

即答だった。

「死んだて」

文吾が眉を寄せる。すると白太夫は、深く吐息した。

「死んだ。そう聞いた」

「誰から」

「貸本屋から買うた話や」

葛籠《つづら》に本を入れ、方々を歩いて貸本をする貸本屋は、その土地土地の話を集めてくるのも上手い。そこで拾った話をまとめて売り買いする者もいるという。

「御家騒動の話は、表の書物屋連中は扱えんからな。こっちに流れてくる」

白太夫は言う。

大坂は紙も多い分、本も多い。洒落本《しゃれぼん》から浄瑠璃、番付、教本……と、あらゆる本が出板されている。しかしその分、取り締まりも厳しかった。

八代将軍吉宗《よしむね》が在位していた享保《きょうほ》の頃、一世を風靡《ふうび》していた「心中もの」の物語が、風紀を乱すものとして禁書にされた。史書の類も、御公儀にとって好ましくなければ「偽書」とされて禁じられている。

幕府や将軍を批判するものはもちろん、政についてあれこれと記すことは御法度。また、「噂《うわさ》事人善悪《ことひとのぜんあく》」にまつわるものであれば、即座に処罰の対象になりかねない。

しかも、それを書物屋仲間で監視し合うことが定められており、違反したものがあれば、一つの御店だけではなく、仲間丸ごと大きな打撃を食らうようになっていた。

そのため、御家騒動などといった政については、表の書物屋仲間は決して手を出さない。しかし時折、こうした裏の御店が本にすることはある。

「本にしますんか」

文吾の問いに、首を横に振る。

「まだ本にはせん。もう少し話が集まれば、誰ぞが板木《はんぎ》を持ち込むやろ」

「とりあえず、今、分かっていることだけでも教えてくれませんか」

ずいと身を乗り出すと、白太夫はひょいと手を出した。文吾は懐から金を出してそれを掌に置いた。ひのふのみ、と、銭を数えると、口を開いた。

「まあ……騙し討ちいうんかな」

狭山の改革派であった山上郷助は、宮城与甚五郎を処罰するべく主君に求めた。しかし主君である氏彦は宮城に泣きつかれ、山上の求めを退けた。怒った山上は、宮城に対して不満を持つ者を集めて寺に立てこもったという。

「そこで困り果てた家老らが頼ったのが、村上庄太夫やったて」

呼び出された庄太夫は、山上の立てこもる寺に出向き、宮城らと話し合い、和解をするように説いた。山上もそれで矛を収め、陣屋での話し合いに向かうはずだった。

「せやけど、道中で山上が斬り殺された」

話し合うというのは、宮城の嘘だった。改革派を一網打尽にするべく山上を斬った宮城は、この騒動を「扇動した」として、庄太夫を捕らえたという。

「そんな……せやったら、とばっちりやないですか」

「あたら人望があったからこそ、奸臣から目をつけられたんやろ。庄太夫を慕っていた連中の何人かは既に領地から逃げたて噂や。そいつらが見つかれば、もう少し詳しい話が聞ける。お前さんも何ぞ知れたら話に来い、買うてやる」

一通り話し終えると、さながら野良猫でも追い払うように、しっしっと手を振る。そして再び本に目を落とす。文吾は、白太夫に小さく会釈《えしゃく》をして店を出た。

理不尽な話や……。

薄暗い裏通りから表へ出て、ゆっくりと北船場を歩きながら、文吾はふと天を仰ぐ。

何か庄太夫が罪を犯したというのなら、さぞや志乃らは傷つくだろうと思っていた。しかし、これは罪ではない。しかも死んでいるという。

「……只事やないと思ってたけど」

これはやはり、志乃たち母娘にも伝えるべきことではなかろうか。とはいえ、どう話していいか分からない。

「黙っているよりは、伝えた方がええやろうなあ……」

木端の元へ向かう足を止め、ついとその角を曲がって鶴冨美の置屋の方へと向かった。

昼下がり、細い路地を歩いていくと、太棹三味線と義太夫の声が、何処からともなく聞こえてきた。悲哀を込めたその浄瑠璃は、近松のものであったろうか。

思い巡らせていると、不意に後ろからがばっと首に腕を回された。息が詰まりながら、振り返ろうとすると、相手の腕に更にぐっと力が入る。

「……誰や」

辛うじて息をしながら問いかける。

「お前こそ何者や。どうして狭山のことを聞いて回る」

低い声で問われ、文吾は息を呑む。

これは狭山の者なのか。

その時、置屋の戸が開いた。男は文吾を引きずりながら、板塀の陰に隠れる。

「ほな姐さん、行ってきます」

「気いつけてな」

中から出て来たのは、黒襟に赤い麻の葉文《はもん》の小袖姿の志乃だった。先だっての泥まみれの様子からは見違えるように華やかだ。

だが、見とれている場合ではない。もしもこの背後の男が狭山の者だとしたら、鉢合わせするのは危ない。文吾は男を背で押してみるのだが、びくとも動かない。

「お志乃様……」

背後の男が呟いた。その声に志乃が足を止めて辺りを見回した。そして志乃は物陰で羽交い絞めにされている文吾を見つけ、ぐっと腰を落として身構える。

「伊奈様、後ろの男は何者です」

背後の男はすぐさま文吾を離し、その場で崩れるように膝を折った。

「お志乃様、井上才次郎《いのうえさいじろう》でございます」

「才次郎さん……」

驚きと戸惑いと、懐かしさを込めた声で、志乃はその名を呼んだ。

文吾は、絞められていた首を摩《さす》りながら、地に蹲《うずくま》る男を凝視する。月代《さかやき》も伸び、着物は薄汚れて雑巾《ぞうきん》のような有様だ。

その時、

「お志乃さん、どないしたん」

置屋から顔を覗かせた鶴冨美は、蹲る不審な男を見て、志乃を庇《かば》うように前に進み出る。

「どちらさんです」

鶴冨美の誰何《すいか》の声は低い。才次郎は伏していた顔をゆっくりと上げた。年のころは二十歳ほどであろうか。しかし髭を蓄え、頬はやせこけ、目窪は落ちていた。それでも背筋を伸ばして、真っ直ぐに志乃を見据える。

「大目付様のご最期をお伝えせねばと……生きながらえ、奥様方を探しておりました」

「ご最期……」

志乃は確かめるように言葉を口にした。それでも泣いたりはせず、ゆっくりと深く息をした。

「父様は身罷《みまか》られたのですね」

「はい」

才次郎は、苦しい声で頷く。そして志乃は文吾を見た。

「伊奈様が連れて来て下さったんですか」

「は、いや……」

事の真相を探ろうとうろついていたところ、恐らくは白太夫のところからこの男につけられていたのだ。しかしただ、はあ、と、曖昧《あいまい》に応えた。

鶴冨美は辺りを見やり、

「とりあえず、中に入り」

文吾も招かれるまま、鶴冨美の置屋に足を踏み入れた。

町家の二階に上がると、そこには床が延べられており、志乃の母、勢津がいた。

「母様、才次郎さんが」

勢津は、体調を崩して横になっていたのだが、才次郎の姿を見て、志乃に助けられながらようやっと起き上がる。

「才次郎さん、ご無事で」

勢津は才次郎に手を伸ばすが、才次郎はその手を取ることはなく、そのまま膝で後じさり、部屋の入り口で手をついて頭を下げた。

「奥様、申し訳ございません」

「何を詫びるのです。旦那様と親しい方がいらして良かった」

すると才次郎は幾度も頭を横に振る。

「真に不甲斐ない」

膝の上に置いた拳を固く握り、じっとこらえるように目を閉じる。

「……何があったんですか」

志乃の声に、才次郎は一瞬、口を開きかけてから、ぐっと唇を引き結ぶ。志乃は膝を進めた。

「父様のご最期をご存知ならば、教えてください。どんなに酷なことやとしても、何があったんかを聞かんと、私も母も、これからのことを考えられへん」

その言葉を聞いた才次郎は目を開き、志乃の目を見返した。勢津もまた、志乃の言葉に同意するように、ゆっくりと深く頷いた。

才次郎は、母娘の強い眼差しに促され、ゆっくりと口を開いて語り始めた。

「あの日……大目付様の御処分があった日、某《それがし》は役場におりました」

才次郎は、足軽の身分である。ただ、元の生まれが商家で、遠縁に養子に入って狭山に仕えるようになった。そのため、算盤《そろばん》が得手であったことから、勝手方《かってかた》での仕事を任されていた。

「実は、少し前から勝手方で疑わしいことがあり、某は大目付様にご相談を申し上げていたんです」

勝手方は元より厳しい状態にあったが、今年、氏彦がお国入りすることになった途端、金の出は大きくなった。

「勝手方は大丈夫なんやろか」

勘定が合わないことが、商家にいた身としては不安で仕方ない。いよいよ御前がお国入りしたものの、政をするどころか、来る日も来る日も狩りに出かけ、出費がかさむばかり。そこで庄太夫に不安を口にしたところ、庄太夫は、

「相分かった。調べてみよう」

庄太夫が味方でいてくれるなら大丈夫だと、才次郎も肩の荷を下ろした。やがて、

「江戸の勝手方が金を着服していた疑いがあるらしい。御用人の山上郷助様が、御前に言上なさったそうや」

その話を聞いて、

「検《あらた》めるというのなら、これで一安心や」

しかし、勝手方を検める話はいつしか立ち消え、いつもは気軽に出入りできる御殿の庭は、今は江戸から来た御前の近習《きんじゅ》しか入れないようになっていた。

「御前は国元の者を敵やと思ってはるみたいや」

足軽たちの中に不安が募り始めた。庄太夫に相談したいと思ったのだが、当の庄太夫は大目付の役を罷免《ひめん》されていた。

もしかして、己が余計な相談をしたせいではなかろうかと、不安を覚えていた。

そしてその日。

勝手方で算盤を弾いていた才次郎の元に、慌ただしい足音と共にとんでもない話が飛び込んで来た。

「山上様が、御家老に会いに行く途上で、後ろから不意打ちで斬られたらしい」

勝手方を調べると言っていた御用人が、斬り殺されたというのだ。

「一体、何が起きてるんや」

その場に居合わせた者たちも、御家で不穏な動きがあることを分かりながらも、全容はまるで分からない。

「ともかく、今は目の前のことを」

互いに口を引き結び、算盤仕事をしていた。すると、慌ただしい足音と共に、目付の田中源次郎《たなかげんじろう》がやって来た。そして、

「そこな者、こちらへ」

と、手招いた。それは才次郎だけではなく、その場に居合わせた五人ほどである。才次郎たちが戸惑っている間もなく、表情を消した小姓が、

「御腰のものをお預かりします」

居並ぶ五人の刀を問答無用で集めていく。

「そなたたちは、こちらへ参れ」

導かれるままに奥まった徒士部屋に入った。

何か叱責があるのだろうか。

緊張したまま座っていると、田中は改まった様子で言った。

「これより、ここへ罪人が参る。その者が入った後、逃げぬように戸口を塞いで立っておけ」

足軽たちは互いに目を見合わせた。どうやら自分たちは叱責されるのではなく、ただの衝立代わりらしい。

「罪人て、誰や」

小さく囁《ささや》き合うも、田中が上座に腰を下ろした途端に黙り込んだ。

遂に勝手方で着服していた用人とやらが捕縛されたということか。いや、それならばお裁きがあるはずで、役所の奥まった徒士部屋に連れて来られるのはおかしい。

違和感を確かめる間もなく、だんだんだん、と廊下を渡って来る足音がした。見るともなしにそちらに目をやると、一人の男が二人の役人に両脇を摑まれ、連れられて来た。そして、下座に座らされると同時に襖《ふすま》が閉め切られた。

五人の足軽と田中ら四人の侍、それに罪人。十畳ほどの狭い徒士部屋にひしめいていて息苦しい。

才次郎はそこで初めて、真ん中に座る罪人の姿を見た。

「庄太夫様」

それが、元大目付、村上庄太夫だと知り、才次郎は思わず声を上げた。他の足軽たちも、庄太夫の姿を見て狼狽《うろた》える。

「何で庄太夫様が……」

小さなさざめきに、田中は、

「鎮まれい」

と、声を荒らげた。

庄太夫はその中にあっても、背筋を伸ばして堂々と胸を張り、静かに座っていた。

上座には、目付の田中源次郎と内田吉左エ門《うちだきちざもん》が座って、庄太夫と向き合っていた。やがて、田中が奉書を取り出して、恭《うやうや》しくそれを掲げてから、ひらりと広げた。

「村上庄太夫、その方、先に不埒《ふらち》な献言をし、役儀追放となった後も改めず、この度、徒党に加わり御家中を騒がせた罪は重い」

そこで田中は間を置いて、腹に力を込める。

「即刻に、切腹を命じる」

田中源次郎は声を張った。

「……切腹て」

才次郎は思わず声を上げ、他の足軽たちもまた、動揺した。その中にあっても、庄太夫は動かない。むしろ、刑を告げた田中の方が額に汗を浮かべている。

「しかと承《うけたまわ》った」

庄太夫は静かに、はっきりと言った。

「ただ、昨晩から着の身着のまま。行水をし、月代を整え、麻裃《あさかみしも》に支度させて頂きたい」

庄太夫はこの裁きを受け入れている。何故、どうして、という問いが沸き上がるが、それでも才次郎は耐えた。ここで庄太夫の決意を穢《けが》してはならないと思ったのだ。

早速、切腹の身支度をすることになろうと、足軽たちが間を開けようとした。

「ならぬ」

その声は田中のものであった。腰を浮かしかけた庄太夫も目を見開き、眉を寄せた。

「……何故でござろう」

すると田中は自らの背後に控えていた小姓に、三方に載せた扇子《せんす》を運ばせ、それを庄太夫の前に置いた。

「扇腹《おうぎばら》を切れとおっしゃるか」

庄太夫の声が低く響く。

扇子で腹を切る所作だけをする「扇腹」は、武法に背いた者が受ける罰である。それは、命のみならず武士としての誇りをも奪う。

身支度さえままならず、死ねというのだ。

庄太夫は堪えるように膝の上で拳《こぶし》を固く握りしめ、ぐっと唇を引き結んでいた。やがてゆっくりと顔を上げると、目の前にいる田中を見据えた。

「某《それがし》は、武法に背いた覚えはござらん。せめて、御腰のものをお貸し願いたい」

手を差し伸べた庄太夫は、田中の腰に刀がないことに気付き、目を見開く。田中の隣に座る今一人の検使、内田にも、周りを取り囲む足軽たちにも刀がない。

それを解した庄太夫は、ふっと吐息するように吹き出し、やがて声を立てて笑った。その笑い声は侮蔑《ぶべつ》にも嘲《あざけ》りにも、嘆きにも聞こえ、小さな部屋の中で響いた。

「某は武術に心得がござる。故に、そこもとの御腰のものを奪い、乱闘の末に逃げるとでも思われたか。そろいもそろって御腰のものを置いて参られるとは……」

呆れたような吐息と暫しの沈黙の後、庄太夫はきっと顔を上げて田中を睨《にら》んだ。

「かような有様が外に知れれば、御家の恥になるであろう」

田中は表情を変えず、ただ目を伏せる。

才次郎は、もしもここに刀があったのなら、庄太夫を助けるために抜いたかもしれない。そう思った時、田中が刀を取り上げたのはその為でもあったのかと思った。他の足軽にも、同じように思う者がいるようで、ぐっと拳を握り締めている。

重い沈黙が続いた。誰かがほんの少し身じろぎをするだけで、何かが爆《は》ぜるような危うさがあった。それを打ち破ったのは、庄太夫であった。

「御安堵《あんど》召されよ。口惜しくはあるが、御検使に逆らうような真似はせぬ」

声は低く静かだ。

庄太夫の静かな声からは、今、自らに切腹を命じた二人の検使たちへの配慮も感じられる。田中もそれを察したのか、顔を上げ、縋《すが》るような眼差しで庄太夫を見た。庄太夫は背筋を伸ばした。

「ただ一つ。御検使から、某が武法に背いてなどおらぬとの御言葉を承りたい。さすれば即刻、切腹仕る」

田中は目を見開き、次いで唇を引き結ぶ。しかしその口元が僅かに戦慄《おのの》く。周りに居並ぶ足軽たちも、固唾《かたず》を呑んだ。

「……背いてなどおられぬ」

掠《かす》れる声がした。喘《あえ》ぐように言ったのは、先ほどまで黙り込んでいた今一人の検使、内田であった。田中は慌て、窘めるように内田の袖を引いたが、内田は田中の手を振り払い、言い募った。

「村上殿は、武法に背いてなどおられぬ」

今度の声ははっきりと部屋の中に響いた。

涙目でひたと前を見つめる内田を見返し、庄太夫は深く頷いた。

「さすれば」

庄太夫は覚悟を決めたようにもろ肌を脱ぐと、三方に置かれた扇子を取って押しいただいた。それを右の手に持ち、左の手で首筋の毛を撫で上げる。

その所作を受けて、介錯人が刀を手にして庄太夫の背後に回った。

「御頼み申す」

庄太夫はそう言うと、扇子を手に目を閉じた。刀が庄太夫の首筋に向かって振り下ろされた。

血飛沫《ちしぶき》は辺りに飛び、才次郎の足元にも血痕は散った。庄太夫の体は扇子を手にしたまま力なく前へと崩れる。

才次郎は、その瞬間までも見届けねばと目を見開いていた。事切れた庄太夫を見た瞬間、足先から震えが立ち上り、目から涙が溢《あふ》れて来た。膝から崩れそうになるのを耐えるのに必死であった。

時が止まったように、皆がその場で凍り付いていた。やがて、ゆっくりと立ち上がった検使の田中は懐紙で自らの頬に浴びた血を拭《ぬぐ》う。そして居並ぶ足軽を見回した。

「一切他言《たごん》無用。清めておけ」

田中は逃げるようにその場を去る。そして、庄太夫の骸《むくろ》は、数人によって戸板に載せて運び出された。

「大目付様は、どうなるのでございますか」

才次郎は思わず問いかけた。立ち去りかけた検使の内田は足を止め小さな声で告げる。

「龍雲寺《りゅううんじ》に葬られることとなる」

才次郎は、骸について行くことはできず、他の足軽らと共に徒士部屋に飛び散った血を黙々と拭うことしかできなかった。


「……口惜しいことでございます」

語り終えた才次郎は、絞り出すように言い、額を床につけて頭を下げる。

「何も出来ず、ただ見ていることしか出来なかった……お恥ずかしい限りでございます」

黙って聞いていた志乃と勢津は、互いの手を取りながら、静かに涙を流している。目の前で蹲る才次郎に向かって、勢津が膝を進めた。

「才次郎さん、どうか、頭をお上げ下さい」

才次郎はそれでも顔を上げられず、ひれ伏している。勢津は才次郎の肩に手をかけ、ゆっくりと起こす。

「ありがとうございます。お話しいただけたことで、夫の最期を知ることができました。あの人らしい……立派な最期でございました」

勢津は涙を堪えるように幾度か瞬いて、優しく微笑んだ。

「どうか、御身を責めないで下さいまし。あの人も、覚悟を決めて逝ったのです。武士として道を定めたからには、私もそれを悔いません」

才次郎は、消え入るような声で、はい、と答えた。

「せめて、奥様とお志乃さんが、こうしてご無事でいらして下さり、どれほど救われたか」

そしてふと辺りを見回す。

「三太兵衛さんは……」

勢津は首を横に振る。

「まだ、何処にいるかは分かりません。されど、あの子も村上庄太夫の子。必ず逞《たくま》しく生きているはず。いずれは会えると信じております」

勢津は志乃を振り返り、ね、と同意を求めた。志乃は袖で涙を拭いながら、力強く頷いた。才次郎は二人の様子を見て、改めて頭を深く下げた。

「それでは某はこれで」

「お待ちを。才次郎さんはこれからどうなさるのです」

才次郎は、毅然と微笑んだ。

「どうかお気になさらぬよう。長居して、御二人に御迷惑がかかってはいけませんから」

「しかし……」

更に言い募ろうとする二人の声を振り払うように、才次郎は立ち上がり、慌ただしく部屋を出る。文吾は急いで才次郎の後を追って階段を下りた。

置屋の戸口まで来た才次郎は、文吾を振り返った。

「そこもとは、御二人の為に狭山のことを知ろうとなさっていたのか」

才次郎に問われ、文吾は、はい、と答えた。

「庄太夫様とは連歌の会でお会いしております。狭山の屋敷を訪ねたこともございます。お志乃さんと偶々《たまたま》お会いできたのも何かの縁。御力になれればと」

すると才次郎は、文吾に向かって深く頭を下げた。

「忝《かたじけな》い。どうか、今後ともよしなに」

「貴方はこれからどうなさる」

才次郎は、さあ、と言いつつ、戸を隙間だけ開いて外の様子を窺う。

「何かに追われておられますのか」

最初に文吾を襲ったのも、何かを恐れていたからだろう。才次郎は首を傾げた。

「取り越し苦労やもしれませんが……あの扇腹は、庄太夫様が仰せの通り、御家にとって恥。騒動が外に漏れることは、是が非でも避けたい方々は、某の出奔《しゅっぽん》を許せぬと見え、追っ手がかかっていると」

文吾が外に出ようとする才次郎を止めようと、思わず袖を摑んだ。しかし才次郎は、文吾の手を外した。そして、真っ直ぐに文吾を見つめた。

「あのお裁きを下した御前を、主と仰いで生きていくことはできそうにない。物乞いとなろうとも、命を落とすことになろうとも、戻るつもりは毛頭ない」

その言葉は淀みなく、晴れ晴れとした決意を感じさせた。しかし、そこに至るまではさぞや苦悩があったのだろう。

「忝いが、外に人がおらぬか確かめていただけぬか」

文吾は、恐る恐る外に出た。前の通りや路地に人影がないことを確かめ、頷いた。すると戸口からするりと出て来た才次郎は、小さく文吾に会釈をし、一刻も早く遠ざかろうと駆け足で去っていく。

遠ざかる才次郎の背を見送ってから、文吾は戸口を閉め、その戸に凭《もた》れて、天井を見上げる。

「扇腹て」

明るく、穏やかな庄太夫の笑顔を思い出す。

どれほど口惜しかったであろう。どれほど心残りであったろう。命のみならず、誇りをも踏みにじられる死を、受け入れざるを得なかった。

「あの御仁を殺すとは、とんだ外道《げどう》や」

呪うように呟いた。

階段に足を掛けた時、二階から嗚咽《おえつ》が漏れて来た。志乃と勢津が泣いているのだ。文吾は足を止めて階段に腰かけ、黙って泣き声を聞きながら、どうしようもない虚しさを覚えていた。

○本を刷る

文吾は北船場に向かって走っていた。

早朝に黒縄屋の白太夫からの文が、木端の元に届いた。前日、志乃母娘と共に聞いた才次郎の話を木端に夜通し語り、朝方に泣き疲れて寝しなにたたき起こされたのだ。

駆け付けた東横堀川の辺りには、既に人だかりができていた。その中には、白髪の白太夫がいた。

「白太夫」

文吾の声に、白太夫は静かに頷き、そして顎《あご》で堀を示す。そこには役人たちがおり、一人の男の骸を引き上げている。

「……才次郎さん」

薄汚れた着物と、月代の伸びた頭。つい昨日見た、才次郎の姿である。

「知ってたんか」

白太夫の問いに、文吾は頷く。

「儂も、狭山の話を聞くことになってててん」

白太夫は、狭山の騒動についての話を集めていた。どうやら出奔した者が大坂にいると聞いて、会おうとしていた。

「あの御侍は元は商家の出やてな。遠縁の者がこの辺におるとかで、会える手筈《てはず》になってんけどな……」

紙問屋の橘《たちばな》屋《や》の番頭が、遠縁にあたるらしい。先ほどから堀の傍らで、涙ながらに引き上げられる才次郎を見守っている。

目を凝らすと、体の正面に斬られた痕がある。

「真正面から袈裟《けさ》懸《が》けや」

野次馬の声がする。見物人は、おお、と嘆息する。刀を向けられて、逃げずに正面から斬られた。武士らしい最期と言えるのかもしれない。

「……追われてるかもしれんて、言うてはったんです」

文吾の言葉に、白太夫はふむ、と唸る。

「御家騒動は、隠したかて漏れるけどな」

どこか嘲笑《あざわら》うような口調である。するとそこへ、ひょいと木端が顔を見せた。

「血相を変えて出て行くから何事やて思たら、えらい剣呑《けんのん》やなあ」

少しも剣呑そうではない口ぶりであるが、その表情は暗い。

戸板に載せて運ばれていく骸に手を合わせて見送る。その時、板からだらりと腕が落ち、文吾は言いようのない口惜しさを覚えた。

「……どうして」

言いたい思いが喉に詰まる。木端は文吾の肩を叩き、

「戻ろう」

と促した。白太夫も、文吾の背を軽く撫でると、木端に目配せをして、自らはさっさと裏通りへと去って行った。

文吾と共に北堀江の木端の住まいへと戻る。町家に上がり、戸を閉めると、文吾ははあっと大きく吐息してその場に座り込んだ。

「あないなことになるやなんて」

「御家を守るためやったら、御武家は非道も躊躇《ためら》わん。それが国を捨てた足軽ともなれば、殺《あや》め

ることに何の痛みもあるまいて」

酷な話やけどな、と、木端は付け加えた。

「その理屈で言えば咎人《とがにん》の妻子はますます危ない言うことですよね。お志乃さんたちを遠くへ逃がしたらなあきません」

「せやな……」

とはいえ、逃がすといって何処に逃がすのか。何処まで逃げればいいのか。その金はどうする。誰を頼る……。

そこまで考えて苛立《いらだ》った。

「そもそも何故、あの母娘が逃げなあかんのや」

思わず声を張り上げた文吾に、向き合って腰を下ろした木端は驚いたように目を見開く。文吾はずいと木端に詰め寄った。

「だってそうでしょう。庄太夫様は何も悪いことはしていない。武道に背いてなどいない。才次郎さんかて、ただ、庄太夫様の最期を伝えただけで、あないに斬られて死んで。つい昨日まで生きてはったのに……」

不意に脳裏に、戸板に載せて運ばれていく、才次郎のだらりと垂れた腕が思い出される。文吾よりもいくらか年上とはいえ、まだまだ若い。さぞや無念であったろう。

「非道は狭山のご当主や。奸臣や。そない大声で言って回りたい」

拳を握り、己の膝を打つ。そんなことができるはずもないと分かっているからこそ、余計に腹が立った。

しかし、木端がパンと手を打った。

「そらええな」

あまりに軽い口ぶりに、文吾は思わず、へ、と問い返した。

「何を言うてはるんですか」

「いや、本当に大声で言うんやないで」

「当たり前です」

文吾は師匠を叱るように声を張る。

「そもそも、何で才次郎さんが殺されたと思う」

「そら、御家の大事を知ってはったからでしょう」

「そう。大事を知ってる人が少ないから、殺せば隠せると思う。せやけど大勢の人がそれを知ってしもうたら……」

「そら、殺しきれません」

「あの母娘を守るなら、母娘以外にも、大勢がその話を知ってればええ」

確かにそうだが、一体どうするつもりなのか。文吾が怪訝《けげん》そうに眉を寄せているうちに、木端は手を打った。

「金が要るな」

「金て、何のことです。わては今、あの母娘が才次郎さんの二の舞にならんようにて」

すると木端は戸棚から風呂敷包みを取り出した。それは、先だって志乃から預かった庄太夫の手記であった。

「それ、返してはらへんかったんですか」

「せや。これがあることが、却ってあの母娘にとって危ういかもしれんと思てな」

木端は手記を恭しく捧げ持つ。

「これは、庄太夫さんの遺言でもある。おいそれとはひけらかすもんやないけどな。妻子を守るためやったら、むしろ意味があるやろ」

そして、文吾の前にそれを置いた。

「お前さんは、ここまで聞いた御家騒動の顚末《てんまつ》を書いてみ」

「書くって、ここにもう書いてあるやないですか」

「違う。今回の一件で一番、御家が聞かれたくないことは何や」

「それは扇腹では」

主君が一部の臣の言い分を通し、あたら人望のある忠臣に、扇腹を切らせた。その委細が漏れれば、それこそ武道に背いた御家と言われかねない恥である。

「その肝心なところが、この手記にはない。せやから、才次郎さんの話を入れて、分かりやすう書き直せ」

「書いてどないします」

「刷《す》る」

木端ははっきりと言い切り、口の端を上げてにやりと笑う。

「刷るて本にするんですか。せやけど、そんなことしたら……御法度《ごはっと》と違いますんか」

「御公儀を怖がっとったら、何もできん」

木端はからりと軽い口ぶりで言う。

「御公儀には御公儀の道理があるやろ。せやけど、民草《たみくさ》には民草の道理がある。大抵の場合はそれが上手いこと折り合いがついてるけどな。時折、折り合いがつかんこともある。そう言う時に物を言うんは、儂らのような者や」

「儂らのような……て」

「暇にあかせてようけ本を読んで、物を書いて、頭でっかちになっている世のはみだし者。文人墨客は、そういう生き物や。せやからこそ見える物もある」

これまで、お気楽に生きているとばかり思っていた木端の違う面が見えた気がした。

「請け負う人もいてる」

「……白太夫さんとか」

木端はうん、と頷いた。

「あのお人は、元は御武家やった。儒学者でもあったが、上に異を唱えて役目を追われたらしい」

薄暗い御店の中で、しゃんと座る白太夫の中に、揺るがぬ芯があるのだ。

文吾は、この町でただ、おかしな大人に囲まれて粋人たちの交流を楽しんで来た。しかしこの楽しさの底に、どん、と宿っている強い反骨のようなものを、初めて痛感していた。

「せやからお前は、板下《はんした》になるものを書け。あまり分厚くせず、誰が読んでもある程度、事の次第が分かるものや」

文吾は木端の目を見つめた。そこに強い意志を感じ、力強く頷き、文机《ふづくえ》で筆を執った。

「よし、儂は金策や」

言うが早いか、木端は家を出て行ったのだが、一刻もせぬうちに帰って来た。

「あきませんでしたか」

文吾が言うと、木端はふん、と鼻を鳴らす。

「この栗柯亭木端やで」

どん、と胸を叩き、手元の巾着を鳴らす。じゃらじゃらと、景気の良い音がした。

「流石は儂の弟子や。よう分かってる」

和泉屋藤兵衛は、志乃を助けた次第から知っているだけに、どんと金を支度したらしい。無論、それだけでは足りないが、

「後はお任せを」

という言質《げんち》を取って帰って来たという。そして和泉屋の言葉通り、

「何や知らんけど、師匠が困ってはるなら」

と、事情も知らぬまま金を送って来る者もいた。おかげで二日ほどの間にかなりな額が揃った。

板木に刷り代、仕立て代、そして紙代。二十匁《もんめ》を軽く超え、なかなかの出費である。

「紙が高いなあ」

木端がぼやきながら悩んでいた最中、紙問屋の橘屋の番頭が訪ねてきた。

「ご存知かと思いますが、先に亡くなった才次郎は、私の遠縁でございまして……」

東横堀川で、遺体を見て涙していた男である。

「仕舞多屋の蒹葭堂さんから、話を聞きました」

木端の連歌の会にも顔を出す蒹葭堂が、今回の本の話をしたらしい。

大坂でも名うての紙問屋の番頭と言うこともあり、気品のある堂々とした佇まいである。

「才次郎が訪ねて来た時、私は追い返してしもうた。御家騒動の委細も知らず、才次郎は逃げたんやと決めつけて……それが、あんな形で死んでしまうとは」

もう少し話を聞いてやれば良かった。聞いたところで何もできなかったかもしれないが、せめて、寂しい思いをさせずに済んだかもしれない。そう思うと悔いばかりが残ると、切々と語る。

「紙はこの橘屋が安う手配させていただきます」

そうして奔走すること、五日余り。

「これだけですか」

刷り上がった本を見て、文吾はやや拍子抜けした。積まれたのは二十冊余りである。

「こんなに少ないんやったら、知れ渡ったて言えへんのやないですか」

狭山の者たちが、御家騒動が既に知れ渡ったと思わなければ、志乃母娘は危ういままだ。文吾が不安げに木端を見やるが、木端は余裕の笑みを見せる。

「冊数は少なくてもええ。こんな板木が、目と鼻の先の大坂にあると知らせることが大事や。既に、五冊は、狭山の陣屋に向かってる」

「どうやって」

「昨夜のうちに、貸本屋に頼んで、陣屋や目付の屋敷やらの門前にそっと置き去りにした」

木端は、ふふふ、と悪戯《いたずら》めいて笑う。

「これで、陣屋は大騒ぎになる。とても、母娘を見張ってる場合やなくなる」

果たしてそう上手くいくのだろうか……。

「それにな、大勢知っているわけやなくても、誰が知ってしもたかも問題や」

本には既に買い手がついているのだという。

「誰が買うたんですか」

「両替商や」

両替商の中には、藩に金を貸す大名貸を行っている店も多い。御家騒動などがあったとなれば、早急に金を回収しないと、お取り潰しになった時に不渡りの手形を抱え込むことになる。だから、こうした内部の事情については、金に糸目をつけずに買う。

「おかげで高う売れた。弟子たちに返しても、酒が飲める」

木端のいつもの気楽な口ぶりを聞いて、文吾は、ふうっと安堵の息をつく。

本が刷り上がるまでの数日の間、文吾は生きた心地がしなかった。御法度に背いているという不安と同時に、これが刷り上がらなければ志乃母娘が危ないという不安もあった。

腕っぷしがあるわけでも剣が強いわけでもないのだが、もしもあの母娘を襲いに来る者がいたら、守らなければならないと思ったのだが、暇を見つけては置屋の周りをうろつくことしかできなかった。

文吾は、残っている本の中から一冊を手に取って表紙を撫でた。

「まさか、これが最初の本になるやなんて」

文吾は自らが一から書いたものが板木となり、刷られ、本となるのは初めてのことだった。

「お前の本やない。間違うても、そないなことを口にしたらあかん。誰が書いたか分からん本や」

木端は常になく低い声で、強く言う。文吾はその声に圧倒されながら、小さく頷いた。

「分かってます」

本の書き手、板元の実名のないものは、書物屋仲間の調べを受けていないものとして、発禁となる。これだけでも既に御法度だ。

板下を書き上げた時、この危ない本が刷られたらどんな思いになるだろうと思っていた。いつも木端の歌集が刷り上がれば、それだけで心は躍った。読むことも楽しかったし、その端に己の名が連ねられているのを見るのも嬉しかった。しかし今、そうした思いとはまた違う感慨が、胸の内に去来する。

本が出来て嬉しいと言うのとは違う。武者震いにも似た高揚と、恐れがあった。

「怖いか」

木端の問いに図星を差され、文吾は顔を上げて師匠を凝視した。木端は本を手に取り読み上げる。

「あたら忠臣を不忠になし……佞人《ねいじん》ばらの讒言《ざんげん》を御用ひあつて、実否を正したまはざるにや」

文吾の書いた一文を大仰に音読して揶揄う。

「暑苦しいやっちゃなあ」

確かに、改めて読むと熱が入り過ぎている。しかしそれが文吾にとっての正直な思いでもあった。

「公然と、上《うえ》つ方《かた》を非難するのは、あんまり賢い生き方やない。それは分かるな」

「はい。せやけど、賢《さか》しげに黙っているのがええとは思いません」

文吾とて、法度を破りたくて破っているわけではない。元より、争いごとは嫌いだし、人を傷つけることは好まない。喧嘩が起きればついと背を向け、時には意気地《いくじ》がないと笑われても、余り気にしたこともなかった。

それでも今回、黙っていることは出来なかった。黙って通り過ぎ、もしも志乃母娘が川に浮かんだら……恐らく一生、負い目に思ったことであろう。

そう考えると自然と眉根に力が入り、唇を真一文字に引き結ぶ。すると木端は手を伸ばして文吾の両頰を横にぐいっと引っ張った。

「気難しい顔しなさんな。お前さんはあれか、いずれは出世して武士にでもなる気か」

「いえ」

「せやな、狂歌師の弟子で、絵やら文やら書いてる文人墨客見習いの小童やな」

「はい」

「それやったら、狂歌の流儀を教えたる」

木端は文吾の頰から手を離す。文吾は頰を撫でながら居住まいを正して座ったが、師匠は胡坐《あぐら》で頭を掻《か》きながら口を開いた。

「ええか、世の中の大半の揉《も》め事はな、振り上げた拳の下ろしどころを見失うことで起きる。せやけどお前の言う通り、黙っていればええというわけやない。言わなあかんこともある」

そして、木端は手元の本をトンと叩いた。

「これはな、確かに言わなあかんことや。せやけど、下手をすれば儂もお前さんも危ない。それは分かるな」

「はい」

「窮屈な世の中で物を言うには、身を守ることを忘れたらあかん。言って、殺されたんでは元も子もないからな。その為には、相手に拳を振り上げさせず、上げたとしてもすぐに下ろせるように間を空けとくことが大事や。その間が狂歌に欠かせぬ滑稽《こっけい》であり、風刺、諧謔《かいぎゃく》や」

「滑稽、風刺、諧謔……」

文吾は師の言葉をかみ砕くように、ゆっくりと繰り返す。

「面白おかしゅう書けばええ。生真面目に言うたら喧嘩になる。せやけど下らない言葉に乗せてしまえば、真に受けて怒った方が恥をかく。力を抜いて、笑いながら書け」

文吾は先ほど木端につねられた頰を撫でる。木端は文吾を見て微笑むと、つと文机の筆を手に取ると、積まれた書き損じを広げて書く。

武者、美女、花、風、神、仏、鬼、蛇……

羅列される文字を目で追いながら、文吾は首を傾げて師匠を見た。すると、師匠は己が手にした筆を文吾に渡した。

「握ってみ。卵を握るように優しゅうな」

文吾は怪訝そうに戸惑いながら、筆を受け取り、掌の中に包むように握った。

「筆は卵や。ここからは武者も美女も神仏も出る。それが人の心を躍らせ、救いもする。せやけどここからは、鬼も蛇も出る。それは思いがけない形で暴れ、人を食らいもする」

言われるうちに、筆を握る右手がじんわりと熱くなってくるように思われ、文吾は己の手の中の筆を見た。それは先ほどと変わらず、いつもの使い慣れた古びた筆でしかない。

「今回、お前さんはその卵を強く握って鬼を出したかもしれん。それは、お志乃さん母娘を救いたいという祈りでもある。しかしそれは同時に、狭山の御家を脅しもし、大坂の書物屋仲間を危険にも晒《さら》す。握った卵から出た鬼は、いつも人を救うとは限らん」

木端は、筆を握る文吾の手を両手でそっと包む。

「お前さんが今、ここで感じている恐れは、決して間違いやない。筆の怖さは刀の怖さと同じや。その怖さを知らぬまま、振り回していればいずれは己や己の大切な人を傷つける。この心持ちを忘れてくれるなよ」

文吾は、己の手に重なる木端の骨ばった手を見つめ、はい、と深く頷いた。

○別れの朝

冬の寒さが厳しくなり始めた頃。

志乃と勢津が大坂を離れることになった。

探していた庄太夫の長子、三太兵衛が、伊勢にたどり着いていたことが分かったのだ。

「それやったら、うちの本家があります」

木端の弟子の一人である、油問屋の主が言った。大坂には伊勢商人が多く、その絆《きずな》は大層強い。幾度か文をやり取りし、三太兵衛はその油問屋の本家に奉公をし、志乃と勢津もそこに行くことになった。

「大きな油問屋やから、食うには事欠かん。事情も知って引き受けてくれるんやから、心配いらん」

「はい」

「ただ、そこからもう一度、武士の身分に戻ることは至難やけど……」

武士の身分を離れた者が元に戻るには、金を積んで株を買うか、養子に迎え入れられるか。運と縁による。しかし志乃は微笑んだ。

「士分は、身分ではなく志。父がよう申しておりました。それにおいては、私どもは何ら恥じることはございません」

凛と言い切った。

旅立ちの朝、木端と文吾と鶴冨美は、玉造《たまつくり》まで見送りに出た。大坂城が見えていた。

油問屋の手代が、伊勢の本家まで同道してくれることになっており、道中も心強いことである。

「姐さん、こないな御着物頂戴して……」

志乃は、赤い麻の葉文の小袖を着ており、勢津も、落ち着いた青の菱文《ひしもん》の小袖を纏《まと》っていた。

「ええんや。どちらもお古やし。あんたの方が似合うし」

文吾もまた、恐る恐る足を踏み出し、手にした本を差し出した。

「これは……」

「一冊は、師匠の歌集。一冊は、流行りの洒落本で、一冊は……此度の顚末について記した本です。言うたら狭山の『失政録』でしょうか」

「失政録」

繰り返すように呟く。そして中を見た志乃は、そこに狭山の顚末を見つけて、そっと閉じた。

「置いて行きますか」

文吾は戸惑いながら問いかけた。持っていることが危ないかもしれない。しかし志乃は首を横に振った。

「いいえ。持っていきます。三太にも見せたい。これは、私どもの支えにもなりましょう」

不安げな文吾と、涙を目に浮かべる志乃の前に、木端はずいと進み出た。

「そういう本はな、歌集と洒落本の間に挟んでおき。もしも見とがめられることがあったら、浄瑠璃本ですけど……て、知らん顔せい」

志乃は呆れたように目を見開き、次いで笑った。文吾は師匠の言いように苦笑する。

「何や狡《ずる》くないですか」

「狡くて何が悪い。上手く躱《かわ》していけばええ。何はともあれ、生きていれば何とかなる」

その言葉は軽い口調で放たれたが、庄太夫の死、才次郎の死を経た後では、ずしんと重く響いた。志乃は涙目で頷きながら、本の入った風呂敷包みを大切そうに胸に抱えた。

「ほな、そろそろ行きまひょ」

近くで煙草をふかしていた油問屋の手代が声を掛ける。母娘は、はい、と返事をした。

「あと、これを」

木端は懐から出した巾着を、ぎゅっと勢津の手に握らせる。ちゃりん、と銀貨の音がした。勢津は慌てて木端に押し戻す。

「そんな……頂けません」

「ええんや。お前さん方には幸せになって欲しい。せやから、な。この通り」

木端はそう言って、深々と頭を下げた。母娘は暫しの躊躇の後、それを恭《うやうや》しく掲げた。

「この御恩はいずれ」

母娘は油問屋の手代と共に、旅路についた。遠ざかって行く二人の背を見送ると、気丈な鶴富美がつと目頭を拭った。

「ずっといてくれても良かったんですけどね。あの娘に花街は似合わへん」

文吾としては、志乃がこの町にいてくれたらと、思わないではなかったが、似合わぬ生き方をして欲しくはなかった。

鶴冨美は、ほな、と先を急いでいき、文吾は木端と並んで歩いた。

「あの本、思ったよりも、大騒ぎにはなりませせなんだな」

文吾のぼやきに木端は苦笑する。

「何や、騒いで欲しかったんか」

「いや……せやないですけど。少しは何かが変わるかなと」

騒いで欲しかったと言うよりも、それによって狭山の御家に何かの変化があるかもしれないと思っていた。それはそれで恐ろしいことではあるのだが、どこかで期待もしていたのだ。

木端は、苦笑しながら年若い弟子を見る。

「あの本にそない大きな力はない。言うなれば埋火《うずみび》や」

「埋火」

「なんぼ都合悪いことを隠したかて、ほんまのことはいずれ明らかになる。それを記したもんがあれば猶更や。せやからきちんと書き残して、未来のために埋めておく。いつかは真のことが、悪いものを燃やす火種になるからな」

文吾の脳裏に、火鉢の灰の中でじんわりと赤い熱を帯びた炭火が描かれた。そこから小さな煙が上がり、真っ赤に焼ける。あの本が、いつの日かそんな風に火をつけるきっかけになるのだろうか。

文吾はそこでふと足を止めた。

「どないした」

木端が振り返る。

「師匠、号を変えてもええですか」

「盈果亭栗杖が気に入らんのか。折角つけたったのに……」

「いえ、せやのうて」

文吾は木端の傍らに寄り、己の手のひらを開いては閉じ、開いては閉じた。

「何や、先だっての師匠の言葉が気になって、忘れんようにしたいので」

「儂は何か言うたか」

木端は首を傾げる。その様子を見て文吾は笑った。

「ええ、きっと師匠は覚えてはらへんと思いますけど……」

「それで、何て名乗る」

「栗杖亭鬼卵」

「きらん」

「鬼の卵て、書きます。師匠が言うてはった。筆は卵やて。鬼も蛇も出る卵やて。それを忘れたないんです」

するとまた木端は、ああ、と己の言ったことを思い出したような顔をした。

「うん、そらええこっちゃ。そして、ええこと言うたな、儂は」

得心したように笑い、バンバンと文吾の背を叩きながら、ふと気づいたように文吾を見やる。

「お前、いつの間に儂よりそないに背が高うなったんや。生意気やな」

悪態をつきながら歩く。その後ろを文吾は小走りでついて行った。

●きらん屋にて　一

「このやつがれが十六、七の頃の思い出というたら、こんな話でございましょうや」

語り終えた老爺鬼卵が吐いた煙草の煙が、ゆっくりと白い軌跡を描きながら、きらん屋の中を漂っている。

「怪《け》しからんな」

定信は呻くように口にして、目の前にいる鬼卵を睨んだ。

この男は、たった今、この松平定信の目の前で法度破りを告白したのだ。御公儀の許しを得ぬ本を作り、それを配ったという。

御家騒動の秘密を、外へ漏らした才次郎という足軽も、主君への忠義が足りぬであろう。苛立ちを込めた定信の視線の先で、鬼卵は動じる様子もなく、煙草を燻らせている。

「本当に、怪しからんです」

その声は、定信の傍らにいた本間春伯の孫、吾郎から発せられた。見ると、吾郎は涙を浮かべ、口をへの字に歪めている。

「村上様のような忠臣に扇腹を切らせるとは、とんでもない主君です」

拳を握って憤《いきどお》る吾郎の言葉に、定信は息を呑む。

どうやら、同じ話を聞き、同じ言葉を口にしたが、吾郎は全く違う角度でこの話を受け取っていたらしい。

そのことに気付き、定信は口を引き結ぶ。

二人の様子を交互に眺めた鬼卵は、ははは、と声を立てて笑った。

「面白いものですなあ……吾郎殿は、主君に対して腹を立てておられる。しかし、御殿様はさようではございますまい」

「そうなのでございますか」

吾郎は屈託なく問いかける。定信は眉を寄せて咳払いした。

「確かに、奸臣を重んじ忠臣を斬るとは、主君として器が足りぬ。さりとて才次郎なる男も、臣たるものが、御家の騒動を外に漏らすとは……」

吾郎はその言葉に、ついと首を傾げる。

「はあ、まあ……そうなのですが……」

どうにも腑に落ちぬ様子である。

確かに、定信も若い時分に狭山の騒動について聞いた時には、吾郎と同じように思った。とりわけ扇腹の一件について初めて聞いた時、定信は氏彦に憤怒した。

「あたら忠臣を殺すとは。君主の器とは言えぬ」

そう息巻いたことさえあった。

しかし、己が藩主となり老中となるうちに、気になることは変わった。

何故、その話が藩の外に漏れ、いかにして広まったのか。

そちらにこそ関心が向くようになった。

政において、民に何を報せ、何を報せないかは慎重に選ばねばならない。ともすれば威信を失い、民の反発を招き、いずれ乱や戦の火種となる。

だからこそ定信は、流言の類にも目を光らせ、御庭番を使って巷《ちまた》の声も拾った。時には敢えて瓦版を使って噂を流したこともあったほどだ。

若き日には、庄太夫やその妻子を、哀れと思っていた。それもまた本心。そして、執政をする身として、御家の事情が漏れることを忌々《いまいま》しく思うのもまた本心。己の内に相反する思いが渦巻いていることに気付き、定信はやや戸惑った。

しかし、その動揺を感づかれまいと、努めて冷静に鬼卵に問いかけた。

「して、その埋火はどうなった」

鬼卵はにやりと口の端を上げて笑う。

「おや、読本なんぞを書く戯作者の話を信じて下さいますのか」

慇懃《いんぎん》無礼な口ぶりである。しかしここまで委細に話しておきながら、全てが絵空事ということもあるまい。

「あの時分の上方の書物屋たちの活気を思えば、あり得ることだと思う。して、その本はどうなった」

たかが数冊である。大したことになりはすまいと思ったが、その行く末が気になった。

「埋火は埋火です。時折ふわりと煙が立ち、時折、誰かが火傷《やけど》をした」

狭山の家中においてですら、この書で初めて事の次第を知った者も少なくない。庄太夫を慕っていた者たちが、主君である氏彦に対して反発を強めた。しかし金を手にし、氏彦の後ろ盾を持った宮城の力は落ちることはなかった。結果として奸臣たちはのさばり、財政を圧迫した。そうした御家の事態を悲観して、出奔を決めた者もいるという。

「それでも家中に残った者の中には、あの本を後の戒めとして手元に欲しいという人がありました。また、庄太夫様の最期を忘れたくないからと、本を欲しがる人もありました。結果、家中では秘かに写本が重ねられ、今では何処まで広まったことか……未だに大坂や摂河泉《せっかせん》の辺りでは、『失政録』とか、北条の三つ鱗《うろこ》の紋を題にとり、『三鱗実政記《さんりんじっせいき》』といった題で残っております」

「狭山の家中だけではないのか」

「はい。何せ、狭山のことはかように知れておりますが、似たような御家騒動は、そこここでございましたでしょう。まるで、我がことの如く思う者は、少なくございませんでしたので」

確かに、定信が老中を務めていた時にも、似たような騒動は各地から聞こえていた。

しかし、幕府はそれを見て見ぬふりをした。開闢《かいびゃく》の頃であれば、それをして御家取り潰しや減封ともなろう。しかし泰平の今にあって、わざわざ他の家中に口出しする必要はない。もしも介入するとなると金もかかる上、あたら浪人を増やすことにもなりかねない。

「家中のことは家中で。内々に処すること」

次第にそれが慣習となりつつあった。

その方が良いと定信も思っていた。しかし、家中のことを家中で片をつけようとすれば、それは善悪や道理以上に、派閥や力に頼ることになりかねない。結果として混乱が続いている御家もあると聞き及んでいる。

「それで、狭山の政は改められたのか」

鬼卯はゆっくりと首を横に振る。

「いいえ。残念ながら、埋火が火を噴くより先に、領主氏彦殿が二十八歳の若さで身罷《みまか》られた」

政についぞ関心を示すことなく、また、御家騒動の真相の追究などするはずもない。奸臣らに担がれたまま、江戸屋敷で何不自由なく暮らし、国元に帰らぬままで病に倒れてそのまま逝《い》った。

「それを聞いた時、やはり口惜しいと思いました。いっそ事が露見し、御公儀に潰されればいいと、呪うように思ったこともあります。されど、今となって思えば、狭山の御前も不憫《ふびん》でございました」

「不憫」

ただの暗愚な君主ではないのか、と定信は眉を寄せる。

「ええ。継いだ時には既に御家は混乱の渦中。右も左も分からぬうちに、信頼していた忠臣が死に、奸臣に唆《そそのか》されて政を過《あやま》った。生まれ落ちた所で運命の全てが決まるのは、何とも苦いものです」

そういうものだろうか、と定信は己の人生を顧みる。

松平定信は、八代将軍徳川吉宗を祖父に、御三卿の田安宗武《たやすむねたけ》を父に持つ。幼名は賢丸《まさまる》と名付けられた。その名の通り、十二歳にして「自教鑑《じきょうかがみ》」という修身書を書き上げ、

「これほどに賢いとは」

と、師である儒学者たちにも褒められた。

「いずれは天下を治める器である」

期待を受けて生きて来た。一つでも過つことは許されず、慎重に、されど時には英断し、君主たるものの器を示すよう傅役《もりやく》たちに厳しく教えられてきたのだ。

やがて白河《しらかわ》の当主となり政に携わるようになると、その難しさと同時に面白さも感じた。

「己ならば、天下を治められる」

それは確信となっていった。

定信が三十歳を迎える頃、時の将軍家治《いえはる》は病の床にあった。その側近であり、最も力を持っていた老中、田沼意次《たぬまおきつぐ》は、最大の後ろ盾を失おうとしていた。かつて田沼は定信のことを、

「白河殿は、堅物であられる」

嘲《あざけ》るように言ったことがある。しかし定信に言わせれば、田沼の方が政をほしいままにしているようにさえ見える。

「田沼殿は商いを重んじすぎている」

それが、定信が見た田沼の政であった。

「商人を重んじるのは、田沼様に賄賂《わいろ》が入るからでございます」

定信にそう囁いた役人がいた。

「何という不届きな」

堅物と言われたとしても、世の道理を守ることを重んじて来た定信にとって、田沼の存在は実に目ざわりであった。

しかし今にして思えば、田沼の言い分ややりようには一理ある。年貢を百姓たちから取り立てるのには限度があるから、商いを活性化させ、商人たちからも「冥加金《みょうがきん》」として金を取り立てる。その仕組みを作った田沼は、流石の手腕であったと言えるだろう。

あるいは、田沼と手を携えて政を担っていけたら良かったのかもしれないと思うこともある。

しかし、当時の定信にとっても、幕閣たちにもその選択はなかった。病床の家治の元、田沼派と反田沼派は真っ二つに割れていた。

「田沼は、我が子を取り立てて、政をほしいままにしている」

反田沼派が言う通り、田沼は嫡子である意知《おきとも》を取り立てて、父子揃って千代田《ちよだ》の御城の中を我が物顔で闊歩《かっぽ》していた。しかし、派閥の対立が激しくなる中、意知が城内で斬りつけられるという事件が起きた。その傷が元で意知が命を落とすと、父である意次はすっかり落胆してしまった。

「いっそこれは好機でございます」

側近らの言う通り定信に追い風が吹いてきた。

ほどなくして将軍家治が亡くなったのだ。

新たに十五歳になる一橋《ひとつばし》家の家斉《いえなり》が将軍に就くと、翌年には田沼意次が亡くなった。遂に定信は、老中として実権を手に入れたのだ。

家斉は十五歳であるが、年よりも随分、幼く見えた。何事においても父、治済《はるさだ》に問わねば決めることができないほどである。

「あれでは、政はおろか、膳の上で何を食べるかさえも父御に聞かねば分からぬのではあるまいか」

定信は苦笑交じりに側近たちに言ったものだ。

政に関心のない家斉に、当初は苛立ちもあった。しかしむしろそれを好都合でもあると気付いた。

「上様、これよりはこの定信に、万事おまかせあれ」

定信の言葉に対し、家斉は、

「うむ、よきにはからえ」

と言った。家斉の父、治済は、定信のことを煙たく思っていたようであるが、老中としての力でそれをねじ伏せた。そして、自らが思い描いて来た政を推し進めることができたのだ。

老中としての六年間に悔いはない。

「してみると余は、生まれ落ちてからこの方、およそ己の境遇を呪ったことがない」

定信は言う。それを聞いた鬼卵は、ふふふ、と笑った。

「それは、己の境遇を変えるだけの御力がおありだったからでしょう。努めた分だけ報われる御立場であった。されど民草は、生まれ落ちた地から逃れることすらままなりません。愚かな主の元に生まれたら、命を落としかねない。只人が世を変えようと足掻《あが》いたとて、庄太夫様のように扇腹を切ることになるのですから」

定信は、ふむ、と言って唇を引き結ぶ。確かに庄太夫の武士としての生き様に過ちはない。扇腹を切ることになったのは口惜しい。

「しかしそれもまた、さだめであろう」

すると鬼卵は驚いたように目を見開いてから、眉を寄せた。

「さだめ……何とまあ、酷なさだめもあったもの」

「生まれたさだめに従い生きねばなるまい」

武士の子と生まれたら武士に。百姓の子に生まれたら百姓に。君臣父子の別を重んじ、目上の者には従う。それこそが朱子学であり、それに従うことで、世は平らかになる。定信は自らもかくあるべきと生きてきた。

しかし目の前にいる鬼卵は、その「理」に対して斜に構えているようだ。

「そなたは、さだめを受け入れぬのか」

「さて、かような流浪の身に、いかなるさだめがあるものか。易者《えきしゃ》にでも占うてもらいましょうか。それとも、何ぞ辻占《つじうら》でも。次に若者が通ったならば、西へ。老人が通ったならば、東へ……旅にでも出ましょうか」

店の前の通りを行く旅人を眺め、揶揄うように首を傾げて見せる。

「さようなことを申しているのではない。その方は今、何処に仕えておる」

鬼卵は定信の問いの意図を摑み損ねたようで、え、と小さく首を傾げた。

「元は武家奉公人として、佐太《さた》の陣屋に仕えておったのであろう。今は」

「今は、この小さな煙草屋の主でございます。仕える者はおりません」

さすれば、たかが商人である。

それなのに、先ほどより、何とも不届きな口ぶり。商人風情でありながら、武士であり、しかも明らかに身分の違う定信に対して無礼千万である。

この男は、物の道理というものを知らぬのではあるまいか。

「その方には、忠義というものがないのではないか」

「忠義」

鬼卵は何やら食べなれないものを口にしたかのように、唇を歪める。

「何分、仕官しておりました折にも、主の顔なぞ見たことがございません。さすれば、有難いのは禄のみ。それもさほどのものではございませぬ故、さて、何に忠義を尽くしましょうや」

ははは、と軽く笑って首を傾げ、己の手のひらを見る。

「してみると、己の主は手の内にある鬼の卵くらい。そこに忠義を尽くして参ったのやもしれません」

「さような目にも見えぬ不確かなものに尽くす忠義があるものか」

「さりとてこの身にとっては、佐太の御前も将軍も帝も、見えぬということにつきましては皆同じこと。ならば取り立ててくれるやもしれぬ、鬼の卵を大事にするほかありますまい」

「ほう、さすればその鬼の卵とやらは、何ともまあ無慈悲な御主よ」

「さようでございましょうか」

「さもあろう。そなたが唯一、忠義を尽くして参ったというのに、今、そなたはかような所にいるではないか」

定信は、寂れた小さな煙草屋を見回して言う。

鬼卵が語った頃の上方と言えば、活気に溢れた華やかな場所であったと聞き及ぶ。定信自身もかつて、京や大坂に出向いたこともあった。

上方の者たちにとって「上」とは、将軍ではなく帝であった。たとえ将軍の命であろうとも、聞かぬものは聞かぬと言って憚《はばか》らない強さがあった。

芸にせよ文にせよ、全ては上方から流れて来た。金も商いもそうである。その上方一強の有様を変えたいというのは、老中となった当初の定信の願いでもあったほどだ。

「あれほど華やかな上方に残ることもなく、辺鄙《へんぴ》な地にいる。それは、鬼の卵がそなたの忠義に報いてくれなかったからではないか」

「ほう、さすれば、わては今、罰を受けているんでございますかいな。それは気づきませなんだなあ」

いやあ、参ったなあ、と、少しも参ってなさそうに言う。

「されど、寛政の折に老中となられた松平定信公が、色々と御法度などを厳しくなされ、上方も大分、窮屈になりました故……」

定信のことを知ってか知らずか、わざと嫌味なことを口にして煙草を吹かす様は、ふてぶてしい。

「それを言い訳にかような所に流れ着いたのか」

やや蔑《さげす》むような口ぶりであったが、鬼卵は気を悪くする様子も見せない。

「この手にあります鬼の卵というものは、御公儀よりも余程、厳しい主でございましてな。己の身を立てたいという俗な願いをなかなか聞き届けては下さらぬ。確かにこのやつがれも、気難しい御主に見放された時もございますよ」

鬼卵は背後にある葛籠をついと引き寄せ、中から一冊の本を取り出した。

定信は差し出されるままそれを受け取った。表紙には、「ならひの岡」という題名と共に、大《だい》黒天《こくてん》の絵が描かれていた。作者は栗柯亭木端と書かれており、中を見ると歌集らしい。

「この栗柯亭木端というのは、その方の師であったのではないか」

「さようです。師が亡くなった後に出されたものでした。その頃のわては歌だけではなく、絵も生業《なりわい》にしており……」

「この絵もそなたのものか」

その絵は戯画にも見えるほど、何気ないものである。確かに言い知れぬ愛嬌はある。

「いえ。円山応挙《まるやまおうきょ》という絵師の作です」

定信もその名は聞き及んだことがある。

「江戸でもその者の絵は目にしたことがある。確か、豪商三井の後ろ盾を得ていると聞いた」

「よくご存知で」

鬼卵は、改めて歌集を手に取り、その表紙を撫《な》でながら懐かしそうに目を細める。

「あの頃の上方は、この応挙のように、絵師にせよ、歌人にせよ、天下一の者たちがしのぎを削っているような有様でございました。わては非才の身を持て余しておりました」

「ほう……」

先ほどから畏れる様子もなく淡々と喋《しゃべ》るこの男が、行き詰る様はぜひ聞いてみたい。定信は意地悪い好奇心を持って、にやりと笑う。鬼卵はその笑みを見て、目を細めた。

「では、鬼の卵を見失い、大坂から方々へ流浪していた頃の話でも致しましょうか」

再び、ふわりと白煙を吐いた。

第二章　孵らぬ卵

○木村蒹葭堂

秋の風が大坂、北堀江の通りを吹き抜けていく。

安永《あんえい》七年、栗杖亭鬼卵は三十五歳になっていた。

日が西に傾き始めた頃、鬼卵は肩を竦めながら、造り酒屋「仕舞多屋」の入り口から、ひょいと中へ足を踏み入れる。ほんのりと酒の香りが漂っており、忙しなく立ち働く奉公人たちがいた。奥にはずらりと酒樽が並び、小上がりでは、帳場格子《ごうし》の中からパチパチと算盤の音がしている。

「御免ください」

鬼卵が声を掛けると、ふと顔を上げた手代たちは、ああ、また来たかという顔をする。

「旦那様の御客様はどうぞこちらへ」

ついと奥へと続く廊下を指した。酒を買うのでなければ、奥へどうぞと言うのである。

蒹葭堂の本業は、一応は造り酒屋である。しかしここを訪れる客のうち、七割は酒ではなく

「蒹葭堂」に用がある。文人墨客たちは、

「大坂に来たら蒹葭堂に会わねばならぬ」

と、言うのが広く知れ渡っていた。

蒹葭堂自身も、

「むしろ酒はついでや」

そう言って憚《はばか》らない。

奥へ進むと、既に隠居となっている元大番頭の嘉兵衛《かへえ》がいた。

「ああ、鬼卯さん」

「こんにちは」

この大番頭の嘉兵衛とは、鬼卯がまだ文吾と名乗り、木端のところに出入りし始めた頃からの顔見知りだ。その当時は大番頭も五十代で、年若い主をいっぱしの商家の旦那として育てるために奔走していた。

「道楽はほどほどになさって下さい」

商人としてよりも、詩人、画人としての腕を磨く蒹葭堂を諌めていた。しかし次第に蒹葭堂の慧眼《けいがん》ぶりが道楽の域を越えて、大坂の名士とまで言われるようになった辺りからは、それを支えるようになっていた。

昨今では、絶え間なく訪れる来客の人品を確かめて、名簿に名前を記させるのが嘉兵衛の役目だ。

「今日は、兄さんから文を貰っておりまして」

鬼卵が言うと、はいはい、と頷く。

「聞いております。鬼卵さんは御記名せんでよろしい。今、先にお客様がいらしてますさかい、そちらでお待ちを」

示された通り、廊下を渡り、奥の間へと進んだ。

広間には、舶来の絨毯《じゅうたん》が敷かれ、広い卓と椅子がある。ここには、長崎《ながさき》の商人たちが江戸に向かう途中に、しばしば立ち寄る。そして、外つ国《とつくに》からの話もよく話していくのだ。

「清国《しんこく》の当代皇帝は、並々ならぬ力を持っているそうな。方々に出征し、今は大小金川を攻めているらしい」

地球儀を見ながら、長崎から仕入れて来た話を聞かされた。ただでさえ想像を超えて壮大な清国が、更に所領を広げているのだという。

「戦《いくさ》なんぞ、この日ノ本ではとんと見ない。それもこれも、海があるおかげよ」

商人たちの話を聞きながら、鬼卵はその遠い地の戦が現《うつつ》のこととは思えない。いつぞや読んだ『水滸伝《すいこでん》』や『国姓爺合戦《こくせんやかっせん》』のような幻想の物語に聞こえていた。故にこそ面白いと思うのだが、一方でそうした清国の商船が、時折、この国にも漂着すると言う話を聞くと恐ろしくも思える。

「商船の船乗りたちは、我らと何も変わりはしませんよ」

商人たちは、怖がる鬼卵を笑っていた。しかし、実情を知らないと余計に恐ろしく思えるものだ。

「何事についても知ることから始めんと」

それが蒹葭堂の姿勢である。そのため、大きな卓の上には清やオランダのみならず、古今東西のあらゆる本が積み上げられている。そこには見たこともないような建物や奇妙な装束の絵もある。不思議な形の文字が踊り、眺めているだけでも面白い。

鬼卯はそのうちの一冊を手に取って、手遊びに眺めていた。

すると、

「おお、鬼卯」

蒹葭堂が声を掛けた。瀟洒《しょうしゃ》な縞文に羽織といった姿である。今年で四十三歳の蒹葭堂は、若い時分は男前で知られていたが、眼差しの鋭さから生意気と謗《そし》られてもいた。今は随分と面差しが和らいだ。

「兄さん、御文を頂きまして。お話って何ですやろ」

「ああ、そうや。ちょっと待っててくれ。それよりこちらにご挨拶を」

蒹葭堂の後ろから姿を見せたのは狩衣《かりぎぬ》姿の若い公家だった。この家に、公家が出入りするのは決して珍しいことではない。鬼卯はあまり顔をまじまじと見ることはせず、形式通りに頭を下げた。すると先方から、

「鬼卯さん、お久しゅうございます」

ゆったりとした口ぶりで言われ、鬼卯は改めて顔を上げる。柔らかい面差しのその若者は、鬼卯にとっても見覚えのある人であった。

「富小路の若君でございましたか」

それは、富小路家の若君で、名を貞直《さだなお》といった。数えで十七歳になったという、まだそこはか

となくあどけなさを残す面差しの若者である。元は伏原宣条《ふしはらのぶえだ》の子であったが、その歌の才を見込まれて、歌の上手で知られる富小路の家門に養子に入ったという。自身も若いながらも飛鳥井《あすかい》門の歌人でもあった。

鬼卵と貞直が初めて会ったのは、二年ほど前のこと。

まだ元服したばかりだという若君を、蒹葭堂が漢詩の会に連れて来た。

会の名は「混沌詩社《こんとんししゃ》」という。はじめは蒹葭堂が立ち上げたのだが、やがて名高い詩人の片山《かたやま》北海《ほっかい》に任せるようになり、儒学者たちが集うようになった。漢詩を知ることは文人の証でもある。詩社には多くの門人が集まるようになり、儒学者たちが集う「懐徳堂《かいとくどう》」と共に、大坂随一の文人の結社となっている。

集っているのは、武士や学者、商人など様々な面々だ。鬼卵も誘われて足を踏み入れた。しかし、そこに集う者の中には、自らの学識によって出世をしようという野心に溢れた者も多く、鬼卵は少々、居心地の悪さを感じていた。

そこへ、蒹葭堂がふらりと現れて、

「連れがいてますのや」

と言った。蒹葭堂が誰かを伴って来るのは決して珍しいことではない。誰もがいつもの調子で、どうぞどうぞ、と招き入れたところ、御付を従えた、狩衣姿の少年貴族が入って来たのだ。

「よろしゅうに」

まだ声の高い少年貴族の登場に、毛色の違う面々が、何とも言えない緊張感に溢れた。鬼卵はおとぎ話から出て来たような富小路貞直の佇まいが、興味深くて仕方なかった。

「堂上《どうじょう》歌人が、この混沌詩社においでになられるとは」

片山北海は戸惑った様子であった。

「堂上」は、帝の元に仕える「殿上人」を意味する。さて、いずれに座って頂くか……と言うことも含めて、会全体がざわついた。そこへ、嫌味な一人が声を上げた。

「まあまあ、これはわざわざ殿上人ともあろう御方が、地下人《じげにん》の我らと漢詩を交わして下さるのでございましょうか」

その声には、敬意の欠片《かけら》もなく、場違いだから帰れと言わんばかりであった。確かに、高貴な御方が入ると気を遣ってしまい、闊達《かったつ》に学び合うことは難しいのも分かるが初対面の相手にその言いようは如何なものか……と、鬼卯などは眉を寄せた。しかし富小路貞直はそれを全く気にする風もなく、はい、と頷いた。

「こちらは大坂で最も活気があると聞いております。歌については、古今東西、あらゆるものに触れてみたい。身分やのうて、歌で通じてこその歌人。殿上人や地下人やと、分け隔てのう、よろしゅうに」

嫌味なく柔らかな物腰と共に頭を下げられ、すっかり毒気を抜かれた面々は、この若い公家を会に招き入れたのだ。

「相変わらず、あちこちの詩会にはおいでになりますのか」

鬼卯が問うと、貞直ははい、と優美にほほ笑む。

「会によっては堂上歌人であることで気を遣われて、楽しめへん。その点では、蒹葭堂や貴方がいらして下さる会はよろしい」

鬼卯も、貞直が入る詩会は楽しかった。

それまで、どこか「誰の詩が一番だ」「ところであれを知っているか」と、互いに互いの詩作や知識を競い合う会が楽しめなかった。しかし、貞直が入ったことによって、純粋に「漢詩」を楽しもうという気風が生まれたのだ。

「詩を楽しむのに、身分やないて若君が仰せになってくれました。それがわてのような身の者には大層、光栄で嬉しゅうございました」

「また、ゆるりとお会いしましょう」

「はいぜひ」

鬼卵は深々と頭を下げ、貞直を見送った。

相変わらず、真っ直ぐに詩がお好きなのだな、と、好ましく思った。

再び部屋に入って書を読んでいると、廊下を渡る足音がして、蒹葭堂が戻って来た。

「待たせたな」

言いながら鬼卵の真向かいに座る。

「若君はお帰りで」

「ああ、ちと挨拶に寄られただけや」

「まさか、気楽に訪ねたところで、若君にご挨拶できるとは……それに、わてのことを覚えててくれてはるとは思いもしませせなんだ」

「そうか。若君はお前さんのことを気に入っているようやったで」

鬼卵は、へ、と首を傾げた。さほどの何をした覚えはない。時折、詩の解釈を巡り、あれやこれやと話をしたことはある。あの若君の考察は優れていて、なるほどと唸らされるばかりである。

「お前さんの、そういうふんわりしたところが、ああいうお人にとっては居心地がええんやろ。せやけど血気盛んな連中から見ると、頼りなくも見える。難しいところやな」

褒められているやら、貶《けな》されているやらで、鬼卵は苦笑した。

「それにしても相変わらず、ここに来ると思いがけない人やら物に出会えるものです」

「儂の人徳やな」

確かにその通りだと鬼卵も思う。

詩文に優れているのはもちろん、多くの商人たちにも顔が利く。絵も上手く、芸事も達者。その上に目利きなので、古物から舶来のものまで、蒐《しゅう》集《しゅう》されているのは一流品。

「日ノ本ならば、蒹葭堂」

清や朝鮮にまでその名が轟いており、外つ国からも古物を求めて文が届いているらしい。

それでいて、偉ぶるというところがない。

「何や、好きなことをしていたら、顔が広うなって、面白いことが重なるようになっただけや」

蒹葭堂は言う。だからこそ、蒹葭堂に一目会って、繋がりを持ちたいと、有象無象がここを訪れる。

「親しくなりたい者とは勝手になる。せやけど、儂のことが嫌いなくせに媚《こび》を売る人は苦手や。おかげさんで、そう言う人との縁は自然と切れていくもんや」

それが蒹葭堂の持論である。

鬼卵は、蒹葭堂がここまで名が知れ渡る以前からの知り合いである。木端の末弟子で、歌会の下足番をしていた時からの仲だ。おかげさまで縁が切れないということは、蒹葭堂にとって鬼卵は苦手な部類ではないのだろう。

「あの若君のことも、兄さんは気に入ってはるんですねえ」

先ほどの富小路貞直のことを問う。すると蒹葭堂は、うん、と頷いた。

「富小路の若君は、堂上同士で固まっていたんでは、歌が磨かれんと仰せになる。その通りや。同じ派で学べるものもあるけど、上手く混ざらんと、面白いものはできん」

確かにその通りなのだろう。しかし、同じところに出入りしていると、いつしか親しい者同士で固まりやすい。そして、固まったところは居心地が良くもなり、次第にそこが凝《こご》って、澱《よど》むことにもなる。

「お若いのに、大した御方ですねえ」

新しいところ、異なるところに飛び込むのは勇気が要るものだ。鬼卵はしみじみと嘆息した。

すると蒹葭堂はその鬼卵を見つめて首を傾げた。

「老け込んだ口ぶりやけど、お前さん、幾つになった」

「三十五です」

すると、蒹葭堂は驚いたように目を見開いた。

「ほう、そんなになるか。つい先だって、丁稚みたいな顔して連歌の会の下足番しとったけどなあ」

鬼卵は、ええまあ、と曖昧に頷く。

「嫁は逃げたんやったかな」

「違います。嫁になる前に逃げられまして」

「せやったな」

蒹葭堂は、かかか、と笑う。

鬼卵は、十年ほど前に縁組の話があった。

鬼卵の生家である伊奈家は、武家奉公人として佐太の陣屋に仕えていた家柄で、名字は許されていた。しかしいわゆる「士分」ではなかった。

そこへ、跡継ぎのない士分の家に養子に入る話があったのだ。母方の遠縁にあたるということであった。鬼卵が、文人墨客として、佐太で歌会などを開いていることを知って、声が掛かったのだ。

「武士になれるのなら、これ以上の喜びはございません」

そう言ったのは、鬼卵ではなく、母であった。

鬼卵はここまで、栗柯亭木端の元で歌会を開いたり、本の挿絵を描いたりして、文人墨客としての実入りがあった。それをもっと増やしたいと思っていたから、新たな役目をもらって大坂に出かけ辛くなるのは嫌だと思った。

無論、武士になれるのは嬉しい。武士とそれ以外とでは、世間からの見る目が違うことは大坂にいてもひしひしと感じる。だが一方で、

「そんなことだけで値踏みされてたまるかい」

という、斜に構えた反骨の心持ちもあった。

「ま、そうでなければ狂歌なんぞは詠《よ》まん」

師匠の木端にも言われていた。

聞けば、大須賀は士分ではあるけれど、取り立てて役目があるわけでもない。これまでと変わらず陣屋の手代としての暮らしが続くだけなのだと言われた。

「何や、拍子抜けやなあ」

鬼卵はぼやいたが、母は、

「ともかくも、話を進めます」

と、前のめりだった。師匠の木端にも相談した。

「もらえるものは、病以外は有難くもらうもんや」

かくして鬼卵は、士分の「大須賀」と言う家を継ぐことになった。

「折角やから、嫁も」

養父となった大須賀の当主から、遠縁だという十五の娘、梅《うめ》との縁談を勧められた。梅見と称して、見合いの席を設けられた。

当時、鬼卵は二十五歳。大坂の真ん中で綺麗どころの芸妓たちと、宴席を共にする日々を過ごしていた。それからすると、佐太で暮らす十五の娘は、可愛らしいけれども、嫁に欲しいと切望するほどではなかった。むしろ、面倒やな、というのが本音であった。しかし、母は眉を寄せた。

「とっとと身を固めなさい」

と言うのである。

母にしてみれば、鬼卵の文人墨客暮らしは、ただの道楽に見えていたのであろう。身を固めれば、性根を入れ替えて、陣屋勤めに邁進《まいしん》するとでも思っているのであろうか。

「そんなことにはならんのやけど……」

しかしまあ、よくよく見れば、梅は可愛らしい。楚々として大人しい娘だ。

「ほな、まあ、とりあえずは許嫁《いいなずけ》ということで。祝言は追って致しましょ」

名を伊奈文吾改め、大須賀周蔵《しゅうぞう》となった。

とはいえ鬼卵は鬼卵だ。これまでの暮らしを変えるつもりはない。佐太で狂歌や絵の弟子を取ってもいたが、暇さえあれば大坂へ出向いていた。

「祝言はいつにするのです」

母にせっつかれる度に、

「まあ、焦らんでもええやないか。逃げるわけでもあるまいし」

と、答えていた。そう答えながら、ともかく「きっちり」とした型から逃げたかった。どうせ逃げられないとしても、今、出来ることはしておきたい。もう少し、絵でも歌でも名を挙げたい。むしろそちらに焦りがあった。

そして、大須賀の家を継いで一年余り。

佐太の家に帰ると、客が来ているようであった。中へ入ると、仏頂面《ぶっちょうづら》をした母の前に、紋付を着た夫婦が平身低頭している。

「何や」

驚いた鬼卵を見て、母は深いため息をつく。

「破談です」

ひれ伏しているのは、許嫁、梅の両親であった。

「お恥ずかしい話でございますが……」

聞けば、梅には幼馴染の想い人があった。大須賀の先代は大叔父にあたり、梅の事情を知らずに鬼卵と梅の縁組を決めてしまった。

「断ることはまかりならん」

きつく言われて、泣く泣く諦《あきら》めたのだという。しかし、当の婿殿であるはずの鬼卵が、佐太に落ち着くことなく、祝言も先延ばし。

「きっと、北堀江に女がおる」

梅はそう思っていたのだという。

疑うのも無理はない。北堀江は花街にも近く、事実、この縁組の話の前には北堀江の芸妓という仲だったこともある。歌会の仲間にも、大店の娘や芸妓もおり、絵や歌を教えてもいる。里にいる十五の娘にとっては、想像もつかない交友関係が広がっていた。

「それを聞いた梅の幼馴染が、同情したようでございまして……」

話を聞いているうちに二人は懇《ねんご》ろになってしまった。

「それだけならばまだしも……その、梅が身籠《みごも》ったことが分かりまして……」

消え入るような声で父親が詫びる。

「はあ、さようですか」

怒る気などは毛頭ない。悲しいわけでもない。はあ、そういうこともあるのか、という、脱力した思いがあるだけだ。「逃げるわけやなし」と、何故思っていたのだろう。

何や、若い二人の間男になった気分やなあ……というのが、その時の鬼卵の想いであった。

「まあ、そういうことやったら、仕方ありませんなあ。とりあえず、わてが大須賀であることは構いませんのか」

「勿論でございます」

隠居した大須賀の先代は、怒り心頭であったそうだが、鬼卵としては嫁を持たずに済んで却って気楽でもある。

ほな、そういうことで、と話は済んだ。

梅の両親が帰ってから、母はさめざめと泣いた。

「ほんに不出来な……」

「いやいや、お梅さんを責めるのは筋違いや。わても勝手さしてもろてますさかい」

「お前がや」

おっしゃる通りとしか言えない。

かくして鬼卵の嫁取りの話は流れた。以来、母は縁談を持ち込まれても、

「倅《せがれ》が不出来なので」

と断るのが常となっていた。

その母が病に倒れたのが、一昨年のこと。

「お前の行く末が心配で、成仏できん」

死の床にありながら、さめざめと泣いた。

「手代をしながら妻子を養《やしの》うていたら、どれほど気が楽やったか……しかし、どうにもお前にそ

れが似合わへんのも分かる」

　母も、鬼卵が型通りに生きられない性分であることも重々承知している。この生き方が合っているると分かるからこそ仕方ないとはいえ、当たり前の生き方をしてくれればと、割り切れない思いがあったのだろう。

「不孝者ですみません」

　鬼卵としては、詫びるよりほかになかった。母は、最期まで鬼卵を案じて逝った。

「悔いだらけやったろうなあ」

　悔いなく逝った父とは違い、不出来な息子を案じ続けた母は、さぞや心残りであったろうと思う。

「つまり、お前さんは今、気がかりになる身内はおらんと言うことやな」

　蒹葭堂は容赦なく言う。もう少し優しい言葉もあるだろうと思いつつ鬼卵は吐息する。

「はい、さようです。兄さんのように、妻に妾に抱えては上手くやってはる御方とは違います」

　蒹葭堂には妻はもちろん、同じ屋敷の中に妾もいた。

　妻、シメに長らく子宝に恵まれなかったことを周囲が案じて、妾のフサを世話した。

　それを知ったシメは怒り心頭。

「勝手にすればよろしい」

　それまで夫婦二人で仲良く暮らしていただけに嫉妬は怒りとなり、幾度か家出をした。その都度、蒹葭堂は迎えに行き、説得しては連れ帰るのを繰り返していた。おかげで、妾に構う暇もなかった。すると、皮肉なことに妾ではなく本妻であるシメの方が身籠った。

「それはようございました」

妾のフサもそれを喜んだ。そして娘が生まれると、フサは夫ではなく本妻のシメと娘に仕えるようになり、気づけば妻妾娘三人の女たちは、同じ家中で仲良く暮らすようになっていた。

妻妾同居は珍しいことではないが、時には仲良く蒹葭堂とシメ、フサの三人で旅にまで出ている。

「よう仲良う暮らしてはりますな」

鬼卵は以前、シメに感心して言ったことがある。するとシメは、ふふふ、と笑った。

「何のことはございません。もう、妬《や》くほど旦那様を好いておりませんよって」

口では言うが、その実、シメは誰よりも蒹葭堂の才覚や人となりを信じている。夫の悪口を言う人がいれば、

「偉そうなことを言うてはりますけど、うちの蒹葭堂よりも物を知ってから文句を言わはったらよろしい」

と、啖呵《たんか》を切るくらいには、夫に惚《ほ》れている。

この本妻シメは蒹葭堂に負けず弁が立ち、よくしゃべる人であるが、一方の妾フサは居るかいないか分からぬほどの無口である。だからこそ、この妻妾は互いに反目することなくやっていけるのかもしれない。よく顔を見せるオランダ趣味の商人が、シメとフサのことを異国風な発音で、「シャベッテルとダマッテル」とあだ名したことがあった。

「揶揄《からか》うのも大概にしとくれやす」

蒹葭堂はそう言いながらも、時折、

「うちの内儀のシャベッテルが」

などと、あだ名を使うこともあった。

「悔しかったら嫁をもろたらええ。それはさておき、身軽なお前にええ話があんねん」

蒹葭堂は懐から文を取り出すと、それを広げて差し出した。

「鬼卯、三河吉田《みかわよしだ》に行ってみ」

「三河吉田ですか」

鬼卯は文を受け取りながら、首を傾げる。正直、どんなところかはぱっと想像もつかない。文を見ると、末尾に見覚えのある名があった。

「志村天目《しむらてんもく》」

「覚えてるか」

「はい。大坂にも来てはった。心学の講にも何度か伺いました」

志村天目は、鬼卯よりも二つ年下で甲斐《かい》の生まれである。元は朱子学や俳諧、篆刻《てんこく》なども心得ており、今は心学を教えて諸国を漫遊している。心学は、学者の石田梅岩《いしだばいがん》が説いた教えであり、神道や儒学、仏教の教えを元にした道徳でもある。昨今では主に商人たちを中心に学ぶ者が増えていた。天目が大坂にいた時には鬼卯とすっかり意気投合して、夜通し飲みながら語ったことがあった。

「その天目さんが三河吉田におるそうな。そこに文人墨客を招きたいという。誰がいいかて聞いたら、鬼卯さんがええと言うてはるんや」

天目は知的で穏やかな男である。鬼卯もその人となりも含めて気に入っていた。その人が招きたいと言ってくれた。それは有難い。

しかし、鬼卵の中で大坂を離れることへの不安があった。

「兄さん、一つ、聞いてもええですか」

「何や」

「わては大坂ではもう、芽が出ませんか」

この一言を、尋ねたくて尋ねられなくて、三年ほど迷っていたように思う。語尾が心なしか震えた。

かつて、栗柯亭木端と共に、世には出せぬ『失政録』を作ったこともある。その後、己の名で唯一、『佐太のわたり』という俳書を編纂《へんさん》した。しかし、それ以外は狂歌師として、俳人として、また絵師として、これといって目立った活躍ができぬまま燻っていた。最近は、この先の展望を考えることが億劫《おっくう》になり、時折もらう絵師の仕事や、歌会の手伝いなどをして、お手当をもらっていることにそれなりに満足すらしていた。

しかしいざ、大坂を出るとなると、愈々《いよいよ》、崖っぷちへ追い込まれたような不安が押し寄せて来た。

蒹葭堂をじっと見つめて固唾を呑む。すると蒹葭堂は呆れたように首を傾げる。

「知るかいな、そんなこと」

縋《すが》るような鬼卵の眼差しを断つように、ひらひらと手のひらで振り払う。

「あのな、芽が出ますか、て聞かれて、出るて答えてみ。いつ出ますか、どう出ますかて聞くやろ。出んて答えてみ。何が悪いんですか、どうすれば出ますかて聞くやろ。どの道、儂は面倒に巻き込まれるだけや。そんなことはな、手前が一番知っててんねん」

鬼卵はぐっと唇を真一文字に引き結ぶ。その顔を見て蒹葭堂はおかしそうに笑う。

「今、大坂は天才奇才が溢れとる。その中で飛び出そうと思うたら、余程のことをせんとならん。ともすれば、奇抜が過ぎて、後が苦しくなるやもしれん。今を時めくと言われる連中の中かて、本物は一握りや。ここで競い合うのが必ずしもええことやとは思わん。少し離れてみるのもええんと違うか」

蒹葭堂の言葉は静かに深く響く。この人は、軽やかに見えて実は思慮深く、大勢の文人墨客を育て上げて来た。鬼卵もその恩恵に浴してきた。

「少しだけ、時を下さい」

「分かった。よう考えや」

蒹葭堂はとんと、鬼卵の肩を叩いた。

仕舞多屋《しもたや》を出ると、秋風に吹かれて鬼卵は首をすくめる。

大坂を出る。三河吉田へ行く……。考えたこともなかった。

佐太の陣屋の勤めはさほど惜しくもないし、遠縁の者が両親の墓守もしてくれるだろう。

問題は、この大坂、京都という文化の中心地たる畿内を出て、自らを立てる道があるのかということだ。これまでも、幾度か旅に出たことはある。仲間と共に江戸にも伊勢《いせ》にも行った。そこでの風物を愛《め》でては、歌にし、絵にした。それは大層、楽しかったが、芸が磨かれたかというと分からない。

昨今では、天目のように諸国を渡りながら自らの学問や芸を伝えていく者も増えている。そういう生き方もあるのかもしれない。

だが……と、そこで立ち止まる。

それは、元々、己が思い描いていた道とは少し違う気がするからだ。

いつか、己の詩作が、絵が、人々の前に姿を現す日を待っていたように思う。称賛されずとも続けられることを願っていた。しかしその才は己にはないのかもしれない。ならば強い光を放つ、才長けた人の側《そば》にいることもまた、幸せではないか。

いつか蒹葭堂にもそう言ったことがある。

「わては、立派な戯作者や絵師の傍で手伝いができればええように思います」

すると蒹葭堂は、何とも言えぬ苦い顔をした。

「お前さんがそれでええんやったら、それもよろしい。せやけどな。それを逃げ口上にしたらあかん」

逃げているつもりはない。ここまでそれなりに色々と挑戦しても来ていると思うのだ。それでもここで留まっているというのなら、ここが己の居場所なのだと思っていた。

ここを離れてまで、己の才を試したいのだろうか。

「蒹葭堂さんも殺生な」

寂しさが胸に迫るのだ。

鬼卵は誰もいない佐太の家に帰る気にはなれず、ふらふらと歩くうちに、次第に日が暮れて来た。

やがて、かつての栗柯亭木端の住まいであった北堀江の町家に辿り着いたのだが、今、そこには、誰ぞ知らぬ人が住んでいる。窓からは太棹三味線の音が漏れ聞こえて来た。

　この町に出入りするようになったのは、二十年前のこと。その頃の父が、今の己と同じ年ごろなのだということに気付き、はあっと深く吐息する。

「親父様は楽しそうやったなあ……」

　陣屋の手代をしながら、歌を詠み、義太夫を唄い、人と出会う。そして三十七歳で一片の悔いも残さずに逝った。

　父が死んだ年になるまであと二年。別に何の呪いというわけではないが、父が死んだ年が近づいてくることに言い知れぬ恐れがあった。その年までに結果を出したいと切望してもいた。

「わては未練だらけや」

　間もなく世を去るなど考えたくもない。恐らく父よりも強欲にできているのだろう。

　その時ふと、先ほどの町家から義太夫が聞こえて来た。近松門左衛門の浄瑠璃だろうか。聞き覚えのある台詞《せりふ》である。

　一度は思案
　二度は不思案
　三度飛脚
　戻れば合せて六道《ろくどう》の
　冥途の飛脚と

鬼卵は三味線の音に合わせて自身も口ずさみ、ああ、「冥途の飛脚」であったかと思い出す。心中物は御法度だと言われても、こうして稽古は盛んである。いつぞや師の木端とも、習いに行ったことがあったなあ、と懐かしく思う。

木端が亡くなったのは五年前のこと。六十四歳であった。

数日前までしゃっきりと歩いており、病みついた風がまるでなかった。数多《あまた》いる弟子たちも、病を抱えているなぞ知る由もない。しかし医者に言わせれば随分前から方々が痛んでいたらしい。

「楽しいことの方が多かったから、痛みなんぞを忘れただけや」

けらけらと笑っていた。

いよいよ寝付いたのは、死ぬ三日ほど前のこと。布団に横たわっても笑っていたほどだ。

「儂は悔いなぞ何もない」

弟子たちへの挨拶の為に、早めに死ぬ支度を始めただけだと言った。鬼卵はその三日の間、ほぼ傍らにいた。

木端はめそめそ泣く鬼卵を枕辺に呼び寄せた。

「お前さんは楽しいか」

かつて狭山騒動の時に、共に奔走してくれた師匠である。十五の小僧でしかなかった自分に、筆の面白さと恐ろしさを教えてくれた。その人が逝こうとしていることに震えるほどの不安を覚えた。その不安げな顔を見て、楽しいかと問うのだ。

「悲しいし、寂しいです」

包み隠さず本音を漏らす。すると木端は、かかかと笑う。

「そらええわ。悲しい、寂しいて歌え、描け。己の胸の内を見失わんかったら、いつでも楽しい道は見つかる」

そうは言っても、その当時の己には、まるで道が見えていない。

「わては未だに手の内から、鬼も蛇も出ません。卵なんか握ってへんのと違うやろか」

不安のままに吐露すると、木端は鬼卵の手を包むように握った。

「まだよう温まってへんのや。いつ孵《かえ》るかなんて、人それぞれ。卵の中身が違うさかいな。早う孵るのもおれば、遅う孵るのもおる。ただ、在ることだけは忘れるな。中に何が入ってるかは、お前さんの生き方次第や」

それが、木端との最期の会話になった。最後の最期まで、師にとって不出来な弟子であった。

思い出に浸りつつ迷い歩くうちに、いつしか足は高麗橋《こうらい》へとたどり着いていた。そこには一軒の小さな町医者がある。鬼卵にとって、師とも兄ともいえる人がそこに住んでいるのだ。

「秋成《あきなり》さんに会うて行こう」

そう思った。

○上田秋成

上田秋成は、当代きっての戯作者として名高い。

鬼卵が上田秋成と初めて会ったのは、今から十四年ほど前の明和元年、鬼卵が二十一歳の頃のこと、当代の徳川家治《いえはる》公が将軍位に就かれたことを祝して、朝鮮通信使が来日して、大坂の津村別院に滞在した。その際に、大坂の文人らと共に漢詩の会を催したのだ。

そこへ好奇心に満ちた顔で蒹葭堂の元にやって来たのが、三十歳になる上田秋成であった。小柄で、口ひげが濃く、大きな目がやや垂れている。どこか愛嬌のある顔立ちの男であった。

「朝鮮語は分かりませんが、文字が同じでございましょう。漢詩もそれなりには詳しい。私をおいて他に適任はおりますまい。何なりとやりますさかい、ぜひ、朝鮮からの御客人に会うてみたい」

好奇心いっぱいに、腕まくりをして、何なら水仕事さえも厭《いと》わぬ様子である。

上田秋成はその頃、大坂の堂島《どうじま》にある紙油商の嶋屋《しまや》を継いだばかりの旦那であった。しかし商いはほどほどに、俳諧を書いていたかと思えば、読本まで書いている。更には放蕩《ほうとう》も覚えてあちらの茶屋にこちらの遊郭にと、派手に散財しているとの噂であった。

「近いうちに本にさしてもらいます」

そう言って、蒹葭堂の元に持ってきたのは、世間の噂話を元にした滑稽な読本だった。鬼卵も読んでみたのだが、登場するのは祈禱師に女武道家、商人に相撲取り……と、様々な立場の者。気づくとついつい先へ先へと読み進めてしまう、面白い戯作であった。

しかし当時、二十一歳になったばかりで才気走った鬼卵にしてみると、文人墨客としてはさほど敬うべきとも思っていなかった。そんな鬼卵の内心を見透かしてか、蒹葭堂は、

「秋成さんのこと、手伝うてやってくれ」

と言った。かくして漢詩の会では、秋成が筆記を務め、鬼卵は墨を磨り紙を整える役を担うこ

とになった。

　そうして傍にいてみると、秋成が博識であることが良く分かった。何でも、幼い頃には大坂でも屈指の学問所である懐徳堂《かいとくどう》で学んだということもあり、儒学についても一通りの知識を持ち、漢詩もさらりと諳《そら》んじる。蘭学にも関心を持っており、愉快な様子や振る舞いとは裏腹に、実に興味深い男であった。気づけば鬼卵はすっかり秋成に懐いていた。

「何や、妙な弟分ができてしもた」

　秋成も悪い気がしないらしく、事あるごとに鬼卵を連れて歩いていた。

　その秋成は今、大坂、高麗橋の辺りに住まいしている。

　堂島にあった紙油商の嶋屋は今はない。それは別に秋成が商いにしくじったわけではない。不幸な火事に見舞われて私財の悉《ことごと》くを失ったのだ。しかし秋成は今、そこから心機一転、高麗橋で町医者をしていた。

　大きな通りを一本入ると、小さな町屋の一角に、「くすし、いしゃ」と書かれた看板が下がっている。日もすっかり暮れた時分ではあるが、ふと、今回の三河吉田へ行く話を聞いて欲しいと思った。

「ごめんください」

　町医者ということもあり、戸は誰でも開けられる。ひょいと顔を覗かせると、入ってすぐに畳敷きの待合があった。誰も待っている人はなく、がらんとしている。腕はともかく人当たりがいいことから、常には患者が誰かしらいる。ただ時折、当の医者自身が深酒で寝込んでいる時にはがらんとしているのだ。

どうやら今日はそういう日であったのか。

暫くの間があってから、奥から白い上衣を着た総髪の秋成が顔を覗かせた。

「今日はもう終いじゃ」

やや不機嫌そうな声を出しつつ、頭を掻いている。

「また深酒ですか」

秋成は戸口に立つ鬼卵を見つけると、お、と、嬉しそうにほほ笑んだ。

「いい患者が来よった。お前さんには、酒を処方せんとならん」

そう言いながら、そそくさと上衣を脱ぐ。来訪を喜んでくれたことが嬉しい。鬼卵もわざとらしく腹が痛いような素振りをしてみせる。

「先生、何とかして下さい」

「それはいかん。一刻も早う。ささ、それでは外へ。参ろうぞ、参ろうぞ」

さながら狂言のような言い回しをしてから、奥へ向かって、

「往診じゃ」

と、声を張った。すると秋成の妻、たまが顔を覗かせた。患者とやらが鬼卵であることを確かめると、やれやれ、と言った調子で眉を寄せる。

「また、ええ患者さんがおいでやこと」

たまは、夫の放蕩にはすっかり慣れっこになっている。鬼卵と飲みに出るとなれば、遅くなるのは分かっているらしい。

「お前さんが患者にならんように」

苦言を呈して、さっさと奥へ入ってしまった。

いつであったか、秋成と鬼卵が二人で飲みに出かけた時、強《したた》か酔った秋成を、鬼卵が担いで帰ったことがあった。

「夜分に申し訳ありません」

鬼卵が恐縮すると、たまはため息をついた。

「その辺に転がしておけば良うございました。寒くなれば目が覚めましたやろ」

そういうわけにもいかないから、担いできたのだが、たまは容赦がない。暫く黙って酔いつぶれた秋成を見下ろしていたのだが、奥へ入ると、茶碗一杯の水を持って来た。

「飲み」

差し出された水を、秋成は、いらん、と手で払った。すると、たまは顔色一つ変えることなく、その水を秋成の頭から掛けた。慌てて目を開けた秋成は、般若《はんにゃ》のようなたまの顔を見て、目を見開いた。たまは落ち着いた静かな声で、

「大概にせんとあきません」

と言った。秋成は叱られてしょんぼりと項垂《うなだ》れていた。

その後も、幾度か同じようなことがあったのだが、たまが頭から水を掛けるのは毎度のこと。鬼卵は驚くこともなくなった。夏場であれば、玄関先に座らせて、たまには声を掛けずに帰ったこともある。

今はまだ季節柄、外に置いておくわけにはいかないから、今宵も背負って帰ることになるだろうと思いながら、近くの料理屋の暖簾《のれん》をくぐった。

二人は小上がりに座って小さな卓を囲んで向き合う。

「鯖《さば》のきずしでもあれば最高やねんけどなあ」

秋成はしみじみと言う。

「それやったら、何処ぞの大店の旦那さんのご相伴《しょうばん》に与《あずか》らんと」

「それもそや。一昔前ならいざ知らず」

ははは、とあっけらかんと笑う。一昔前は、羽振りの良い旦那であった秋成は、そうした過去の一切を、さほど気にも留めていないようであった。どこまでも明るい様子である。

「ほな、一献《いっこん》」

鬼卵は秋成の猪口《ちょこ》に徳利《とっくり》で酒を注《つ》いだ。

秋成は美味しそうに酒を飲み、目の前の蒲鉾《かまぼこ》をつまむと、ふうっと一つ息をつく。そしてしみじみと鬼卵の顔を見やる。

「何や、浮かない顔やな」

「そうですか」

「どっちか言うたらいつもご陽気なんが、お前さんのええところやのに。どないしたん」

言いながら今度は煮しめに箸《はし》を伸ばし、鬼卵の酌を待たずに手酌で酒を呷《あお》る。鬼卵は、改めて姿勢を正して秋成に向き合った。

「先ほど、蒹葭堂さんに会うて来まして……三河吉田へ行ってみいひんかって」

「行き」

鬼卵が言い終わらぬうちに、間を置かずに言った。余りにあっさりした応えに、鬼卵の方が狼狽えた。

「兄さん、少しは考えて下さい」

「蒹葭堂さんに言われたんやったら、行き」

他に答えはないと言った様子で、重々しく頷いて見せる。そして鬼卵の盃《さかずき》に酒を注いだ。鬼卵は、ため息交じりに酒を飲む。

「兄さんに聞いたんが間違いやったな」

秋成は、蒹葭堂のことを「神仏と同じくらい」敬っていると言って憚らない。

「あの人は儂の恩人や」

それには、秋成のこれまでの来し方に関わる。

秋成は元々、大坂曽根崎《そねざき》で生まれた。母はお咲《さき》という女であったが、父は分からない。

「実は儂の父御は偉いさんやった」

というのは、秋成が好んで話す小噺《こばなし》の一つであるが、噂によると茶の湯に通じた名のある武士であったという話やら、大店の大旦那であったとも言われ、定かなものはない。ただ四歳になる年に、堂島の紙油商の嶋屋に養子に出て以来、母とは生き別れたままであった。

「可哀想な子やったんや」

秋成は自らをそう言うが、当人の口ぶりも性格も、哀れな子という風情はない。それもそのはずで、嶋屋はそれはそれは秋成を可愛がった。疱瘡《ほうそう》に罹《かか》った時にも献身的に看病し、無事に平癒することができたのだという。最初の養母はそれから間もなくして亡くなったのだが、その後に入った後妻も、秋成を慈しんで育てた。

「継子《まま こ》いじめなんて話も聞くけどな。うっとこにはおよそそういうことはなかった。ただ、甘やかされてもうてな」

芸にせよ、学問にせよ、何不自由なく浴びて来た秋成は、ある時から気づくと放蕩を覚えるようになった。文人墨客らと交わると共に、遊郭にも遊び、散財を繰り返す。

「商いにも精を入れんとな」

養父に言われたが、生返事を繰り返していた。元より俳諧にせよ戯作にせよ、才覚があっただけに、なかなか商いには戻ってこない。なんとか家に繋ぎとめようと嫁を迎えた。ほどなくして養父が亡くなり、正式に嶋屋の旦那となったのだが、それでも文人墨客暮らしは続いていた。

鬼卵と出会ったのはその頃であった。

御店の旦那としての羽振りの良さと、文人墨客としての才覚。その双方を持っていた秋成の暮らしが一変したのが、今から七年前のことである。

大坂を大火が襲ったのだ。堂島辺りは被害も大きく、秋成の嶋屋はすっかり焼けてしまった。家財も失い、奉公人たちも散り散りとなり、破産してしまったのだ。

「こんなこともあるもんやなあ……」

秋成が途方に暮れていると、それを助けてくれたのが、木村蒹葭堂であった。

「身内の者も連れて、うちに来たらええ。これから先のことも考えんと」

蒹葭堂は、商人であり文人墨客である秋成のことを、予《かね》て近しく思っていたらしい。

「お前さんのようなお人がいてんと、大坂は寂しいからな。せやけど、元の紙油商に戻ることは元手がかかる。お前さんには才覚がある。品物を仕入れたりせずに、お前さんの腕が生きる商いをしたらええ」

蒹葭堂はそう言って、秋成の妻子と養母を家に招き入れた。そして、稼ぎに繋がる学問として蒹葭堂が勧めたのが医学であった。

藩医や御典医といった、武家に仕える医師以外は、医師になるのは容易《たやす》い。しかしその分、大坂ほどの大きな町になれば、医師は多く競争も激しい。

「大坂で町医になるんやったら、それなりに顔が広い師につかねばならん」

蒹葭堂は医学の師を紹介し、それに関わる全ての費用を肩代わりした。秋成はしっかりと学びを終えて町医となり、元の御店の主とまではいかないが、なんとか生計を立て直すことが出来たのだ。

「蒹葭堂さんには、足を向けて寝られん。蒹葭堂さんの偉業を称える戯作を書いてもええ」

秋成は事あるごとにそう言う。そしてそれは決して嘘ではなく、実際に蒹葭堂に纏わる出来事を書き留めてもいるほどだ。

「暑苦しい人や」

と、蒹葭堂は苦笑いしている。

その秋成にしてみれば、鬼卵の悩みは悩みの内に入らない。

「蒹葭堂さんが行けと言うのなら、行け」

というのである。

「せやけどなあ……大坂にいてるからこそ出会える面白いものもあるやないですか」

「何や、新地の芸者にお気に入りでもおるんか」

「違いますす」

昨今では、さほど宴の席での遊びも楽しくはない。

「あんなん楽しいのは、若い男前と金のある旦那だけです。冴えない中年の狂歌師など、いい浄瑠璃か美人画でも書かんことには、芸者には馬鹿にされますさかい」

それもそや、と、かかか、と声を立てて笑う。

「そうやなくて……新しい学問とか。兄さんかて、国学を始めはったんは、大坂で加藤《かとう》先生に会えたからですやろ」

秋成は、三十四歳から国学を学び始め、そろそろ十年になろうとしている。師である加藤宇万《うま》伎《き》は、元は江戸の幕臣であったのだが、大坂城に勤番の折に知り合ったのだという。

「加藤先生は、歌人としても素晴らしい。雅《みやび》でな。浄瑠璃とはまた違うし、堂上の歌人とも違う。その理由は何やろて思ったら、国学やて。せやから学び始めたんや」

その加藤は既に亡いが、それでも秋成は学問を続けており、今では国学者として名の通った存在になりつつあった。

「国学の何がそんなに面白いんです」

「国学は、古来の国の考え方を探るんや。万葉集や古事記を通じてな。すると、儂らは如何に、知らん間に仏教やら儒学の考え方に染まっているかがよう分かって、世の中の見え方が変わる。それはな、今の御公儀の御触れやら法度の中にもある」

言いながら秋成は、自らの言葉を確かめるように、うん、と深く頷く。

「これが正しいんやて言われることは、世の中にはたんとある。せやけどな、そのうちのいくらかは、その時に力を持っている人の都合で変わるもんや。もちろん、変わらへんもののもある」

「それは例えば……」

するると秋成は、豆腐を口に放り込みながら、もったいぶってゆっくりと言う。

「腹が減れば人は怒るし、美味いものは美味い」

「何ですかそれは」

ははは、と二人で顔を見合わせて笑う。

「ま、冗談はともかく。何《いず》れの学問にせよ信心にせよ、人を殺めたり物を奪ったりすれば、業《ごう》を負うっちゅうこっちゃ」

深く物事を考えていないように見えて、その実、余計なことまで頭が回る。それがこの人の面白いところだと、鬼卵は思っている。

「せやけど、あの雨月物語はむしろ、仏教やら大陸やらの説話が色々と混ざってはりますね」

秋成は『雨月物語《うげつものがたり》』という読本を上梓《じょうし》していた。

それは、いわゆる怪談話の物語集である。古典や伝承に材をとり、読み終わってからもぞわりと怖さが増すようなものが収められている。

「せやな……むしろ、国学が分かったことで、却って大陸から渡って来たものの面白さも改めて見えて来る。大陸の伝承を、国学の目で見ることで、清国の物語も違う風味が出て来る。そう思わんか」

やや身を乗り出しながら問いかけられ、鬼卵は、ええまあ、と気のない返事をする。

「何や、おもろなかったんか」

「……逆ですよ。あない面白いもん書けて、ずるい」

「ずるいことあるかいな。お前さんより十年も長う生きてて、私財失くしてようやっと書けたんや。それでも好き勝手言う奴もおるがな」

すっかり話題となっていた「雨月物語」であるが、口さがない者は、

「所詮は浮世草子の出来損ないだ」

などと批判していた。

しかし、鬼卵はどの話も面白くて仕方なかった。すぐに秋成に話をしようと思ったのだが、本を閉じて暫くすると、何やら羨ましさやら口惜しさやらが湧いて来て、なかなか話をすることができずにいたのだ。

「悔しいくらいに、面白かったです」

鬼卵はそう言って、盃を呷った。

「どれが気に入った」

秋成はずいと身を乗り出しながら、空になった鬼卵の盃に酒を注ぐ。鬼卵はふと首を傾げて思い返す。

「後々まで怖うて仕方なかったんは、吉備津《きびつ》の釜《かま》ですやろか」

吉備津の釜は、占いで凶兆が出たにも拘わらず縁組をした夫婦の話である。浮気性の夫のことを気に病み、遂には亡くなった妻。恨みを残した妻は、夫と駆け落ちをした女を取り殺し、やがて夫の元にも忍び寄る。陰陽師《おんみょうじ》は、

「死にたくなければ、物忌《ものいみ》をし、四十二日間は外に出てはならない」

と、固く戒める。夫は家に籠っているのだが、夜になると妻が外から恨み言を言う。それでもようやく四十二日の間を耐え抜いた。窓から差し込む光を見て、

「朝が来た」

と思って飛び出した夫は、叫び声と共に姿を消す。声を聞いた夫の友人が外に出ると、外はまだ真っ暗。壁一面に凄惨な血痕だけが残されている……という話である。

「思い出すだけでも、嫌ですなあ」

鬼卵が言うと、秋成は得意げに酒を飲む。

「あれはな、明《みん》の話やら、吉備の温羅《うら》の伝説やら、色々と組み合わせてな。なかなかようでけた」

そして機嫌よく、

「他は」

と、問いかける。

「そうですねえ、あとは西行《さいぎょう》が好きやから、白峰《しらみね》の話も好きでした」

平安の歌人、西行が、かっての主君である崇徳《すとく》院が眠る讃岐《さぬき》の白峰の上皇陵を訪ねる話である。崇徳院は、鳥羽《とば》天皇の皇子であったが、上皇となった後に起きた保元《ほうげん》の乱により、弟である後白河《ごしらかわ》天皇によって流罪《るざい》とされた。そして流された讃岐の地で亡くなったのだ。西行は、その上皇陵にて、怨霊となり果てた崇徳院と会うのだ。崇徳院は平家が滅ぶことを予言したが、西行は怨霊となったことを諫めると共に、院を鎮めるために読経《どきょう》をする。そしてその場を去っていくのだ。

「よしや君　昔の玉の　床とても　かからん後は　何にかはせん……西行の心の痛みも伝わる話でありました」

虚しさと共に悲しみもまた心に迫る物語であった。

この二つの他にも、「雨月物語」は鬼卵にとっては趣深いものであった。

「蒹葭堂さんもこれは、秋成さんにとって、後世に残る名作になるやろなあて言うてはりました」

すると秋成は大仰に外に向かって手を合わせる。

「蒹葭堂様のお陰です」

「それ、蒹葭堂さんの前でやると怒られますよ」

「今はいてへんのやさかい、ええやろ」

ひひひ、と笑ってから、はくしょん、とくしゃみをする。汚いなあ……と悪態をつきながらも、鬼卵はつくづく秋成を見る。

どうしてこんな陽気な男の手から、あんなにも妖艶さと怖さを兼ね備えた作が生まれて来たのかと思うと、不思議な心地がする。

鬼卵は、ついと手を伸ばすと、秋成の手を摑んだ。

「何や。菊花の約《ちぎり》か」

それは、『雨月物語』の中にある男同士の恋を描いた物語だ。鬼卵は慌てて手を離す。

「違います。そうやのうて、手、見せてもらいたくて」

「手なんて何で見たいんや。なんぼでも見たらええけど」

秋成は手のひらを鬼卵に向かって広げて見せた。

「……どうしてあないに面白いもんを書けたんかと思いまして」

「そら、儂に才があるからや。手には何の仕掛けもないで」

「こういうんを、鬼神《きしん》のなせる業《わざ》とでも言うんですかね」

「鬼神て、お前さんも随分、信心深いな」

秋成は声を立てて笑った。その満面の笑みを見ながら、鬼卵は深いため息をつく。

「鬼卵の号の由来、木端先生の御言葉からつけたて話しましたよね」

「ああ、手から鬼も蛇も出るてな。なるほど、儂の手にはどないな卵があるかて思ったんか」

鬼卵は箸で、煮しめの昆布をつつきながら、眉を寄せる。

「号が悪いんかな。ずっと卵のまんまなんと違うやろかて、思うんです」

秋成は、ほお、と浅く頷きながら、仲居に追加の徳利を注文した。

「愚痴ってたってしゃあない。何や出来ることから始めんと」

秋成は至極真っ当なことを言う。

「手始めには、蒹葭堂さんの言う通り、何処やったかいな」

「三河吉田です」

「せや、そこへ行ってみ」

鬼卵は頬《ほお》をふくらませてふて腐れる。それを見た秋成は眉を寄せる。

「そないな顔して可愛らしいんは、子どもだけや。ええ年した大人のくせに」

「せやかて大坂におったら、面白いことに出会えて、面白いもんを描けると思うてました。文でも、絵でも……せやけど、蒹葭堂さんに他所へ行くことを勧められて、捨てられたような、心細い気がして」

「あの人が見捨てるかい」

蒹葭堂贔屓《びいき》の秋成は、語尾に重ねるように言う。そして、遅れて運ばれてきた芋《いも》の煮つけを食べながら、じっと鬼卵を見つめた。

「お前さんは、すぐに譲ってまうからな」

「譲るて、何を」

「ほら、あれも。木端先生の歌集の絵や」

鬼卵は苦笑した。

「いつの話ですか。もう、五年も前ですよ」

「せやかて、あれもほんまはやりたかったんやろ」

言われて鬼卵は、力なく笑いながら、目の前の酢の物に手を伸ばす。

木端の死後、追悼《ついとう》のための歌集を作る話が持ち上がった。

「ぜひ、私が取り纏めたい」

言い出したのは、鬼卵と同じく栗柯亭木端の弟子である仙果亭嘉栗《せんかていかりつ》である。

仙果亭が言い出した時、兄弟子たちの誰もが、

「それがええ」

と二つ返事で了承した。

それはまず「金」の心配をしなくていいということがあった。

仙果亭嘉栗は、その名を三井治郎右衛門高業《じろうえもんたかなり》という。豪商三井の分家の一つ、三井南家の当主であり、幕府の為替御用達を担う両替商。栗派の中で、恐らく最も裕福な弟子である。狂歌のみならず、絵も描き、浄瑠璃も書くという器用な男で、その上、商いも上手で審美眼もある。

「あの人は生まれながらに全部持ってはる。そこらの御殿様に生まれるよりも、余程、前世で徳を積んだんやな」

かつて蒹葭堂は、商いの算盤を弾きながら言っていた。

「三井というのは、そこらの商人とは違う。金を儲《もう》けるまじないでも知ってはるんや」

揶揄い半分、嫉妬半分にそんなことを言っていた。

その仙果亭が「歌集を作る」と言ったら、その瞬間に刷り上がりまでの心配はない。もし他の弟子が言ったのなら、金を集めるところから始め、誰が幾ら出すのかで揉め、何冊作るかで大騒ぎであったろう。

「表紙に絵でもつけたらどうや」

弟子たちで集った折に、そんな話が持ち上がった。

仙果亭も絵が描ける。今更、他の誰かに頼むこともないだろうと思いつつ、鬼卯はそっと名乗りを上げた。

「表紙絵を描かせてもらえませんやろか」

すると仙果亭は、品のいい笑みと共に首を横に振った。

「既に、頼んであるのです」

鬼卯が何を言うまでもなく、表紙は既に決まっていた。

刷り上がった「ならひの岡」の表紙には、どこか滑稽で愛嬌のある大黒天が描かれていた。

「何方が描かれたんですか」

鬼卵の問いに、仙果亭は答えた。

「円山応挙です」

「応挙……」

元は丹波《たんば》の農家の生まれであったというが、その画才を見出されて実力を伸ばしてきた絵師である。数年前から三井が金主《きんしゅ》となって、多くの作品を世に出すようになったのだ。

「あれ見た時、どない思った」

ふと、回想を断ち切るように、ずいと秋成が首を伸ばす。鬼卵は、ええ、と曖昧に答える。

「悔しかった……ですかね」

「せやな、あれは、そないに良い絵でもなかったで」

秋成は言う。しかし、鬼卵としては少し違う思いを抱いたのだ。

応挙の描いた大黒天は、線こそ簡素であるけれど、筆に迷いはなく、愛らしく滑稽さもあった。そこはかとなく師である木端の様子にも似ているように思えた。恐らく、仙果亭が木端について応挙に伝えていたからであろうと思う。

だが同時に、それが応挙にとって片手間の仕事であることも分かっていた。名うての絵師となりつつあった応挙にとって、世話になっている仙果亭の師である木端の為に、さらりと描いたのであろう。

一方で鬼卵にとって木端は、人生の師であった。その最後の歌集の表紙を任せてもらうこともできない己に、そして、渾身《こんしん》の作を作ったとても、恐らくは応挙の大黒天に敵《かな》わないであろう己に、つくづく落ち込んだ。

「尤《もっと》も……どんな思いを抱えようとも、今となっては足元にも及びません」

今や、円山応挙といえば、畿内においてゆるぎない地位を築き、京に大きな画室を構え、応門と呼ばれる弟子たちを抱える一流の絵師である。

鬼卵も幾度か顔を合わせたことがあるが、人当たりも良く、憎まれ口を叩く気すら起きなかった。

「そういうところや」

秋成は苛立った様子で鬼卵に詰め寄る。

「人の才覚を認めるんはええ。せやけど、わてかて負けませんって強気にならんと。今、この大坂で人より抜きんでるのは並大抵のことやない。喧嘩する覚悟がないんやったら、一度、畿外に出てみるのもええと思うで」

「そんなら今、兄さん相手に喧嘩しましょか」

「おう、やるか」

秋成は目の前の皿をついと避けると、腕を捲《まく》る。その所作が何処か滑稽で、鬼卵はふいに笑い出した。

「いや、もう結構。負けました」

「早いな。そういうところや」

秋成は、徳利の中を確かめてから、後ろをついと振り返る。

「ちょいと、もう一本」

はい、と、年増の仲居の声を聞きながら、鬼卵は食べ散らかされた皿に残る大根の切れ端を攫《さら》って、猪口の底に残った酒を舐《な》める。

「訪ねてみようか……」

一度、応挙に会ってみよう。喧嘩をすることはないが、畿外に出るも出ないも、一度はきちんと越えられなかった壁の正体を見てみたいと思った。

○応挙

円山応挙の画室は京の大雲院《だいうんいん》にあった。

五年前、栗柯亭木端の遺作をまとめた歌集、「ならひの岡」の表紙が描かれた頃にも一度、足を運んだことがあった。その時は鴨《かも》川の方にいると言われ、そちらへ向かって行った。すると、川の側で、鴨ににじり寄るように這《は》いつくばっている男がいたのだ。

「何をなさっているので」

問いかけると、男はその声にも振り返らない。

「ああ、鴨の腹の色は、何色かと」

そう言って、更にずいと鴨ににじり寄る。しまいには鴨に足蹴にされた挙句に飛んで逃げられた。するとその飛び去る姿を見上げて、

「ああ、もう少しゆっくり」

と、声を上げていた。奇妙な男だと思った。

「もしや、応挙先生ですか」

振り返った応挙は、ずんぐりとした体軀で、鬼卵よりも十ほど年上の男であった。

「さようです」

人懐こい笑みを浮かべる。そこには、先ほどまでの奇行にも思える姿は想像もつかない、人当たりの良い男がいたのだ。

その後、鬼卵は応挙が描いた鴨の絵を見たことがあった。一幅の絵に描かれたそれは、羽毛の一本一本までが繊細に描かれており、触れればふわりと温かく、つやつやとした嘴《くちばし》の感触さえも感じられるほどであった。

「これがあの時の鴨か……」

思わず嘆息したものだ。

しかし、応挙の絵は誰もが絶賛していたわけではない。

「あれは絵やない。ただの写生や」

とりわけ幼い時分から師について、古式床《ゆか》しく絵を習って来た大店の若旦那辺りは、応挙の絵に悪態をついていた。

無理もない。元来、京の絵師たちは写生よりも模写を重んじる。自らの師の絵を模写し、先人たちの名作を模写し、大陸の清や朝鮮から渡って来た名画を模写する。それを繰り返しながら、「絵とは何か」を学んでいくのだ。鬼卵もまた、文人墨客の端くれとして、何人もの師の元でそうして基礎を学んできた。己で構図を考えるよりも、先人の構図を真似ながら描いて来たのだ。

しかし、応挙は違った。

無論、応挙もまた先人たちの絵の模写も行っていた。しかし、それ以上に鍛錬をしていたのが写生なのだ。

「あれは、眼鏡絵《めがねえ》の名残なのだろう」

嘲笑交じりに揶揄する声もあった。

眼鏡絵とは、びいどろ道具の一つである「レンズ」を通してみた景色を描くものであった。

応挙は丹波の農家の次男坊であった。やがて京のびいどろ道具の店で奉公をしていた時に、長崎帰りの商人たちから習ったのが眼鏡絵であったらしい。眼鏡絵の特徴は見たものをそのまま写すので、遠くのものは小さく、手前のものは大きくなる。多くは異国の風景を描いたものであったのだが、応挙はその技を用いて三十三間堂《さんじゅうさんげんどう》などの京の名所を描くようになった。それが話題となっていたのだ。

しかし、眼鏡絵は所詮は「玩具《おもちゃ》」の類であり、それを幾ら描き重ねたところで、絵師と呼ばれることはない。

やがて、その腕前を本草家の円満院の門主祐常《ゆうじょう》に見いだされた。公家の出である祐常は、植物などを詳細に調べて記す本草学を学んでいた。祐常は字のみによって記録を作っていたのだが、そこに絵を加えたいと望むようになった。そこで出会ったのが応挙であった。絵師たちとは違い、写生に徹底的にこだわる応挙の絵は、正に本草学にうってつけであったのだ。

その祐常が亡くなると、次に応挙の腕を高く評価したのが、三井家であった。

「絵は、かつてのように御公家様や御武家様だけのものとは違います」

三井はそう考えていた。当時、京や大坂には裕福な大店が数多くあり、絵や茶道具を欲していた。しかも御用絵師である狩野《かのう》派の弟子が描く格式ばった古典的な絵よりも、応挙が描く写生を生かした花鳥画の方が人気は高い。

三井が後ろ盾となることによって、大店の旦那衆は応挙の作品を信頼して買うようになっていった。口さがない連中は、

「目で見たまんまを描くようでは、早晩、絵なんぞ描けなくなる」

と、呪うように言っていた。

周囲からの妬みと悪意を込めた評もあったが、応挙はみるみる腕を上げた。見たままだけではなく、技巧を凝らし、古典に材をとり、次から次へと独創的な絵を描き続けていき、応挙の絵は新たな潮流となっていった。

気付けば、京の文人墨客をまとめた「平安人物志」において、絵師の筆頭として名が挙がるようになったのだ。

鬼卵が初めて会ってから五年。瞬く間に階《きざはし》を高く高く登っていく応挙の後ろ姿をずっと見て来たように思う。

大雲院の門をくぐった鬼卵は、入り口で応挙の弟子の一人に呼び止められた。

「どちら様でございましょう」

無名の狂歌師が名乗りを上げたところで、すんなり会うことは難しい。紹介状を書いて欲しいと蒹葭堂に頼むと、

「そんなことせんでも、鬼卵でございますて名乗れば、応挙さんも覚えてはるやろ」

そう言ってくれたが、応挙が覚えていたとしても、他の者は鬼卵を知らない。

「蒹葭堂さんからの御文がありまして」

鬼卵がそれを差し出すと、弟子は、蒹葭堂の名は知っているらしい。書状を持って奥へ行き、暫くして戻って来た。知らぬから帰れと、応挙に言われやしないかと、少し自信はなかった。

「栗杖亭鬼卵先生、どうぞこちらへ」

弟子は鬼卵に改めて挨拶をすると、中へと招き入れた。鬼卵を応挙の知人と認めたらしい。大雲院に慌ただしく出入りする弟子たちとすれ違いながら、恐る恐る中を覗く。

十畳ほどある広間には、金箔《きんぱく》が貼られた画紙が敷かれ、その上に板が渡されている。その板の上に男が一人、立っていた。

応挙だった。

相変わらず、髭《ひげ》は濃く、重心の低い丸い体軀《たいく》の男だ。しかし横顔に見える眼光は鋭く、どこか鬼気迫るものがある。

応挙は一つ大きく頷くと、筆を手にしたまま、がばっと身を屈め、一息に大きな画紙を横断するような曲線を描いた。そして、ふうっと一つ息をすると、再び背筋を伸ばして画紙を眺め、にやりと口の端を上げて笑う。

「よし」

何に対する納得なのかは分からない。だが、その一言に応挙の自信に似たものがあった。

そこで初めて首を巡らせた応挙は、鬼卵の姿を目に留める。

「ああ、鬼卵さん」

鬼卵は改めて頭を下げた。

「お邪魔を致します」

「いやいや、よう今まで声を掛けずにいて下さった」

あの応挙に声を掛けられる者がいるだろうか。肩先から焔《ほむら》が立つような気配であったのだ。

「何を描いていらっしゃるのですか」

「藤ですよ。御覧になりますか」

手招かれた鬼卵は、応挙に導かれるままに画紙に渡した板に上がる。そこにあるのは、ただの曲線でしかない。しかしその線は無軌道に見えるが、確かに生きていると感じさせる躍動感があった。

そのことに鬼卵はぞくりとした。

先ほどまでは、何も描かれていなかった所に、命を宿す線が生まれ出たのだ。

鬼卵は傍らにいる応挙に向き直る。

「応挙先生」

「先生やなんて、やめて下さい」

応挙は笑う。するとその丸い風貌は、先ほどの鋭い目線とはまるで違い、親しみやすい。今や応門と呼ばれるほどの弟子を抱えているが、相変わらず偉ぶる風がないのだ。

「弟子やったらともかく、そうでない人に先生て呼ばれるのは気恥ずかしい」

謙遜ではなく、心底そう思っているのであろう。照れたように頭を掻く。

「ほな、応挙さん。ちと手を見せて下さい」

「手ですか」

妙なことを頼まれたと思ったらしく、戸惑いながら手を差し出す。鬼卵はその手を取って、じっと見つめた。

「手相でも見はるんですか」

応挙の言葉に、鬼卵は我ながら奇妙なことをしていると思い、その手を離した。

「えらいすみません。応挙さんの手からは、鬼が出て来るんやな……て」

先ほど、応挙が描く様を見て思ったのだ。

あの線を引く一瞬。その目、手、身、全てがそこに在ってそこにない。幽世《かくりよ》に何かを取りにいったかのようですらあったのだ。

……わては、あれほどの勢いで、絵を描いたことがあったやろうか。

鬼卵は自問する。

周りの全てを隔絶して、己の内と向き合いながら絵を描いたことなど、ついぞないように思えた。

改めて応挙の描いた線を凝視したまま黙り込む。すると応挙はその鬼卵の様子を苦笑して眺めた。

「そうしてしみじみと見られると、何やら気恥ずかしい」

「いいえ、そないなこと……」

「鬼卵さんは絵は最近、どないですか」

鬼卵は、そうですね、と言葉を濁す。

最近は、狂歌集の表紙を頼まれて描いたり、読本の挿絵を描いたり、時には大店のお嬢さんの似せ絵を描いたりしていた。絵師としての仕事はそれなりにある。しかし、応挙とはまるで比べ物にならない。

「今、藤を描いてはるておっしゃいましたけど、先だっても見せて頂きました」

「ああ、それに似せて、また描いて欲しいて三井の旦那様が」

先に藤を描いた屏風《びょうぶ》を見せてもらったことがあった。金の屏風に描かれた藤は、枝は勢いよく刷毛《はけ》で描かれる一方、花房は精緻に細かく描かれている。その対比が藤の木の奥行を感じさせ、樹下の香りまで漂うようであった。

また、前へ進んで行こうとしているのだ。

「敵わんなあ……」

しみじみと呟くと、応挙は首を傾げた。

「鬼卵さん、幾つにならはりました」

「三十五です」

「そうですか。その頃、わては応挙て名乗り始めたばかりでしたな」

やや驚きを込めて応挙を見る。応挙は絵の上の板から降りて、部屋の端へと腰を下ろす。鬼卵もそれに倣《なら》うと、応挙は胡粉《ごふん》の入った乳鉢《にゅうばち》を手に取って、ふと周りを見回してから、鬼卵に向かってそれを差し出した。

「すみませんが、手伝ってもらえますか。弟子が出払ってますよって」

鬼卵は、はい、と頷きながら、乳棒で胡粉を砕く。応挙は、既に砕かれた胡粉に膠《にかわ》を混ぜて練りながら、きれいな団子にしていく。胡粉の肌理《きめ》を整えているのだ。

「忙しのうて、すみません」

応挙は笑いながら言う。

応挙は、胡粉で団子を作りながら、それを楽しんでいるように見えた。

「絵がお好きなんですね……て、当たり前ですな」

鬼卵が言うと、応挙は、ははは、と笑った。

「そらそうですわ。せやなかったら続きません。若い時分から絵は好きやったけど、稼ぎになるかどうかは分からん。何せ、顔料を買うのも金がかかるし、金箔なんてもってのほかや」

確かにその通りだ。色によっては西陣の反物《たんもの》を買うより高いのは当たり前。箔なんぞは、一枚手に取るのさえ戸惑う。

「まともな金主がついたんが、三十七の時や」

円満院祐常と繋がって、ようやっとまともな顔料を使えた。そこから三井に繋がったのが四十の時のこと。

「わてはほんまに果報者です。金主や言うても、金さえ出してくれればええというのとは違います。この腕を信じ、この目を信じ、描かせてくれへんかったら鍛錬にはなりません。ようおるんですわ。金を出すからと、あれやこれやと口を出す厄介な金主が。とんでもないところに、めでたいから赤を入れてくれとか、金を貼れとか」

そう言って、顔を顰める。確かに聞いたことがある。それで金主と揉めた挙句に、絵師を辞めた者もいる。

「言う通りにしとけばええと言う人もあるやろうけど、そんなことをしたら、途端に手が動かん。それを無理に動かした時、今度は心が動かん。すると、驚くほどにつまらん絵が出来上がる。金主は満足しても、それを繰り返していればもう、絵師やなくなる」

　確かにそれは分かる気がする。

「仙果亭さん……三井の旦那はそういう御方やないんですね」

　すると、応挙は柔らかく微笑んだ。

「ほんまに絵が分かってはる。せやから、いいものを描こうと思える。精進《しょうじん》しようて思える。その積み重ねが今です」

　画室の真ん中にある藤の絵の他にも、部屋のあちこちには、描きかけの絵やら写生が散らばっている。それら全てが、応挙の中でいずれ作品となって、この畿内のあらゆるところを彩っていくのだろう。

「応挙さんは、旅に出て描こうとは思われませんのか」

　応挙ほどの腕があれば、名所絵など描いた日には、どれほど多くの人が欲しがるか分からない。

　しかし、応挙は首を横に振った。

「行きません」

「名所は描きたくありませんか」

「これ以上、描きたいものが増えたら困る」

　応挙は眉を寄せて、己の胸に手を当てる。

「描きたいものが、次から次へと溢れて来る。それを描くためには、動いている間があらしませ
ん」

　好奇心に満ちた顔で語る。

「応挙さんの中には、そないに描きたいものがあるんですね」

「誰かてありますよ。鬼卵さんはないんですか。絵でも、歌でも、文でも」

　鬼卵は器用に描くことができるから重宝されてきた。歌も、文もそうだった。しかし、己の内から湧き出す何かを形にしてきたかというと違う。それでも、心惹《ひ》かれるものはいつもある。

「先日、上田秋成さんに会いまして。『雨月物語』のようなものを書いてみたいと思うこともあります」

　すると応挙は、ああ、と声を上げた。

「あれな、わても読みました。あれは面白かった。夫を祟《たた》り殺す女の幽霊」

「吉備津の釜ですな」

　応挙は、そうそう、と言ってから、ついと鬼卵に膝を寄せる。

「ここだけの話、幽霊はいてます」

　応挙は悪戯めいた顔で、声を潜める。

「何の話ですか」

「見たことがありますのや。あれはな、足がありません。ふわあっと浮いて出ます。それをな、描きましたんや」

　そう言うと、応挙は慌ただしく立ち上がりながら、自らの袴で手についた胡粉を拭う。紺袴は

おかげで白い手形だらけになっている。その手で画室の隅の棚から軸を一つ取り出すと、それを広げて見せた。

そこには、霞《かす》むような墨で描かれた女の姿がある。髪は解け切れ長の目はこちらを見つめている。そして、下半身は消えていて、ふわりと中空に浮いているようだ。そこから漂うのは、何とも物悲しくも美しい気配である。

「どうです」

応挙は絵の後ろから、ばっと顔を覗かせる。反応を待つような顔を眺め、鬼卵はまた、はあっと吐息した。

「もう、こんなん見せられたら、わては幽霊の絵なんて描けません。絵は応挙さんに譲ります。わては、いつかは絵に合う物語を書きましょう」

「そらええですな」

応挙はそう言いながら、絵をくるくると丸めた。鬼卵は手にしていた乳鉢を置いて、立ち上がる。

「おかげさんで、わての袴も白い粉だらけです」

一応、遠出だというので、それなりに火熨斗《ひのし》も当てて来たのだが、見る影もない。応挙は、そらすんませんなあ、と、悪気もなく言う。

「実は、少し畿外に出ることになりそうです」

躊躇なく口にしたことに、当の鬼卵も驚いた。

とても、この応挙と喧嘩などできるはずもない。それに、今の己では敵うはずもない。そう思いきれたのかもしれない。

「それもええと思います」

応挙はあっさりと言った。それは、鬼卵を見下すような口ぶりではなく、ただ、そう思ったという真っ直ぐな言葉に聞こえた。

「京や大坂みたいな都にいると、何かと金がかかる。それより、鄙《ひな》は金がかからへん分、己の芸と向き合える。そうして腕を磨いて戻って来るお人は、怖いです」

今や絵師筆頭との呼び声高い応挙が、怖いと言う言葉を使うことに、鬼卵は少し驚いた。だが、それだけ野心も熱意も溢れているのだろう。

「応挙さんに、怖がってもらえるくらいの何かになれたら、戻ります」

「そんなこと言わずに。早々に戻って来なはれ。いつぞや、北堀江で宴をしましょと言っておきながら、なかなか出来しませんでした。祇園《ぎおん》でご馳走しますさかい」

「おおきに」

では、と挨拶をして応挙に背を向けた。

画室を出て、再び振り返ると、既に応挙は鬼卵の背を見送ってはいない。すぐに人差し指を空に翳《かざ》して、何かを描くように手を動かしている。

「敵わんなあ」

あの人は、心底、描くことが楽しいんだ。

「楽しいか」

木端師匠に問われた時に、答えられなかった己は、今、ここを離れてみるのも良いのかもしれない。

改めて、応挙の背に一礼をして、鬼卵は大雲院を後にした。

○夜燕

鴨川を眺めながら、三条《さんじょう》大橋を渡る。

安永八年、如月《きさらぎ》のこと。

鬼卵は、笠を被り、振り分け荷物を肩にかけ、腰には刀、裁着袴《たっつけ》といった旅装束である。

前夜、北堀江の茶屋では、蒹葭堂をはじめ、馴染みの芸者や文人墨客が揃って座敷に上がり、流行《はや》りの歌に踊りにと、大層、盛大な宴を催してくれた。

「こないなことされたら、大坂を離れたなくなるやないですか」

太棹三味線の音に、浄瑠璃の響き。美味な料理と芸者の華やぎ。全ては、大坂でしか味わえないと思うと、やはり離れがたくなる。

「ま、いつでも帰って来たらよろしい。一年、二年、行ってみたらええ」

蒹葭堂はそう言って、餞別《せんべつ》までくれた。宴席に来ていた秋成はというと、

「お前さんがおらんと、背負って帰ってくれる人がいなくなる」

と、良く分からない理由で別れを惜しみ、大泣きした挙句に酔いつぶれていた。皆、新たな旅立ちの背を押しながらも、寂しさを覚えてくれる。そのことが鬼卵にとっては嬉しかった。

深酒の挙句、昼過ぎになっての出立となり、京の三条大橋に着くと日は西に傾き始めていた。

鬼卵はゆったりと流れる鴨川を眼下に見ながら、忙しなく行き交う人々とすれ違う。

三条大橋は、東海道の起点である。ここから五十三次が始まるのだ。

「さて、次はいつ戻ることになるのか」

この活気とも愈々、お別れなのだという思いが、ひしひしと胸に迫って来る。

「いよいよここからやな……」

鬼卵は感慨深く言う。

「そうですね、旦那様」

その鬼卵の傍らには楽しげに笑う若い女があった。鬼卵は、隣の女の姿を見て、苦笑をする。

「お前さん、本当に良かったんかい」

すると女は、鬼卵を見上げて首を傾げた。

「良かったというのは、何のことでしょう。ここに来ることですか。それとも、嫁になったことですか」

「両方やな」

「はい。決めたことですから」

鬼卵は、この旅に妻を伴うこととなった。


話は二月ほど溯る。

大坂を去る決意を固め、鬼卵は蒹葭堂を訪ねた。

「そうか、三河吉田に行くて決めたか。そら良かった。ほな、嫁を連れて行き」

えらく気楽に言う。

「は、嫁はおらんて言うたやないですか」

「せやから、嫁を娶《めと》って行き」

「何を言うてはるんですか」

そもそも、これまで務めていた陣屋の手代という役目を捨て、故郷を捨て、先の見えない暮らしが始まるという時に、何故に嫁を迎えようと思うのか。さすが、シャベッテル、ダマッテルの妻妾二人を抱える人は違う。

「墓守に置いて行くんですか。それとも三河吉田に連れて行くんですか」

「連れて行けばええ」

にやりと笑う。どうやら蒹葭堂には心当たりがあるらしい。

「一体誰を……」

「夜燕《やえん》や」

「夜燕て……あの、夜燕」

鬼卵はやや意外さを込めて蒹葭堂に問いかける。

「そうや。お前さんと同門の夜燕」

夜燕は、鬼卵と同じく栗派の狂歌師の一人である。とはいえ、木端の死後に入門していて、同じ師匠についていたわけではない。ただ、栗派で開催される連歌の会などでは度々、顔を合わせているし、鬼卵自らが歌について教えたこともある。

年は二十二歳。

初めて見かけた時は、誰かが開いた歌会であったか。十五、六で、白皙《はくせき》の顔に、黒い髪を丁寧に結い上げ、大人しそうな見目の御店のお嬢さんといった風情であった。しかし、ふと顔を上げた瞬間に、周りを見回す目線が鋭く、口を開くと才気煥発《さいきかんぱつ》。

「その御歌について、私は少し違う解釈です」

年上の大店の旦那相手に異を唱え、周囲が却って慌てて止めたこともあった。しかし、よく学んでいることもあって、その後もしばしば歌会に招かれていた。

「確か、船場《せんば》辺りの呉服屋のお嬢さんでしたか」

「いや、違うねん。あれは摂津の中之城《なかのじょう》の出でな」

大きな地主の娘で、名を八重《やえ》という。行儀見習いとして、母の実家である呉服問屋で奉公をしていた。ただ、奉公とは名ばかり。御店の内儀である伯母には、息子があったが娘はいない。そのため、夜燕を娘のように可愛がっており、方々に連れて歩いていた。

その内儀が、元々、木端の弟子で時々、連歌の会に夜燕を連れて来るようになったのだ。

文人墨客に交じっているうちに、夜燕はその才を存分に発揮するようになった。それを見た伯母は大いに面白がって、

「この子をよろしくお願いします」

そう言って、あちこちに師事させた。

「おかげで、絵を描き、篆刻を彫り、書も達者。更には、心学に国学にと学問までやるようになり、ちょいとした文人になってしもた」

「はあ、噂は聞いておりましたけど……そないに多才でしたか」

かつては見目とは裏腹に、全身から棘《とげ》でも生えているかのような険しい様子であったが、昨今では随分と人当たりは柔らかくなっていた。しかし利発な様子は変わらなかった。それは、学問を経て己の才気との付き合いを心得たのかもしれない。

「里の父親は、賢《さか》し気な女子になって嫁ぎ先もないと、嘆いているそうな」

蒹葭堂は、ははは、と笑う。

「そういうもんですかねえ……」

鬼卵は女が学ぶことが悪いとは思わない。むしろ、学んでおいた方がいいと思う。

無論、元からそう思っていたわけではない。

そもそも、儒学では女が学ぶことをよしとはしない。

鬼卵の考えが変わったのはやはり、狭山の一件があったからかもしれない。あの時、村上庄太夫は謂れなき罪で命を落とし、その上、一家も離散することとなった。志乃母娘は奇《く》しくも北堀江で鬼卵らと遭《あ》えたことで、逃げることができたのだが、あのまま女衒に売られていたかもしれない。

学が全てではないけれど、いざと言う時に、物を知らないよりも知っていた方がいいと思うのだ。

それに、昨今では女人が学ぶことも少なくない。

国学の賀茂真淵《かものまぶち》の元には、県門の三才女と呼ばれる土岐筑波子《ときつくばこ》、油谷倭文子《ゆやしずこ》、鵜殿余野子《うどのよのこ》がいた。いずれも歌の才に優れた人物として、大坂界隈でもその名が知れていた。また、心学の門下には女人も多い。

今は亡き師、木端も同じような考えであった。

「かの明の才人、李卓吾《りたくご》は、女子にも学問を教えたて。それで叱られたて言うけどな。叱ってる奴の名は残っとらん。しかし、叱られた李卓吾の名は海を越えてここまで聞こえる。そしたら、教えた者の勝ちやろ」

木端のそういう緩やかな度量の大きさは、弟子の数にも表れる。老若男女問わず、木端の元には多くの人々が歌を学びに訪れていた。

「何せ、女人が天子様になるご時世や。門戸は広い方がええ」

当時、帝が急逝し、その後を皇姉である緋宮《あけのみや》が継いだ。皇子が継ぐまでの間とのことであったし、その御姿を拝した者は多くない。しかし、女帝は英明な御方であり、早世した弟に代わり、甥を育て導いたという。太上天皇《だいじょうてんのう》となってからも、幕府との折衝に努めていたらしい。

「女人だからと侮《あなど》るのは愚かしい」

以後、そう話す文人は増えた。

だから、鬼卵は夜燕が学を好むという話を聞いても、それについて、気難しい儒者たちが言うように、「生意気だ」「不快だ」とは思っていなかった。

「わての連歌の会にも何度か来てくれてますけどね。明るうて歌も上手い。しかも、上手い人の歌には素直に褒めてはるので、却って気を良くするお人もいてます」

夜燕は嘘をつかない。花街の女のように媚びもしないからこそ、腹を探る必要もない。それは若い時分から北堀江界隈に出入りしていた鬼卵にとっては気楽に思えた。

いつぞや歌の話をしていた時に、歌集の解釈について語っていたことがあった。

「私は古今よりも万葉集が好きです。何や、真っ直ぐで」

あれやこれやと歌を示して、夢中で話していた。

「えらい楽しそうやな」

夜燕はその言葉に、慌てて口元を抑えて真っ赤になった。

「すみません、勝手に一人で喋ってしもて」

恐縮して照れていたが、ころころと表情を変えながら喋る姿が可愛らしいと思えたのだ。

とはいえ……

「嫁にするとなるとなあ……」

世間では、十五、六で嫁ぐ娘が多いなか、二十歳を過ぎれば確かに、遅いのかもしれない。しかし、家も見目も悪くなければ、中之城の辺りでももう少しよい相手もいるだろうと思うのだ。何を好き好んで、一回り以上も年上の先行きの分からぬ男と、畿内を離れて鄙《ひな》まで行くことがあろうか。

「わては、この様《ざま》でっせ。あの娘さんには叱られそうや」

するとと蒹葭堂はしみじみと鬼卵を見やる。

「まあ……男ぶりは悪うない。それにな、あれくらい気の強い女子が、お前さんには丁度ええと思うねんけどな。引き取る気はないか」

「引き取るて……猫の子やあるまいし」

「ま、少し考えとき」

蒹葭堂は気楽に言う。

全く、三河吉田行の話の次には嫁取りのことまで、次から次へと面倒見のいいことである。蒹葭堂の元を後にしながら、鬼卵はふうっと大きく息をついた。

「また逃げられるのが落ちや」

こういう時になると、ふいと梅に逃げられた記憶というのが頭を過《よぎ》る。相手は人である以上、あちらにも「心」があるということを、よくもまあ無視して縁談なんぞを勧められるものだ。

そこまで決まった話でもない。乗り気ではないことは分かっただろうから、このまま立ち消えになるものと思い、鬼卵はせっせと旅立ちのための準備を始めていた。

狂歌の栗派の門人たちの元を回ると、

「寂しいなるなあ。でもまあ、ちと遠くへ行くのもええんと違うか」

揃いも揃って同じようなことを繰り返す。寂しいと言ってもらえるが、是が非でも残ってくれと引き留められるわけでもない。してみると、大坂にしがみついていたのは己の方であったのかと、思い知らされる気もした。

一方で、挿絵などを請け負っていた読本の書物問屋を訪ねると、

「何や……ほんまに行くんか」

と、名残惜しそうであった。

「旅先で、いい絵が描けたら送ってや」

そう言って貰えるのは有難い。縁を繋いでおくことで、いずれまた戻った時にも仕事になる。

「ところで、いつぞや話を聞いたことがあるんやけどな。お前さんが昔、ご禁制の本を作ったて」

問われた鬼卵は曖昧に笑った。

「いつの話や。何も知らん」

ほなな、と言って別れてから、鬼卵はふらりふらりと歩き出す。

あの『失政録』を作ってから二十年近くが経つ……と、思い返す。

ここで、狭山の才次郎が殺された。それを見た時、憤怒して、騒動の記録を作るために奔走した。御公儀に捕まってもいいとさえ思っていた。

今、同じようなことが起きたとしたらどうするかと考える。二十年が経ち、世の習いのようなものに慣らされてみると、若い時のように闇雲に走ろうと思えない。

「まあ、待て、関わるな、厄介や」

と、若人を止めるだろう。それが大人の分別というものだとも思う。

木端もはじめは鬼卵を諭していた。しかし、それでも若い弟子の言い分を聞き、尽力してくれた。

「さすが、師匠やな」

あの人は、御家騒動に関わることを、危ない橋と知りながら、共に渡ってくれたのだ。

あの時、本を刷ってくれた白太夫も、今はもういない。いつしかふいと訪れると、路地に「黒縄屋」はなくなっていた。周りに聞いてみると、ある日、身の回りを片付けて、

「ほなな」

と、一言を残して何処かへ去って行ったと言う。誰も行方を知らないし、あそこにあったご禁制の板木は、きれいさっぱり消えていた。

今は、同じところに春画の店があるだけだ。

結局、あの『失政録』は、木端が「埋火」と称したように、未だに世の中で埋もれている。そうしている間に、狭山の当主であった北条氏彦は二十八歳の若さで世を去った。本国へ帰ることもなく、江戸で没したと聞いている。恐らくは、本国に帰りたくなかったのだろう。

あの頃、鬼卵にとって氏彦は年上であった。しかし己が当時の氏彦の年を遥かに越えていくにつれて、思いは変わる。

「十九の若造に何が出来たんか」

やはり、荷が勝ちすぎていた。そして、周りを信じられなくなっていたことにこそ、悲劇はあったのだろう。

「どうしていたら良かったたんやろう」

何度となく考えた。こんな大坂の片隅の、売れてもいない狂歌師くずれが何を考えたとて、世を変えることなどできるはずもない。分かっていても、考えずにはいられない。

そして、答えは出ない。

あの件で唯一救いとなったのは、伊勢に赴いた志乃母娘が、無事に三太兵衛に会えたこと。そして木端の口添えで、志乃と三太兵衛が大きな油問屋で、奉公が出来るようになったこと。

三太兵衛はその後、江戸店に行き、志乃は地元の郷士と一緒になって、士分となったらしい。失われた庄太夫の命と名誉は戻らぬままだが、彼らがせめて幸せであって良かった。

「文を書かんとなあ」

大坂を離れるのなら、あの母子には報せておきたい。

鬼卵はそこまで思い描いて、足を紙屋街へと向けた。

「あら、先生」

明るい声がした。

鬼卵が振り返ると、そこには一人の娘が立っていた。黒襟に、臙脂《えんじ》の矢絣《やがすり》模様の小袖。派手ではないが、華やかな風情である。

「ああ、夜燕さん」

蒹葭堂から縁談があってから、五日ほどが経っていた。

夜燕が鬼卵との縁組の話を、どこまで知っているのか分からない。しかしつい、鬼卵も身構えてしまう。

「御店の御遣いですか」

「いいえ、私が文を書こうと思いまして」

「ほう……」

「先生に」

「わてに、ですか」

鬼卵が戸惑いながら問うと、ええ、と夜燕は応える。

「せやけどここでお会いできて良うございました」

夜燕は鬼卵を見上げ、黒目勝ちな目を逸らすことなくにっこりと笑う。

ああ、そうやった。この娘の厄介なんはこれや。人の目見てにっこり笑って、はっきりと物を言う。

いつぞや、可愛らしい見目に釣られて、口説きにかかった大店の旦那がいた。不用意に手を伸ばして肩を引き寄せた途端、パンとその手を払った。気を悪くした旦那が、

「何や、生意気な」

と、恫喝《どうかつ》すると、夜燕は旦那を真っ直ぐ見据えたままで、にっこりと笑った。

「えらいすみません。何や、大きな虫でも飛んで来たんかて思いまして。ご不興を買ったようですので、失礼致します」

そのままついと座を立った。顔を真っ赤にして怒る旦那を囲んだ連中は、

「女大学を読ませんと、ねえ旦那」

「ほんまに生意気や、ねえ旦那」

次々に悪口を言っていた。それを眺めながら、鬼卵は欠伸《あくび》交じりに、

「嫌いな男に馴れ馴れしゅうされたら、わてかて嫌やで」

と言った。すると兄弟子の一人は眉根を寄せた。

「せやかて女や。口説かれるのが嫌やったら、奥へ引っ込んでおけばええねん」

その言い分では、集まりごとに女人は入るなと言っているようなものだ。

「そも、連歌の会で女を口説くんが無粋やないんかな。芸妓と遊ぶんと、連歌を楽しむんとは違いますさかい」

鬼卵の言葉に、旦那はますます気を悪くした。門弟たちは血相を変えた。

「鬼卵さんは黙っといて下さい」

鬼卵は、はあ、と渋々黙った。

後で聞いた話によると、その気難しい旦那は、そこにいた歌人らの金主だったので。歌集を出してもらうためにも、機嫌を損ねたくなかったらしい。

「ろくな金主やないな」

ほんまに面倒なんは、それくらいでへそを曲げる旦那や。それやのに、金回りのいい旦那に文句を言いたないから、夜燕を悪く言うんやな、と、思っていた。

だから鬼卵は、夜燕のことを他の連中ほど「厄介だ」と思ったことはない。はっきり物を言うのは、傍から見る分には小気味いいとさえ思っていた。

しかしいざ、こうして夜燕に真っ直ぐ見据えられると、きついことを言われたないな、と、思ってしまう。

「文って、わてにか」

「はい。蒹葭堂さんからお話がありませんでしたか」

「ああ、縁談の話な。心配せんかて、びしっと断らはったらよろしい」

「いえ、お返事をお待ちしていたんです」

鬼卵は目を瞬《またた》いてから、夜燕を見つめた。夜燕は真っ直ぐに鬼卵を見上げて言った。

「三河吉田に一緒に連れて行っていただけませんやろか」

さらりと言われたので、何や、近所の祭りにでも連れて行く約束やったかな、と思ったほどだ。そして夜燕の言葉の意味を飲み込んでから、いやいやいや、と首を横に振った。

「いや、三河吉田やで。大坂を離れるて話や」

「存じてます。先生に嫁ぐ言う話です」

「わてやで」

自分でこう問いかけるのもおかしな話だ。

「不出来ですみません」

母に重ねて言われ続けたことを、自らも身に染みている。間違っても頼りになるとか、実があると言う性質《たち》ではない。

しかし、夜燕は迷いなく、はい、と頷いた。

「先生に嫁いで、三河吉田に行きたいと思います。どうぞ、よしなにお頼み申します」

夜燕は膝の前に指を揃えて、きれいな所作で深々と頭を下げる。鬼卯は、下げられた夜燕の頭を見ながら、しばし茫然と立っていた。

仮にも、縁組の話だ。

間違っても、紙屋街の問屋の店先で、当の嫁になる娘からの立ち話で決める話ではない。しかし、それでも尚、嫌だと突っぱねようという気にはならなかった。鬼卯は頭を掻いた。

「……お前さんがええんやったら、ええけど」

すると夜燕はパッと顔を上げた。

「良かった。それやったら一度、私の里がある中之城にもいらしていただいて、祝言挙げたら大坂を出ましょ」

さくさくと段取りを決めつつ、満面の笑みを浮かべて小さく踊るように袖を揺らした。

「ほな、この紙で里に文を書きますね」

ふふふ、と笑うと店の中へと入っていく。

いつぞやもこんな調子で気楽に縁談を決め、ひょいと逃げられた。またぞろ同じように、肩透かしに合うかもしれん。

「嫁ぐことやのうて、三河吉田に旅に出たいだけやないか」

そう思いもしたが、嬉しそうな夜燕の後ろ姿を見て、それもまあ、いいか、と暢気《のんき》に思った。

気づけばとんとん拍子で話は進み、翌日には蒹葭堂に話がいった。

「よろし、仲人になりましょ」

言うが早いか、中之城の夜燕の実家には蒹葭堂から文がいき、船場の呉服問屋である夜燕の伯母も、

「とりあえず縁談がまとまって良かった」

と、喜んだ。

鬼卵はというと、御膳立てされた話に乗っかっているだけで、あれよあれよと言う間に、気づけば中之城で夜燕の父親に頭を下げていた。

「いやいや、賢し気な娘でございますが、よしなにお願い申し上げます」

夜燕の実家は、吉田という名字を持つ、大きな農家であった。間違っても奉公に出さねばならぬような家ではないように思えた。

舅《しゅうと》となる夜燕の父は、五十半ばほどで、豊かな白髪の持主である。恰幅もよく、大柄な男だ。

「これの母親はこれに甘くてね。わがままに育ってしまった。だから、母親の姉である商家に預けたんですよ。才気走って生意気で困ったものです。それがこうして良縁に恵まれて」

どうやら、十分である大須賀に嫁ぐことに大層喜んでいるようであった。

挨拶に出向く前、夜燕は何とも言えぬ渋い顔をしていた。

「父は、色々と気難しいので。先生が三河吉田に行く話はしておりません」

しかし、こうして向き合って話をしている限り、夜燕の父はさほど気難しくもないように見える。

「ささ、一献」

えらく明るく機嫌よく、鬼卯に酒を勧めて来る。ただふと見たその目の奥に、ひやりとするような光を感じることがあった。笑って話しているのに、ずっと胸襟《きょうきん》を開いている気がしない。

「いやはや、思った以上に御立派な御家で」

鬼卯の言葉に、舅は機嫌が良かった。事実、夜燕の実家は立派な農家であり、周囲を見回しても豪農であることは知れた。

夜燕は、父とほとんど目を合わせることをせず、大人しいすまし顔で座っている。そして鬼卯のことを「周蔵様」と呼んだ。居心地の悪い呼び名であるが、この日ばかりは夜燕の「婿」として振る舞うように心がけ、士分の「大須賀周蔵」として、座っているようにした。

「……そういえば、御義母上は」

鬼卯が問うと、舅は、ああ、と軽く頷く。

「これの母親は亡《の》うなりましてん」

と、言った。その言葉を聞きながら、隣の夜燕がぐっと拳を握るのが見えた。顔を見ると、唇を引き結び、目を伏せている。これまで見たことのない表情だった。

「後妻がいてましてな」

舅は、おい、と奥に向かって声を掛ける。奥からは、随分と年若い女が、赤子を抱いていた。舅はその赤子を上機嫌で抱き取ると、あやしながら鬼卵に見せる。

「うちの跡取りです」

ははは、と声を立てて笑う。鬼卵は、はあ、と応える。後妻は、鬼卵よりも年若いようであり、むしろ夜燕と年が近いくらいだ。しなを作って頭を下げるその仕草は、見慣れた花街の女のそれに見えた。

夜燕は、父親とその後妻の姿を、あまり見ないようにしているのか、終始、目を伏せ、時折、女中らに交じって勝手で立ち働いていた。

色々と、苦い思いがあることは分かった。

夜燕の母の墓参りをして、中之城の家に泊まることになろうかと思っていたのだが、

「今日はこれで失礼を。長らくお世話になりました」

夜燕は父親に深々と頭を下げた。父親の方も、娘を嫁がせる父というには、さほどの感慨もなく、

「達者でな」

と言った。えらくあっさりとした親子のやり取りもあったものだと思ったが、それぞれの事情もあろうと思い、鬼卵は黙っていた。

帰途、淀《よど》川を下る船に乗った。向き合って座っているのだが、夜燕はいつになく沈んだ様子であった。

「離れるんが辛いか」

鬼卯の問いに、夜燕は静かに首を横に振った。

「母様の御墓に参りたかったので、それができて良かった」

そう言えば、母親が亡くなっていることさえ、きちんと聞いていなかった。

「御母上はいつ亡くなられたんや」

「十年前……私が、船場に来てすぐです」

夜燕は十二の年から、里を離れて船場に来たのだという。

「父は……ああして、人当たりが良いのですが、酒を飲むと人が変わります。母は……よく、ぶたれていたもんやから……」

見ると、夜燕の手が微かに震えているのが分かる。そしてその震えを抑えるように、何度も手を開いては閉じ、開いては閉じる。

鬼卯も酒は好きだ。酔いつぶれることもよくある。しかし、酔ったからといって女子どもを殴ることはない。時折、茶屋で芸妓相手に手を上げる輩《やから》がいるが、そう言う男は大抵、店の方で出入り禁止になるものだ。あれは性分でなかなか治るものではないな、と、秋成なぞと呆れて話すことこそあるが、わが身の危険と思ったことはない。

「……そうか、大変やったな」

鬼卯は、上手く言葉にすることができず、ただ一言だけ言った。すると顔を上げた夜燕は、ぐっと唇を噛みしめて、はい、と小さく頷いた。

詳しい話はそれ以上は聞かなかった。そして、それでいいと思った。

才女とも言われ、無礼とも言われる、風変りな娘であった夜燕の素顔が、ほんの少し見えた気がしていた。

　年が明けてすぐ、鬼卵と夜燕の祝言が開かれた。

「お前さんの旅の為に、餞別《せんべつ》を支度しようと思っていたら、思いがけず、祝儀まで持っていかれることになろうとはなあ。しかもえらい別嬪《べっぴん》やないかい」

　上田秋成に揶揄われた。秋成の言葉通り、白無垢《しろむく》に身を包んだ夜燕は、こんなに美しかったか……と思うほどに綺麗であった。

「まあ、誰よりも当人が驚いておりますから」

　鬼卵は苦笑する。ともかくも無事に祝言までたどり着けて良かったという思いもある。何せ前回は許嫁に逃げられている……というか、そもそも鬼卵も逃げ腰であった。

　何故、今回は大人しく夜燕を娶ろうと思ったのか。理由ははっきりとは分からない。ただ、この夜燕ならば、型にはまったつまらぬ夫婦にならずに済みそうだと思えたからだ。それに、鬼卵自身が、遠く畿外へ出ることに不安もあった。

「旅が楽しみです」

　嬉々として話す夜燕の様子は、鬼卵にとってはいっそ頼もしいとさえ思えた。蒹葭堂が「お前さんと夜燕は丁度いい」と言った理由が分かる気がした。

　祝言に来た夜燕の伯母は、鬼卵の手を取った。

「この子は、私にとっては娘同然。大事な妹の残してくれた宝です。これからはどうか、どうかよろしくお願い申し上げます」

　立派な御店の内儀らしい、きれいな礼をした。

「何や、頼りない夫ですみませんけど……」

全幅の信頼を寄せられて、却って恐縮した。

かくして夫婦《めおと》になった二人は、大坂の文人墨客から、たんまりと祝儀と餞別を受け取り、旅の身支度に必要なものも、次から次へと届けられ、そろって大坂を出立した。

大坂から京までは京街道を辿《たど》り、三条大橋までたどり着いた。

「さて、今宵はひとまず京で美味いものでも食べて一休みして、明日からは東海道を辿っていくとしようか」

鬼卵の言葉に、夜燕は、はい、と返事をする。

さて、この旅の行く末がどうなるのか。ただ、一人旅よりは退屈せずに済みそうだ……と、橋から川を眺める夜燕を見ながら思っていた。

○三河吉田

三河国吉田には、ゆったりと大きな川が流れている。名を豊《とよ》川といい、そこに吉田大橋という橋がかかる。東海道で最も大きな橋だというのは、旅の道中で聞いた。その橋を見下ろすように吉田城が聳《そび》えていた。

安永八年、如月のこと。

よく晴れた空の下、鬼卵は城を見上げて嘆息する。

「あれが、吉田城か……」

この城の主となるのは、歴代、譜代の大名となっていた。そして幕府においても奏者番《そうしゃばん》や老中といった重役となり、幕閣の中心的な役割を果たすことが多い。

当代は、この年、二十歳となる松平信明《まつだいらのぶあきら》。その名の通り、徳川に所縁の譜代大名の若き当主である。

「何でも、御当主は十一歳で吉田城の城主になったそうな」

大坂を出立する前にその話を聞いた時、鬼卵は思わず眉を寄せた。

「子どもにそないな役目を負わせて……」

ふと、狭山の一件を思い出した。若き当主によって引き起こされた悲劇は、鬼卵の記憶に深く刻まれている。しかし、三河吉田の生まれだという大坂商人の一人は、いやいや、と首を横に振る。

「いやいや、うちの殿様は器量が違う。梅檀《せんだん》は双葉より芳《かんば》しというのはこのことですよ」

少なからず領民からの評判は良いようであった。

実際にこうして三河吉田の地に足を踏み入れてみると、その評判はあながちただの贔屓目というわけでもなさそうだ。人々の往来は多く、通りに並ぶ店には品が溢れている。

それは物品と共に、不穏な者も出入りすることでもある。そのため三河吉田が管理する新居《あらい》の関は、入鉄砲《いりでっぽう》出《で》女《おんな》の取り締まりが最も厳しい。その関がこうして安寧に守られているということは、全てが松平信明の功績とは言わないが、城内が安定していることの証《あかし》なのであろう。

「思うていたより、随分と大きな町でございます」

夜燕は、しきりに辺りを見回しながら嘆息している。鬼卵も、町の活気に驚いていた。

「さて、この辺りに、天目さんの宿があるはずだから」

鬼卯に促され、夜燕は小走りで鬼卯の傍らに寄った。

三条大橋を発ってから、三河吉田に着くまでに十日ほどかかった。かつて、鬼卯が狂歌の門弟たちと江戸に旅に出た時には、ここまでは七日ほどであったのだが、のんびりした旅路となった。

「まあ、ここまでの旅も面白いものやったな」

鬼卯が言うと、ええ、と夜燕は嬉々として思い返す。

「熱田《あつた》神宮は荘厳で……よう浄瑠璃で聞いておりましたが、あないに大きなお宮とは」

浄瑠璃の「出世景清《かげきよ》」で、悪七兵衛《あくしちびょうえ》景清が、熱田神宮に身を寄せるという場面がある。物語の中での話で、真に景清がここに来たかは知らないが、物語の舞台となる地に足を運べたことで、夜燕は大層、嬉しそうだった。

「あと、岡崎《おかざき》も。かの将軍家はこの地から始まったのかと思いました」

「せやなあ……」

畿内では、あまり徳川家康《とくがわいえやす》を崇めることはない。むしろ、太閤秀吉《たいこうひでよし》贔屓の人が多く、家康については好んで知ろうとする者もいない。しかし、それでも御公儀のはじまりとなる家康に所縁の岡崎を見ると、しみじみと歴史というものを感じもした。

「あと、姥ケ餅《うばがもち》も美味しゅうございましたな」

「姥ケ餅……ああ、草津《くさつ》か」

中山道《なかせんどう》と東海道が交わる草津の宿場は、大層な賑わいであった。宿をとるのも一苦労ではあったのだが、その活気あふれる様子は、夜燕にとっては大層面白かったらしい。偶々《たまたま》、同宿になった江戸から上方に行く途中の旅芸人の一行と意気投合していた。

「江戸では忠臣蔵にそないな工夫があるんですか」

などと、芝居の話で一頻《ひとしき》り盛り上がっていた。他にも、宿場を行くごとに、

「あれは何ですか」

と、あちこちで話し込んでいた。

鬼卵は鬼卵で、ところどころで画帖を出しては、その道中の風景を写生していた。とりわけ、坂之下《さかのした》宿から見た鈴鹿峠《すずかとうげ》の威容は、圧巻であった。かつて、狩野元信《もとのぶ》がその山を見て、

「描けぬ」

と言って、筆を捨てたことから、筆捨山《ふですてやま》と言われたというが、それも納得の姿であった。

「旦那様の画帖も、たくさんの絵で埋まりましたな」

夜燕は嬉しそうに言う。筆捨山も、稚拙ながらも描き、方々の風景も写してみた。しかしそれよりも、宿場の町で働く人々の方が生き生きと描けているようだった。

「してみるとわては、山やら川の風景よりも、人の方が描いていて楽しいらしい」

誰かに依頼されるわけでもない絵を描くのは、思えば初めてのことかもしれない。

応挙のように、絵が好きで描いていたら、取り立てられたというわけではない。

「文人墨客として身を立てたらええ」

父のふとした思い付きから、絵を描き、歌を詠み、そうした界隈に立ち混じっていただけだ。それなりに器用で方々で重宝がられていたけれど、思えば己が何を好んでいるかなど、考えたこ

とさえなかった。

しかし、この旅で初めて生業《なりわい》としてではなく、筆を持っている。してみると筆を持つことはやはり好きだと分かる。そして、描きたいもの、心躍るものが何かが分かる気がする。

「それだけでも、この旅には意味があるかもしれんなあ」

吉田城と豊川を眺めながら、町を歩く。天目から届いていた文を頼りに歩いて行くと、ほどなくして魚町《うおまち》という地名の辺りに辿り着いた。

「この辺りだと思うのだが……」

そこに「現金屋」という宿があった。

「ああ、ここか」

なかなかに立派な宿である。

一歩足を踏み入れると、

「いらっしゃいまし」

と、明るい声がした。

「こちらに、志村天目先生がいらっしゃいませんか」

「ああ、先生のお客さんですね」

すると宿の外に出た。

「ここの裏手にございます、手前どもの主人の宅にご逗留でございます」

示されるままに向かうと、そこに屋敷があった。

「御免ください」

鬼卯が声を掛けると、一人の白髪の男が顔を覗かせた。鬼卯と夜燕は並んで頭を下げる。

「大須賀と申します。こちらに志村天目先生がご逗留と聞きまして」

「ああ、もしや鬼卯先生ですか。私は、五束斎木朶《ごそくさいもくだ》と申します」

男の名は、五束斎木朶。宿屋「現金屋」の主人だという。

「先生、鬼卯先生がいらっしゃいましたよ」

木朶は奥へと声を掛ける。すると、バタバタと軽い足音がして、総髪の学者然とした風情の男が顔を見せた。

「おお、鬼卯さん。よう来て下さった……と、お前様は」

天目は傍らの夜燕に目を向ける。夜燕が挨拶すると、おお、と歓喜の声を上げた。

「夜燕さんだ。どうしてここに」

「この人と夫婦になったので」

夜燕の言葉に天目は、目を瞬き、ははは、と笑った。

「そいつは似合いだ。良かった、良かった」

と言った。そして、天目は木朶と鬼卯を引き合わせる。

「こちらは、五束斎木朶先生。俳人で、この辺りの文人の世話をして下さっている」

吉田の生まれで、鬼卯や天目より十七歳上なのだという。

「ここは、東海道の要でもあり、人も物も出入りが多い。当然、書や芸も出入りする。ただ、腰を据えて留まって下さる方が少ない。天目先生が来てくれたのは嬉しいが、この人もふらりと何処かへ行きたがる。できれば、今少しゆっくり留まって下さる人が欲しいと思っていたんです」

木朶も、京の歌人の門弟であり、しばしば京や大坂にも出向いているという。

「鬼卵さんも、どうぞ遠慮なく京や大坂にいらして下さい。そしてそこで得たことを、この辺りの者に教えて下さればいいんです」

それから木朶は、現金屋の近くにある町家へ案内した。

「天目先生と同じく、うちにいらしていただいても良いんですが、何かと手狭ですからね。吉田にいるうちはいくらでも使って下さい」

家財も大方整えられており、佐太の鬼卵の住まいよりも立派なほどである。

「至れり尽くせりで、ありがとうございます」

夜燕は妻らしく、淑やかに頭を下げている。それが何だかおかしかった。

やがて、木朶をはじめ、三河吉田の人々が挨拶にやって来た。差し入れられた酒や肴《さかな》で、町家の居間でささやかな酒宴が催され、瞬く間に日は暮れた。

「どうぞ、この三河吉田を盛り上げるのに一役買って下さいよ」

どこの誰とも知らない面々が、次々に鬼卵に酌をする。夜燕もまた、宴を手伝ってくれている女たちと、楽しそうに話し込んでいた。

やがてすっかり夜が更ける頃には、人々が帰り、最後に残ったのは天目である。

「しかし、どうして三河吉田なんです。天目さんは、甲斐《かい》の出でしょう」

「ええ。今のこちらの御殿様からお招きがありましてね」

三河吉田の藩主である松平信明は、儒学ももちろん学んでいるのだが、藩内の教育において、心学に力を入れたいと考えているのだという。

「それで、心学者を招いて話を聞いてみようとお考えになられたそうで」

世の中で大方の学者を名乗る者が学ぶのが「儒学」である。天目ももちろん、儒者として学問を修めてもいた。

「しかし、儒学は分を弁《わきま》えることが肝要となっているからな……」

生まれながらの身分や立場を弁えなければならないというのが、儒学、朱子学の教えである。それは、町人や商人たちが学ぶことに否定的な向きもある。

一方の心学は学ぶ者を拒まない。

「心学は、第一に敬がある。武士とも百姓とも違い、商人はご公儀に守っていただくことは叶わない。故にこそ、より自らを律しなければ、瞬く間に潰される。生き残る為に必要なのは、目上に対してだけではなく目下にも心を配り、敬意を持つことだ」

それが心学の教えである。

「民がよく学べば、国を良くすることになる。そうおっしゃる御殿様の御意向は、真に尊い」

天目はしみじみと言う。

そうしている間に、大方の片づけを終えた夜燕は、さすがに長旅の疲れもあって、部屋の隅で行李《こうり》に凭《もた》れて船を漕《こ》いでいた。鬼卵はそれを見つけて立ち上がる。

「ああ、そのまま……」

天目は、鬼卵が夜燕を起こそうとしていると思い、呼び止めた。しかし鬼卵は押し入れにしまった掻い巻きを引きずりだして、それを夜燕の肩に掛け、え、と天目を振り返った。

それを見て天目は、ふふふ、と笑う。

「いや、それにしても夜燕さんと二人連れで来るとはなあ」

「そもそも、天目さんが夜燕を知っていることに驚きますが」

「ああ、この人は私の門弟だよ」

鬼卵は、へ、と思わず頓狂《とんきょう》な声で問い返す。

「心学を学びたがっていたので」

三年ほど前のこと。大坂をふらりと訪れた天目は、蒹葭堂の元で夜燕と会ったという。

「志村天目先生、私は心学が学びたいのです」

若い娘に言われることはまずない。変わり者だな、と思った。

「どうして、心学を」

「女大学が腑に落ちないのです」

女大学は、五十年ほど前に作られた、女のための修身の書であり、父に、夫に従うことの大切さを説いていた。

「女は女というだけで、ただ父や夫に従い黙って耐えろ……て、殺されても文句も言えない」

ぎゅっと唇を引き結び、天目をひたと見据えた。大仰なことを言うと思ったのだが、その表情は深刻である。

確かに、横暴な夫に殴られても、実家の父に「耐えろ」と言われ、仕方なく耐えていた妻が殴り殺されたという話もある。父親が折檻《せっかん》の末に、子を殺した話もある。

いずれも父親や夫がしたことは家の中のこと。「仕方ない」で済まされているが、天目は、そうした話を聞くにつけ、はらわたが煮えくり返るほどの怒りを覚えていた。

「そも、父にせよ夫にせよ、大義もなく妻子を殴り殺すなどとは仁の心がない。儒学でもそれは許されん」

当然のことである。それは、罪として裁かれるべきであるのだが、「耐える」ことを美徳とするあまりに、見過ごされていることでもある。

「……私は私を救うてくれる学問が欲しい」

絞り出すように夜燕は言った。

確かに、儒者は女が学ぶことを嫌う。「女は文盲《もんもう》なるがよし」と言い、漢文には触れることさえ許さぬと言う。しかし、心学の門弟には女も少なくない。

「ならば、私の講へおいでなさい」

天目が大坂にいる間、夜燕は熱心に天目の講に通っていた。夜燕はその教えをひたむきに覚え、よく書を読んだ。何が夜燕をそこまで学問に駆り立てるのかは知らない。ただ、譲れぬものがあるのだろう。

「私が大坂を出てからも、時折、文をやり取りすることはありましてね」

「そうでしたか」

そして天目は、鬼卵の顔を見やった。

「今回、三河吉田に招くのに、誰がいいか迷っていました。この地は歴史も深く、住まう人も誇り高い。そこへ招くのに、上方から都風を吹かせて居丈高《いたけだか》に振る舞う人が来ては、恐らくは長続きしないだろう……と。そこで、それとなく、夜燕さんの文に問うたのです。人となりが信じられる文人墨客と言ったら何方《どなた》かな、と。すると、鬼卵さんの名を挙げられた」

「わてですか」

「優しいお人だと。あの人は、どんな人でも敬う心を持っているからと」

鬼卵は、へ、と間抜けた声で問い返す。天目は、ははは、と笑った。

「詳しいことは知りませんけど、夜燕さんはよく人を見ている。私も鬼卵さんのことは知っていましたし、一緒に酒を飲めば楽しいことも分かっていた。でも、この人ぞ、と言いきれるほどに知っていたかと言うと、その実、自信はなかった。蒹葭堂さんにも同じように問うたら、鬼卵さんの名が挙がった。これはもう、鬼卵さんの他にはないと思ったんです」

そして、部屋の隅の夜燕を眺め、鬼卵に向かって苦笑する。

「まさか、夫婦になって二人で来るとは思いませんでしたけどね」

鬼卵は、ははは、と照れ隠しのように笑って頭を掻いた。

「何や、この人に連れて来られたんやなあ」

鬼卵が言うと、天目は、さてさて、と立ち上がる。

「これは、夫婦になったばかりの御二人のところに長居をしてすみませんでしたね」

「泊まって行かはったらよろしい」

「何の、目と鼻の先に宿がありますから」

天目が立ち上がる物音に気付いて目を覚ました夜燕は、慌てて立ち上がる。

「えらいすみません、眠ってしまって……」

目をこすりながら恐縮する夜燕に、天目は笑う。

「いやいや、長旅で疲れた所にすまなかったね。また、私のところにも学びに来て下さいよ」

「もちろんです」

鬼卵と夜燕は二人で並んで、天目を見送った。

天目が帰ると、急に静かな夜が訪れた。

延べた床で、再び深い眠りに落ちる夜燕の寝顔を見ながら、祝言の夜のことを思い出す。

鬼卵は夜燕の白い背中に走る一本の赤い筋を見た。それは薄くなっているが、肩先から腰の辺りまで伸びていた。

「みっともないでしょう。子ども時分に……父に火箸で……」

消え入るような声で言った。

うっかり当ててつくような火傷ではない。焼き印のように斜めに走るそれは、折檻の跡なのだろう。傷を癒すようにそっと触れると、夜燕は鬼卵に身を預けて静かに涙を流していた。

大坂から吉田までの道中でも、夜燕はぽつりぽつりと昔のことを話した。

「父は、私のことをよう叱りました」

口が達者で生意気だ。本を読むのは賢し気だ。そう言って、殴りもし、本を破り捨てもした。

大人しく従えば良かったのだが、夜燕も強情になり、逆らうこともあった。

「この子のことは、厳しく躾《しつ》けてもらいます」

母は、そう言って伯母の元への奉公を決めた。

淀川を下る舟に、母と二人で乗った。

「どうして私が追い出されるんや」

泣いて愚図る夜燕に、母は言った。

「追い出すんやない。逃がすんや」

その眼差しは真っ直ぐで、幼い娘の手をぎゅっと強く握った。

「お前の性分は何も悪いことはない。せやけど、父様と一緒にいればいつかは恐ろしいことにもなりかねん。大坂の伯母さんはな、お前とよう似て書が好きで、歌が好きで、楽しいお人や。そこで暮らしておったらええ」

何度も優しく頭を撫でた。

「ほな、母様は」

母もまた、父によく叱られていた。その度、床にひれ伏すように、すみませんでした、と謝る姿を見るのが辛かった。

「母のことは気にしなさんな。これも縁やから」

どこか諦めたように笑った。

母は、夜燕を逃がすために奉公に出したのだ。

それから間もなくして、母が世を去った。

伯母と共に葬儀に出向いた夜燕は、既に棺桶に入れられた母の姿を見た。経帷子《きょうかたびら》を着た母の顔は、殴られた跡があり、面差しが変わっていた。

「何や急に、倒れましてん」

父は、悲し気に項垂《うなだ》れていた。しかし夜燕は、母は、父に殺されたのだと確信していた。葬儀を手伝いに来た女たちも言っていた。

「えらい酔って帰らはったそうやからな」

「暴れるのはいつものこっちゃ。お内儀は始終、青あざを作ってはった」

しかし、表の参列者たちは、父に悔やみの言葉を投げかける。悲しむ父に同情すらしていた。

「八重ちゃんは、家に戻ったらええんと違うか」

そう声を掛けて来た親戚もあった。しかし、伯母は幼い夜燕の手を決して離さなかった。

「この子のことは、妹からくれぐれも頼まれておりますから」

葬儀を終えると共に船場に戻った伯母は怒りを堪《こら》え、涙を堪え、夜燕を強く抱きしめた。

「母は、父に殺されたんやと、その時に改めて思い知ったんです」

訥々《とつとつ》と低い声で、夜燕は語った。

「私を救う学問が欲しい」

というのは、心底から出た本音だったのだろう。

夫婦になったばかりの時、八重という本名を呼んだが、嫌がった。

「夜燕の方がいいです。何や、父の怒鳴り声を思い出してしもて」

夜燕は漢詩に出て来る蝙蝠《こうもり》の意味だ。夜燕にとってこの名は本名と似ているからという理由だけでつけたのではないのだという。

「蝙蝠が好きなんです。だって小さい鼠《ねずみ》みたいなのに、空を飛べるんですよ。私は竈《かまど》の隅っこで縮こまって生涯を終えるかと思っていたのに、書を読み、歌を詠み、絵を描く……それが私の翼になった。鳥に化けた鼠みたいでしょう」

そして、鬼卵の腕を摑んで言った。

「それに、もっと大きい翼が手に入った。旦那様は、私を遠くへ飛ばしてくれるから」

飛ばしてもらったのは、むしろ鬼卯の方だったかもしれない。

「ここまでついて来てくれて……いや、連れて来てくれておおきにな」

眠る夜燕に語りかけ、やがて鬼卯も眠りについた。

○散る桜

鬼卯と夜燕が三河吉田に来て、三年が過ぎた天明《てんめい》二年。鬼卯は三十九歳、夜燕は二十六歳になっていた。

夜燕は妙円寺《みょうえんじ》の境内《けいだい》で、餅を配る手伝いをしており、鬼卯もそれに出かけた。寺の境内では夜燕が女子どもに読み書きを教えていることもあって、顔なじみも多かった。

「ああ、鬼卯さん。明けましておめでとうございます」

五束斎木朶も顔を見せた。

鬼卯を三河吉田に招いた志村天目は、このところ三河吉田を離れて、東海道を下って江戸へと出向いているらしい。また戻って来るというが、忙しない様子であった。

「そうだ、先日の話、考えてくれましたか」

木朶は鬼卯に切り出した。

先日の話というのは、鬼卯夫婦の為に庵《いおり》を建てるという話である。今の二人の住まいは、豊川大橋を望む古家であった。夫婦二人の暮らしには十分な広さであり、困ることもない。しかし木朶をはじめ、庄屋や城役人たちも、鬼卯の家には出入りしていた。

「歌会でも出来る広い家にしましょう」

金を出し合って、新しい庵を建てようと言い出したのだ。

「そんなことをして頂いては却って心苦しいですから」

夜燕は遠慮していた。鬼卵も、いつかは三河吉田を離れるかもしれないと考えていたので、その話には乗り気ではなかった。

「無論、大坂や京、江戸に出向かれるのは当然。ただ、ここにも拠点を置いていただきたいのです」

言い募られるうちに、それも悪くないとも思っていた。何せ大坂にいた時に比べて、鬼卵の暮らしは格段に上向いていた。

城下の領民たちに歌や書、絵を教えるだけではなく、城に仕える武士たちの肖像や、節句の絵などを頼まれることもある。更に、大坂の書物屋からの挿画の依頼もあり、忙しないほどであった。

夜燕もまた、天目を通じて商家の子らや女たちに手習いや絵、箏《こと》も教えており、界隈では有名な「先生」になっていた。

子どもらに餅を配っていた夜燕が木朶に気付いて、二人の側へやって来た。

「木朶先生、本年もよろしくお願いします」

「こちらこそ」

「それにしても、このお正月はやけに暖かいですねえ」

木朶も、ええ、と、頷く。

昨年の夏は五月を過ぎても火鉢を片付けることができないほどひどく寒かった。しかし、冬になると、例年に比べて妙に暖かい。ほっとするような温もりではなく、生温い、奇妙な温かさだ。

「天変地異の前触れでなければええけど」

鬼卵が言うと、

「やめて下さい、縁起でもない」

と、夜燕が窘めた。

しかし、笑いごとではない。昨夏の寒さのお陰で、秋の米の取れ高は悪かった。となると自然、米の値は高くなる。米は全ての値の基であるため、野菜や薬、着物や酒、魚、あらゆるものが値上がりしているのだ。

「民の暮らし向きなぞ、お殿様はご存知やろか」

鬼卵が言うと、

「無論です。うちの御当主様は器が違いますから」

木朶はどこか誇らしげに言う。

三河吉田城は、いずれは幕政で大役を担う人が城主となるのが習いである。

「当代様は、生まれつき聡明で、なおかつ容顔《ようがん》美なりと言われております。ご安心を」

見目はこの際、関係あるまいと思うのだが、

「そんなに見目麗しいのですか」

好奇心旺盛に夜燕が身を乗り出す。実際、江戸への出立の折なぞは、通りに若い娘たちが集ま

り、伏しながらも、ちらりと顔を上げては殿の顔を盗み見るのだと言う。しかも見目だけではなく、政においてもよく努めていると聞いていた。

「先代の頃から引米《ひきまい》をし、百姓には年貢を重くなさらない」

引米とは、城の役人たちの取り分を減らすこと。それが出来ずに、百姓への負担を増やす領主もあるというから、その点でも三河吉田の領民は恵まれているのかもしれない。

「おかげさまで三河吉田は物が多く流れて来る街道の要。とりあえず金を出せば大事ないが、このままいくと小藩では飢える民も出るやもしれませんな。大変だ」

木朶の言う通り、三河吉田はそこまで困窮していない。しかし、物流から外れた藩になると、金を出しても米が買えないという。

「ほんまに、生まれたところの当主によって、さだめが変わるてなあ……」

住んでみないと分からないことも多い。しかし、鬼卵のような文人墨客の他は、ほとんどの人が生まれた地で死ぬまでを過ごすのだ。当主の器量が悪ければ、ただその運命を受け入れるしかない。

「今年は落ち着くと良いですねえ……夏の天王祭の頃までには」

夜燕はしみじみと言った。

三河吉田には、素戔嗚尊《すさのおのみこと》を祀《まつ》る吉田神社があり、そこでは天王祭という大きな祭りがある。別名を花火祭と呼び、神輿渡御《みこしとぎょ》では、京の祇園祭のような山車《だし》が出て、獅子舞や子どもたちの舞が華やかに町を彩る。夜は花火が上がり、大勢の人々の熱気に包まれるのだ。

「夜燕は祭りが好きやなあ」

「はい。皆、楽しそうでしょう」

夜燕は昨年の天王祭も大層、楽しんでいた。

囃子《はやし》の音と、大勢の掛け声。見物する人々の熱気に包まれ、山車の通った所から、辺りが清められていくような気がした。

「祭りを見ると、それだけで心持ちが明るくなりますから」

そう言って、祭りで見た笹踊りの動きを真似て見せる。すると、それを側で見ていた子どもが、

「違うよ、女先生、こうだよ」

と言って、足を器用に上げて踊って見せる。

すると、

「夜燕さん」

住職の呼ぶ声がして、夜燕は、はあい、と返事をしながら駆けていく。そこにいた子どもたちに囲まれながら、笑っていた。

「相変わらず明るいですねえ」

木朶に言われ、鬼卵は、ええ、と頷く。

「おかげで助かります」

三河吉田に来た時には、さてこれからどうするかと迷いもあった。しかし、迷っている間もなく、夜燕は地元の人々との気さくなやり取りを通して、鬼卵の弟子を集めてしまった。

もしも一人で来ていたら、どうしていただろう。「嫁を連れていけ」と言った蒹葭堂の英断に

改めて感謝していた。

家に戻ってから、晩酌をする鬼卵の横で、夜燕が火鉢で餅を焼いていた。

「そういえば、木朶さんは旦那様に何のお話をなさっていたんです」

「ああ、例の庵のことや」

「どうなさるんですか」

鬼卵はうーん、と唸った。少し前から考えていたことがあるのだ。

「もう少ししたら、ここを離れてみるのもええかもしれんて思てな」

「そうですか」

夜燕は思ったよりもあっさりとした調子だ。

「驚かへんのか」

「そうですね。旦那様はここでの暮らしも楽しんではるけど、ここでなければとは思ってへんようやから」

確かに三河吉田でなければと思っていない。とはいえ、何処に行きたいと思ってもいない。

気づけば、父親が死んだ年を越えていた。まだ生きられるのならば、見たことのない景色をたくさん見ておきたいと思うのだ。

「いつ、何処へということまで決めているわけやないけどな……夜燕は何処か行きたいところはあるか」

すると、問われた夜燕の方が驚いたように目を丸くした。

「私が決めてええんですか」

「わてが決めるより、何や、運が良さそうや」

「それやったら、富士山」

「富士山か」

この吉田からも、高台に上がれば遠くに富士山を拝むことはできる。鬼卵は幾度か江戸に旅をしたこともあるから、富士山を見たことはあるが、流石に大きいし、神々《こうごう》しくも思えた。

「あと、三嶋《みしま》大社を見てみたいです。いつぞや天目先生が、あれはさすがに東海一の大社だとおっしゃって。あと、変わった御神楽《おかぐら》があるとか」

「神楽」

「ええ。田に神様が下りて来て、一年の豊穣《ほうじょう》を祈るのだとか。翁《おきな》の面やら、早乙女《さおとめ》やら出て来て、太鼓に合わせて舞うんですって」

夜燕が楽しそうに話すので、見たこともない神楽の様が、ありありと思い浮かぶ。

「豊作になるといいですものねえ……」

しみじみと言う。今日の寺でも、おなかを空かせた幼い子らの姿を見ると、胸が痛い。

「今年の天王祭には、しっかりお祈りせんと」

「せやな……」

祭りは人々の祈りの形でもある。豊作にせよ、疫病退散にせよ、命を守り、その地を栄えさせたいという願いが、様々な芸となって表れている。

「いっそ、方々の祭りを巡って旅をするのもええなあ……」

ぼんやりと思い描く。祭りが好きな夜燕とならば、何処へ行っても楽しそうだ。

「まずは三嶋にしよ。富士山も祭りも見て暮らすのもええ」

「すぐにと言うわけにはいきませんよ。お世話している子らもいます。お稽古もあります。きちんと筋を通して……」

夜燕の言いようを聞いていると、何やらいつぞや、上田秋成に水を掛けていた内儀のことを思い出す。叱られるのも存外悪くない。

「そら、勿論、ふらりと出かけるわけやない。ちゃんと伝手《つて》を頼って、あっちで役目を見つけてからな」

「そんなにすぐに見つかりますか」

「そらもう、木端先生の門弟いうだけでも、九州まで繋がるし、天目さんの知り合いと言えば、江戸や陸奥《むつ》まで繋がる」

「何や、蜘蛛《くも》の巣みたいですねえ」

言い得て妙だ。文人墨客同士はその芸や書物を通して人となりを知ることで、信頼が生まれるので、どんな遠くにいてもひょいと繋がることができてしまう。蜘蛛の巣のように、あちこちの枝と枝を繋いで、網の目を渡って生きていくことが出来る。

「せやなあ。お百姓さんたちとは、ちと暮らしぶりは違うけどな」

地に根差して生きる百姓の気強さとは違うが、何処へ行っても己の腕で道を拓《ひら》く学者や芸人たちの逞《たくま》しさも悪くない。

「どっちも同じ空の下におってええやろ」

すると夜燕は、そうですねえ、と言いながら、焼けた餅を鬼卵の皿に取り分けた。

「私も旦那様がひょいと別の枝に移る時には、一緒に連れて行ってもらいますから」

「蜘蛛の巣は吉祥紋《きっしょうもん》や。己の手で運を摑むてな」

鬼卵は己の手のひらをじっと見つめる。

確かにここに蜘蛛の糸はあると思う。しかし、手の中にあるはずの、鬼も蛇も神も生むはずの卵が孵ったとは思えない。絵に歌にと書いていて、どれも「悪くはない」と思うし、それなりに評価を貰ってもいる。しかし一方で、「会心の作」と思えない。

かつて見た、応挙のことを思い出す。筆を一振りして描いた曲線に命を宿している。それを眺める当人の、満足そうな顔と相まって、鬼卵の脳裏に鮮やかに残っていた。

「ええもんを書きたいなあ」

鬼卵が呟く。夜燕はその鬼卵の手をそっと包むように握った。

「書けます」

夜燕は確信に満ちた眼差しで、ふわりと微笑む。

「栗杖亭鬼卵は、きっと人には書けんものが書けます。迷ったら、私のために書いて下さればええんです」

夜燕に言われると、なるほどそうか、とすとんと腑に落ちる。夜燕の声にはそういう力強さが宿っていた。

「せや、今度また御城に呼ばれてな。港の測量に同道することになってん。暫く空けるけど」

領内の記録を手伝うこともまた、絵師の仕事であった。

「気を付けて。待ってます」

二月、鬼卵は城へ上がった。

目付らと共に港から船に乗り、桑名《くわな》近くまで出向いた。海から見た港を描いた後に戻り、今度は石工たちと共に護岸を調べて描く。

「昨今は船による荷も増えた故にな」

目付の言う通り、海には始終、船が行き交っている。それで却って調べに時間を要することにもなっていた。全ての調べを終えるのに十日余り。その後に図面を仕上げる作業にかかり、半月ほどの時を経てようやく家に戻ることができた。

土産に海辺の干し貝や海藻を持って、いつもの大橋の傍の家に帰り着いた時、

「鬼卵さん、良かった」

慌てた様子の五束斎木朶がいた。

「どうなさったんです。丁度良かった。土産を……」

「そんなことより、夜燕さんが倒れた」

鬼卵はとるものもとりあえず、家へ飛び込んだ。すると、そこには痩せた夜燕が半身を起こして座っていた。傍らには木朶の妻がいた。

「どないしたんや」

「いえ、大したことはないと思うんですけど」

夜燕は力なく笑う。

三日ほど前のこと。高熱を出して倒れたのだという。木朶の妻が届け物に来たら、声を掛けても出て来ない。奥を覗いてみたところ座敷で倒れていた。驚いて助け起こして医者を呼んだのだ

が医者が言うには、

「風邪《かぜ》ですかな」

とのこと。薬湯《やくとう》を飲んで養生し、ようやっと起き上がれるようになったところらしい。

「何や、嫌な咳が残ってしまって」

コンコン、と噎《む》せるような咳を繰り返す。

「こういう時は、滋養のあるものを食べた方がいいんですけど、如何せんすぐには手に入らず……」

三河吉田には、他に比べて食べ物があるとはいえ、昨年秋の凶作のために品薄ではあった。

「しかし、鬼卵さんが帰って来てくれて良かった。一人にしておくのも心配で」

木朶夫妻の心遣いに感謝して、二人を帰した。

「こんなことなら、早く知らせてくれ」

鬼卵が言うと、夜燕は、すみません、とか細い声で答える。

「御役目がありますでしょうから」

「そんなん、気にせんでええ」

そうと知っていれば、一刻も早く仕事を片付けたものをと、悔しく思う。

夜燕は闊達な気質ではあるが、体がそこまで丈夫というわけではない。季節の変わり目などにはしばしば体調を崩し、寝込むこともある。

「今年は妙な陽気やったから、調子を崩してしもたんかもしれません」

生温い冬から、生温い春になる。寒暖の差も心身にこたえるが、変わらないのも気持ちが悪い。

「お駒風《こまかぜ》みたいなんかな。嫌やな」

六年ほど前、畿内で妙な風邪が流行ったことがあった。高熱を出して倒れ、大人も子どもも薬が効かず、悪化させて死んだ。当時、流行っていた浄瑠璃の主人公であったお駒の名を取って「お駒風」と、誰ともなく呼ぶようになったという。

「あれには罹りませんでしたよ」

ははは、と夜燕は力なく笑った。

しかし、夜になると夜燕は咳き込むことも多く、よく眠れないようであった。

「旦那様が眠れないといけないし、伝染《うつ》してはいけないから」

部屋を離すと言って聞かない。鬼卵はやむなく襖を隔てた隣の部屋で寝るようにしたのだが、三日経っても、五日経っても、夜燕の咳は止まらず、治る気配がない。

「どうして治らんのや」

診察に来た医者を問い詰める。しかし医者の方でも、さあ、と首を傾げる。

「労咳《ろうがい》ではありません。ただ、胸にざらざらとした音が残っておりまして……」

要領を得ない話をする。

「薬は」

「はい、薬湯をお出ししますから、それを飲んでいただいて……」

では、と話を切り上げてしまう。

鬼卵は方々に文を書き、夜燕の病を治す術《すべ》を探そうとした。すぐに案じる文が届いたが、その中には「これ」という答えは見つからない。

「物もろくに食べられんと、これでは本復《ほんぷく》しようがない」

鬼卵は滋養のあるものを求めて走ったが、夜燕は食べ物が喉を通らないのだ。

夜燕が死ぬかもしれない。

半月余りを経て三月に入り、鬼卵は初めてそう思った。

「縁側に出たい」

夜、夜燕が言った。春とはいえ、夜気は冷えるからと言ったが、夜燕は聞かなかった。搔い巻きを着せかけ、温かくして縁を開け、後ろから抱えるようにして外を見る。

夜の帳《とばり》の向こうに桜が散っている。

「今年は温かい冬やったからか」

はらはらと薄紅の花びらが舞い込んできた。

「願わくは、花の下にて……という風情ですね」

夜燕が言った。

願わくは　花の下にて　春死なん
その如月の　望月の頃

西行法師の歌である。

「縁起でもない。もう、如月は過ぎた。弥生《やよい》や」

鬼卵が言うと、あらそうですか、と夜燕が笑う。抱いた肩が薄く細くなっている。

夜燕は自分の肩に置かれた鬼卵の手をトントン、と叩いた。

「思い描いていたよりも、ずっと幸せでした」

吐息交じりに言う。その言葉を聞いて、鬼卵はどうにも心細くなる。

「何もかもこれからや。夏に天王祭を見な。それからほら、一緒に富士山を見に行って、三嶋の祭りを見て、他にも仰山行きたいところ、やりたいことがあるやろ」

「そうですねえ」

すると、鬼卵の手を取って、その掌《てのひら》に掌を合わせた。

「この卵の中に、私も入れてもろて、連れて行ってもらいましょ」

さらりと言う。夜燕はもう、逝く覚悟を決めている。それが分かった。鬼卵は送る覚悟がまるでできない。細い体を抱きしめ、声もない。

「寂しいても、辛うても、大丈夫。書いたらええんです」

夜燕が細い声で言う。

無理や。

そう言いたい。しかし、引き留めることはもうできないと、鬼卵も心の隅で分かっている。

「……何処でも連れて行ったる。何処がいい」

「そうですねえ……三嶋の祭りのほかは、芝居も観たい。大坂でも、江戸でも……」

「よっしゃ、分かった。わてが書いたる」

「ええですねえ……」

それから夜燕は空を見上げる。夜空を静かに花びらが舞う。そのまま幾度か大きく息を吸うと、鬼卯の肩に頭を預けた。

春の宵、夜燕は静かに逝ってしまった。

文机には、夜燕らしい優しくも真っ直ぐな字で、辞世の句が残されていた。

速くちてちる約束のさくらかな

鬼卯はただ、夜燕の亡骸《なきがら》を抱えて、声もなく泣いていた。

○荒地

夜燕を亡くしてからというもの、鬼卯は絵を描く気も歌を詠む気も失せ、食べるのも起きるのも億劫。眠ったまま、朝、目覚めなければいいのにと幾度も思っていた。そこへ志村天目が訪ねて来た。

「そんなことでは、夜燕さんも悲しむ。しっかりして下さい」

夜燕は、己の命が長くないと悟り、天目に後を託すべく文を送っていたらしい。天目はその文を受け取ってすぐに三河吉田に来たのだが、既に夜燕は世を去っていた。

「聞けば、信濃の方では夜燕さんと同じような風邪が流行っていたらしい」

信濃風と称されるそうだ。やはり先年に流行ったお駒風と似たようなもので、大したことなく怏方に向かう人もいるらしいが、こじらせて亡くなる人も少なくないという。

「お前さんのせいじゃない。気を確かに」

天目は鬼卵を慰めたが、鬼卵は、はあ、と気のない返事をするばかりである。

抜け殻のような鬼卵を見かねて、天目や木朶が寺に頼んで法要を営むと、夜燕を慕う人々が弔問に訪れた。

「夜燕さんには、本当に世話になって……」

小さな子を連れた女人たちが訪れる。子らへの読み書きはもちろん、その母たちにも読み書きを教え、共に書を読んでいたのだという。

「絵も描いてくれた」

幼い子が、誇らしげに鬼卵に見せてくれたのは、御伽草子《おとぎぞうし》の桃太郎と鬼の絵である。

「夜燕先生の絵を節句に飾りました」

鬼卵はその絵を眺める。愛らしいふくふくとした頰の桃太郎と、勇ましい鬼が向かい合う。睨み合いというよりも、どこか温かい風情のある絵であった。

天目は「夜燕女之墓」という墓碑を立て、夜燕の辞世の句も石碑に刻む。

「速くちてちる約束のさくらかな」

鬼卵はその碑が立つのを見届けると、皆に挨拶をした。

「有難うございます。後はわてがこの墓に入れば終いや」

それが鬼卵の本心だった。それが分かるだけに、周囲の者たちは鬼卵を今生《こんじょう》に留めようと尽力した。

「鬼卵さんはここで一生、暮らして下さればいい」

木朶らは、町の者と共に鬼卵のための庵《いおり》を建てた。庵の名は「忘帰庵《ぼうきあん》」。帰ることを忘れるようにという言葉である。それは、大坂へ帰るということだけではない。

「有漏路《うろじ》より無漏路《むろじ》へ帰る一休み　雨降らば降れ　風吹かば吹け」

一休《いっきゅう》が詠んだと言われる一首を、鬼卵が度々口にしていた。有漏路とは、煩悩《ぼんのう》に満ちたこの世のこと。無漏路とは、常世《とこよ》のこと。そこへ「帰りたい」などと言っているのを窘める意味もあったのだ。

はじめのうちは、新しい庵なぞ己には不似合いだと固辞していたのだが、

「一休みの場として丁度いいでしょう」

木朶に言われ、そこに住まうようになった。

とはいえ、かつてのように闊達に動くことはない。墓守として生きることだけを考えており、日がな一日、庵の隅で転がって、

「早う迎えに来い」

と、天に向かって手を伸ばすような有様である。

しかし、周囲がそれを許さなかった。

「ほら、鬼卵さん、これを食べなさい」

「しっかりして下さい」

そう言って、食べ物を渡し、日々の暮らしを手伝う。そうして少しずつ気力を取り戻した。

「ようよう、起き上がりましたか」

鬼卵を訪ねて来た木朶は、すっかり痩せた鬼卵に飯を食べさせる。

「今、季節はいつですか」

何だか、ひどく歳月が経ったように思えた。しかし、木朶は苦笑する。

「夏ですよ、六月を過ぎました」

鬼卵は首を傾げた。

「えらく寒いですな。それともわての体がおかしいんですやろか」

「いや、今年もまた夏だというのに寒いのです」

夜燕が亡くなって三月以上が過ぎている。しかし、未だに火鉢が欲しいほどの寒さだった。

久方ぶりに外に出た鬼卵は、かつて夜燕と共によく歩いた道を辿る。三河吉田の城を眺めながら足を進めると、いつもならば田の風景が広がる。この季節ともなれば、青々とした穂波が見えるはずだ。しかし、寒さのせいかまるで育っていない。田の地肌が見えるような有様だ。

「これは……えらいことになる」

昨年の凶作で、米の値は高くなっている。今年もこの有様では、商人たちは買い占めに走るだろう。となると、三河吉田といえども、米はさすがになくなる。

「何でも、信州の浅間山《あさまやま》が四月に火を噴いたそうな。あちらの天候も落ち着かず飢える人も出るやもしれませんな」

木朶も同じように案じていた。

それからほどなくした七月のある日のこと。突如として黒い雲が空一面を覆った。

夜は闇夜となり、朝になっても明るくならない。

「何が起きた」

日の当たらぬ暗く寒い日々が幾日も続いていた。

「地獄やな……」

奇妙な空を見上げながら、鬼卵は呟く。

かつて何処かの寺で見た地獄草紙には、赤黒い炎が燃え盛り、曇天の下で喘ぐ人々の姿が描かれていた。

人々が恐れおののく姿を見ながら、鬼卵はどこか落ち着いていた。

「わてにとっては、今もどうせ地獄や」

夜燕を亡くしてからこちら、明けぬ夜を過ごしていたのだ。もしもこれが天変地異だというのなら、いっそ飲み込まれてしまっても構わぬとさえ思った。

心気が尽きると人は周りが見えず、残酷になる。全て消えてしまえばいっそ楽だ……。そんな思いにさえ捕らわれていた。

しかし、ぼんやりとした地獄ではなく、現に地獄が広がっていることに気付いたのは、十日ほど経った頃だった。

「どうやら、いよいよ大変なことが起きたようで」

木朶が血相を変えて言い、一人の旅人を忘帰庵に連れて来た。上方の文人だというその男は、陸奥への旅から帰る途上で信濃を通り、途中で噴煙を上げる浅間山を見たという。

「あれはもう……筆舌に尽くしがたいとしか……」

大量の軽石が降り注ぎ、真っ赤な溶岩流が辺りを覆う。人も馬も、田畑も森も焼き尽くされていくのを見た。生き残った人々が幽鬼の如くに彷徨うのを横目に見ながら、這《ほ》う這《ほ》うの体でここまでたどり着いたらしい。

「昨年、通った時には美しかった光景がまるで変貌していて……。あとはもう手前の命を守るので精一杯で」

真に恐ろしいものを見た者というのは、こんな顔をするのかというほどに青ざめていた。

同じように命からがら逃げて来た人々が、街道には次から次へと流れて来た。

「そないな地獄を願っていたわけやない……」

悲しみに暮れて、嘆きの余りに地獄を願った己が嫌になる。まるで桁違いの天変地異が訪れていることに気付かされた。

そして、度を越えた恐怖から、巷では流言や妄言が飛び交うようになる。

「次は富士の山が火を噴くらしい」

「これは祟りだ。戦が起こる」

「信心をすれば救われる」

「北の方は死に絶えた」

「異国船が乗り込んで来る」

恐れる余り、自暴自棄になり、酒を飲んで寝ているような輩《やから》はまだいい。家財を捨てて、三河吉田から逃げ出そうという連中までいた。

「今、里を離れたとて、何も良いことはない」

木朶らは、逃げ出そうとする人々に説いていたが、それでも行く人は去って行った。

一年が過ぎ、二年が過ぎた。

凶作が続き農夫を失った地では、田畑を耕す者もなく、米はとれない。気づけば街道にはかつて往生要集《おうじょうようしゅう》の絵巻物で見た餓鬼《がき》のように、肋骨《ろっこつ》が浮いて、腹ばかりが膨《ふく》れた者たちが座り込んでいた。

「三河吉田はまだ良い方です。大きな街道筋の町で商いが盛んだ。しかし、東北辺りの領主は、その市場を見越して米を買い占めているそうで」

米が凶作になれば、値は上がる。年貢の取り立ては一層、厳しくなり、米の大半は江戸や大坂をはじめとした大きな町へと流れ、高値で取引をされる。結果として、貧しい農村が飢え、豊かで大きな国の者だけが生き延びる。

「こうして我らが扶持《ふち》で頂く米さえ、誰かの命の糧《かて》を奪っていると思うと何とも言えぬ苦みがあります」

木朶の言葉に胸が詰まる。

「金勘定に囚《とら》われて、田畑を耕す者を蔑《ないがし》ろにして……それでも飯を食らうわてなんぞ、何とまあ、浅ましいことか」

死にたいとか、生きることが虚しいなどと宣《のたま》いながら、それでも時が来れば腹が減り、米があれば食らうのだ。その一方で、汗水を垂らして田畑を耕した者たちが死んでいっているのだということに、改めて気づかされた。

「せめて我らに出来ることをしましょう」

木朶たちと共に流民の為に粥《かゆ》を炊《た》き、医者の手伝いに湯を沸かす。尻端折《しりっぱしょ》りして、歌も絵も忘れたように立ち働いた。そうすると、夜燕のいない虚しさも、腹が空いていることも忘れられた。

　しかし、努めたとて虚しくなるような現《うつつ》も間近に見る。

　ある朝、鬼卵が木朶たちと共に寺へと向かっていた道中のこと。

　視界の隅で、微かに何かが動いた気配がした。見ると、路面に菰《こも》が敷かれており、それに霜が降りていた。その菰が微かに動いたのだ。

「誰かいるのか」

　鬼卵と木朶が駆け寄ると、菰の下には、骨と皮だけになったような女が一人、横たわっていた。そしてその腕の中には、同じようにやせ細った子どもがいる。

「もうし、もうし」

　木朶が声を掛けると、女は微かに腕を動かす。

「この子を……この子に……何か」

　女は腕の中の子をこちらに向かって差し出そうとするのだが、力が入らないらしい。鬼卵はその子を受け取るが、枯れ葉を抱えるように軽い。そして、顔色は既に青白く、冷たい骸となっていた。

「せめて、この子に」

　ようやっと絞り出された言葉に、鬼卵は、

「分かった。温かい粥を」

　とだけ言った。母親は、その言葉を聞いて、すっと息を吸い込むと、それきり動かなくなった。木朶が脈を診て、静かに首を横に振る。

「焼き場に、運びましょう」

二人は菰の上に母子を載せて、両端を持って焼き場へと運んだ。そこには、他にも行き倒れた人々が運ばれていた。

「こんなはずやなかったやろな……」

ひたむきに日々を生きて来たはずの人々が、道端で倒れて息を引き取る。こんな有様がいつまで続くのだろうか。

二人の骸は、火にくべられるとあっという間に焼けて灰になっていく。空しさを覚えながら、天に昇っていく煙を、木朶と共に見上げていた。

「陸奥の方ではもっと、惨憺《さんたん》たる有様であるとか」

陸奥では、飢えた人々が人の屍《しかばね》の肉を食らって生き延びたと言う話まであるという。

「そんな地獄のような世の中で、わてなんぞに出来ることがあるんやろうか」

迷いが胸を締め付ける。

思えば、恵まれて生きて来たのだ。生まれてこの方、食うに困ることはなく、好きなことをして来た。他人様《ひとさま》からは甘えだと言われても、それがどうしたと、はねのけて、柵《しがらみ》から逃れて来たのだ。

「罰が当たってるんやろうか……」

気弱の余りに空回る。しかし、これが罰などというのなら、冬の寒さに行き倒れた母子らは、一体、どんな罪があるというのか。

出来ることのない身でありながら、思い悩むことだけは頭の中に溢れるほどある。

ぼんやりと庵の縁に座っていると、

「御免下さいまし」

訪ねて来た人があった。

戸を開けてみると、一人の老女が立っている。

「お久《ひさ》様」

白髪を落飾《らくしょく》し、御付女中を従えたその老女は、名を久といった。かつては御城の奥向きに仕え、その後は御家老の側女《そばめ》となった。今は亡き御家老の菩提《ぼだい》を弔いつつ、歌人として歌も詠む。

「久しく、連歌の会もなさらぬご様子ですが、如何お過ごしかと」

久は、絵や歌を通じて、生前の夜燕とも近しくしており、連歌の会にも度々、顔を出していた。夜燕亡き後も鬼卵の催す会を訪ねては、鬼卵を気遣ってくれた一人だ。

「己の無力を恥じているところです」

鬼卵の言葉に、久は苦笑する。

「それは、貴方様に限ったことではございますまい。この天変地異の下では、私も神仏に祈るしかできない」

共に縁に腰を下ろして冬枯れの木々を眺めながら、吐息する。

「それでも、歌を詠みたいのが人でございます」

久が言う。確かに、世がこんな有様だというのに、鬼卵の帳面には歌や文がいっぱいになっている。悲しみや苦しみが言葉になって溢れ、それを書き留めているのだ。

焼き場の風景や臭いも、鮮明に脳裏に過る。忘れてしまえばいいものを敢えて書いてそこに遺そうとしている。絵もそうだ。地獄絵巻に描かれる餓鬼の如き姿の人さえ、画帳に描いている。悲嘆にくれる姿も表情も、じっと見つめている。

そうしている己につくづく嫌気がさすのだが、それでも止《や》めることができない。

「大した歌人でも絵師でもないのに、こんな時まで書いているとは……さもしいものだと思うのです」

「いいえ」

自嘲するような鬼卵の言葉を、久はすぐさま否定した。

「両の眼を開いてよう御覧なさい。時が過ぎれば人は皆、辛いことを忘れてしまう。そうせねば生きられぬからです。されど、その辛さもまた己の糧にしなければ、苦しみを越える力を得ることもできませぬ」

久の声は穏やかで力強い。鬼卵は己の手を見つめる。

この手からは、鬼も蛇も出る。しかし、神仏も描くことができるはず……その卵があるのだと、師匠の木端は言った。鬼卵はその言葉を思い出しながら、ゆっくりと手のひらを握っては開き、握っては開いた。傍らに座る久は、それを黙って見つめていた。

「また、庵を開けて下さいまし」

「こんな時に……」

「こんな時だからこそです」

鬼卵は久を見つめると、久は優しく微笑んで、深く頷いた。

「物を思い、考え、書き、歌う。それは人が人である証。食うことのためだけに生きるわけではない。そのことが、己を支える誇りになります。荒地にあってこそ、歌も絵も書も、潤いの滴《しずく》となりましょう」

その言葉は、何よりも荒れて乾いた鬼卵の心に、一滴の水となって沁みた。

久が帰ってからも、暫くの間、縁から動かなかった。冬の曇天を見上げて、あああ、と細く唸った。

人はただ、飢えて命を落とす儚《はかな》い生き物ではない。それでも最後の最期まで、心の中で思い描き、夢想する。

その時ふと、亡き師、木端の言葉を思い出す。

「悲しい、寂しいて歌え、描け。己の胸の内を見失わんかったら、いつでも楽しい道は見つかる」

そして、己だけではなく、同じように苦しむ人々の為に努めるのが己の役目と思い定めた。

翌日の朝、忘帰庵の戸を開けた。そしてそこに、笑う大黒天の墨絵を掛けた。

「これはいい絵ですね」

五束斎木朶が言う。

「こんな時やからこそ、歌集を、本を、読みたい者はいつでも来られるように。気晴らしで良い。笑えば良いと思いましてな」

やはり「こんな時に」と眉を寄せる気難しい人もいた。しかし、退屈を持て余した子どもらや、文人が代わる代わる訪れては、嘆き半分、笑い半分で帰っていくようになった。

ようやっと世情が落ち着いて来たのは、浅間山の噴火から実に五年余り経ってからだった。

天明七年の夏は、あの寒かった夏とは違い、日差しは高く、蟬《せみ》の声がしていた。

忘帰庵の縁側に腰かけた鬼卵は、団扇《うちわ》で煽《あお》ぎながら、遠く流れる豊川を眺めていた。すると、木朶が甜瓜《まくわうり》を手土産に訪ねて来た。

「新しい大樹公《たいじゅこう》は、十五歳だそうですよ」

鬼卵は深くため息をついた。

「ようやっと米がまともに出回るようになって、世の中が落ち着くかと思ってましたけど……こんなご時世にえらい若い上様やなあ」

いつぞやの狭山のことを思い出す。若き領主を頂に据えて混沌《こんとん》を極めた挙句、鬼卵にとっても近しかった村上庄太夫が死んだ御家騒動があった。

あれは小国での出来事だ。しかしこれでは天下が丸ごと、狭山のようになるのではないかと案じた。

「しかし、御公儀は何も、上様だけで動くものではありません。我らが殿もお支えすることになったそうで」

木朶は、三河吉田の領主である松平信明を敬慕していた。その信明が側用人《そばようにん》として取り立てられることになったのだという。

「それに、老中になられるのは、此度の飢饉においても白河で手腕を揮った松平定信公とか。かの八代将軍の孫にあたられる名君だそうです。これで少しは、世の中も落ち着きましょう」

街道から流れて来る流浪の民は減り、日常が戻り始めていた。

天を覆った黒い雲も、餓鬼のような人々の骸を焼いたことも、遠い過去のように思われる。

しかしふと、夜中にぽっかりと目を開けた瞬間、鬼卵の脳裏には焼き場の煙が天に昇っていく様が思い返されて、目が冴えて眠れぬ日々が続いていた。

六月になって、吉田神社で天王祭が催された。

疫病を祓《はら》い、災厄を祓うという祭りで、町は熱気に包まれていた。

「気晴らしに参りましょう」

誘われて出向いたものの、人の気にあてられて、早々に忘帰庵に引き揚げた。縁に腰かけて川を眺め、遠くに花火の音を聞きながら、数年前に夜燕と共に眺めた花火を思い出す。

「あないに祭りが好きやったのに、神さんは病を祓ってくれへんかったなあ」

愚痴るように言うと、ふと隣に夜燕が座っているような気がした。

「何を言うてますの。楽しまんと」

そう言って、ふふふ、と笑う声が今しも聞こえるような気がする。しかし、傍らにはしんとした闇があるばかりだ。

「生き残ってしまったな……」

夜燕の後を追って行こうと思っていたのに、疫病にも罹らず、飢えからも逃れ、こうして今も生きている。そして日々が刻まれていく。

鬼卵はただ、ほろほろと泣いていた。

○三嶋の神楽

夜燕が亡くなって、九年が過ぎた寛政《かんせい》三年。

「三嶋に行ってみる気はないか」

夜燕の死から、燻っていた鬼卵の元に、大坂の木村蒹葭堂からの文が届いた。

「所縁もないのに」

夜燕が行きたがっていた矢先に世を去ってしまったので、誰にも三嶋に行きたいなどと言った覚えはない。それなのに、思いがけない話が舞い込むものだ。

「木朶さんはどう思われますか」

蒹葭堂の誘いには、義理を果たしたい思いもある。しかし、ここまでの日々を支えてくれた木朶への恩もある。それに、鬼卵自身、今更、文人墨客として芽が出るとも思っていないので、新天地を求めてもいなかった。

「行ってみたらいかがですか」

木朶が言った。鬼卵はやや驚いた。この三河吉田の地で、共に文人墨客として、努めて欲しいと言われるかと思っていた。そして、そう期待していた己が恥ずかしくも思えた。

「私は無論、鬼卵さんにはいて欲しい。ただ、今のままではいけません」

木朶の声音は優しいが、言葉はぴりりと厳しい。

「鬼卵さんと夜燕さん、御二人でいらした時は、この界隈に活気があって、華やかさがあった。

夜燕さんが亡くなってから、鬼卵さんはもちろん、世話になった者も皆、悲しみました。天目さんが立てられたお墓には、今も花も線香も絶えません。しかし、鬼卵さんがこのままここで、墓守としてだけ生きていかれるのは、夜燕さんも望んでおられますまい」

そしてじっと鬼卵の手元の文を見つめてから、優しい笑みを浮かべた。

「三嶋にいらして、新しい何かを摑んで、戻って来て下さればいい」

木朶の言う通り、ただ墓守として、死ぬまでの暇つぶしをしている日々では、夜燕にも、世話をしてくれた木朶にも申し訳ない。

他でもない、夜燕が行きたがった三嶋であることも、鬼卵の背を押した。

「お前さんの差し金かい」

鬼卵は、夜燕の位牌に問いかけた。

「そうですよ」

笑顔で言われたような気がした。

かくして鬼卵は、三河吉田の地を発って、三嶋へと旅立った。

三嶋の宿《しゅく》は、三河吉田と同じく活気があった。

寛政三年の春のこと。伊豆韮山《いずにらやま》の代官である江川英毅《えがわひでたけ》は、鬼卵のことを歓待した。

「よう参った」

鬼卵は、一介の武家奉公人としての仕事であると聞いていただけに、その歓待ぶりに驚いた。

先代を亡くし、代官になったばかりの江川英毅は、二十二歳の若き当主である。京や大坂の儒者や歌人らとも繋がりがあり、文化や芸術を好むことから、先代共々、蒹葭堂とも旧知であるらしい。

「文人の御一人として、御力添えを願いたい」

蒹葭堂は一体、何をどう喧伝してくれたのか、不安になるほどであった。

「私に何ができましょうや」

鬼卯が不安になって問うと、江川は気さくな笑みで応えた。

「朝鮮通信使のことに詳しいと聞き及んでおる。よろしゅう頼む」

手厚い出迎えの理由の正体が分かり、鬼卯はやや慌てた。

「朝鮮通信使て……」

朝鮮通信使は、その名の通り、朝鮮からの遣いである。将軍が代替わりをすると、朝鮮から祝賀のために遣いが来ることが習わしとなっていた。就任から三年以内が通例であるが、このところの凶作と飢饉のため、新将軍家斉《いえなり》の為の来訪を先延ばしにしていた。

いよいよそれが来るという話であった。

「三嶋は通信使の滞在先となる。故に、少しでも物を知る者がいた方がいい」

そこで誰かいないかと、蒹葭堂に問い合わせたところ、鬼卯を勧められたとのことであった。

確かに、鬼卯は朝鮮通信使に会ったことがある。正確に言うならば「見たことがある」程度の話で、それも三十年近く前のことだ。

記憶にある朝鮮通信使は、その見目は日ノ本の人々と変わらない。以前に長崎で遠目に見た南蛮人とは違って「異人」とは余り思えぬほどであった。ただ言葉の響きや音が違うことが何とも面白く心地よい。そして、彼らと同じ文字を使っていることが興味深く、李白《りはく》の詩などを語ることも身近に感じたことがあった。

しかし、その時に鬼卵がしていたことはと言えば秋成の傍らで墨を磨り、紙を支度する役目を担っていたに過ぎないのだ。江川はそのことを知らないのではあるまいか……と、不安が過った。

「早めに話しておかんと」

大仰《おおぎょう》に期待をされても困る。慌てた鬼卵は江川に改めて会い、事の次第を話した。

「かくなる有様でございまして、詳しいことなど何も存じ上げておりません」

すると江川は、笑った。

「何、構わぬ。それでも私や、当家の家臣らよりも存じておろう。通信使の方々が何を喜び、どのような応接をしたのか。その時のことを思い出して話して貰えればよい。そなたが蒹葭堂と繋がっているというのも心強い」

なるほど、そういうことならば、少しは役に立ちそうだと思い至った。聞けば、三嶋の役人たちは日々、頭を抱えているのだという。

「ともかく、手元不如意でございますれば」

役人たちは悲鳴交じりだ。

三嶋も三河吉田と同じく、つい先日まで飢饉に喘ぎ、打ちこわしもあった。ようやっと、領民たちの口に届く食べ物の値が、以前と同じくらいに戻り始めて一息ついたところである。

とはいえ、いざ朝鮮通信使が三嶋に滞在することとなれば、それ相応の接待をせねばならない。困惑を満面に浮かべた役人たちは、ある絵図を鬼卵に見せた。

「これは、まことにかような膳でございましょうか。それを果たして何人分支度しましょう」

それは先の通信使の接待の料理の絵図であった。一つの膳に七つの料理、五つの料理、三つの料理を並べ、七五三膳《しちごさんぜん》と称す。

当時の鬼卵は御膳所で支度される膳を眺めながら、秋成とおこぼれに与《あずか》っていただけだ。

「何やら、膳に飾る細工物を作っていたのは覚えているのだが……」

厨房《ちゅうぼう》に料理人だけではなく、飾り職人が入り込み、金や銀の紙で派手に飾り付けていた。見たこともないような料理には、飾り包丁の施された野菜や肴が盛りつけられていた。豪華であったのは間違いない。

「出された品ですが、記録によれば伊勢海老に栄螺《さざえ》、からすみに蒲鉾に羊羹《ようかん》……器とて誂《あつら》えねばなりません。それを果たして何人分になりましょう」

「先の折には、楽隊なども引き連れ、四百名余りの行列であったかと」

「四百」

勝手方は算盤を弾く手を止めて、絶叫と共に立ち上がり、その場をぐるぐると回った挙句、

「来ないでくれ」

と、声を上げた。

「将軍家からは、金の屏風が贈られるそうな」

江川に問われて、はい、と鬼卵は頷いた。

「狩野派の絵師が描いた見事な花鳥図であったかと。此度、誰が描くのでしょうなあ。やはり狩野派でしょうか」

「いや、応挙やもしれぬ」

応挙、と鬼卵はその名を口にする。かつて、師匠木端の歌集の表紙を巡り、鬼卵が勝手に嫉妬をしていたこともあった。しかし、三河吉田へ発つ前に、その実力の差をまざまざと見せつけられた相手である。今や揺るがぬ天下一の絵師となり、多くの門弟を抱えている。名門である狩野派の絵師とても、敵《かな》わぬ作品を世に送り出してきた。

「見てみたいものですなあ……」

しかし鬼卵が三嶋に着いてから、待てど暮らせど朝鮮通信使はやって来なかった。

「どうやら、此度の通信使は江戸まで参らず、対馬《つしま》で帰ってもらうらしい」

老中となった松平定信は、大々的に倹約令を下し、下々の者はもちろん、幕閣や大大名に至るまで倹約するように命じている。三嶋の辺りもようやっと日々の落ち着きを取り戻したというのに、異国からの賓客《ひんきゃく》の為に役所が散財したとあれば流石に民百姓も黙っていないだろう。

「通信使が来るとなれば、宿場に活気が出て良いかとも思ったが、正直なところ負担が大きい。これは老中様の英断と思う」

確かに英断であろう。しかし一方で、鬼卵としては役目を失い残念でもあった。

「御役に立たぬ身で、申し訳ございません」

これで三嶋にいる理由もなくなった。恐らくは罷免《ひめん》となるのだろうと思っていた。しかし、恐縮する鬼卵を、江川英毅は引き留めた。

「そうは申しても、暫くはここにいてくれ。そなたが来てから楽しいのだ」

親子ほども年が離れているのだが、どういうわけか江川は鬼卵をひどく気に入っていた。鬼卵もまた、年若い主との交友を楽しいと感じていた。

このままここにいてもいい。これと言って、成し遂げることもないままだが、富士山を眺め、三嶋大社を詣《もう》で、夏には大祭を見物する。日々は穏やかに過ぎていくのだ。

しかし、それで良いのだろうか……。

もっと、何か為すべきことがあったのではないか。そのために大坂を捨てて来たのではないか。

胸の奥が微かにざわめく。

そうして迎えた寛政四年正月のこと。

「三嶋大社に詣でる故、そなたも参れ」

代官の江川英毅に誘われたが、鬼卵は全く気乗りがしなかった。

夜燕が亡くなってからというもの、初詣をしていない。めでたくもないのに、あけましておめでとうと、挨拶をし合うことも億劫だった。江川は更に言った。

「珍しい神事がある故、絵に描いてみよ」

「珍しい神事……」

そう言えば、かつて夜燕が見たこともない神楽のことを、楽しそうに話していた。その時の明るい声が耳の奥で蘇《よみがえ》る。

「田に神様が下りて来て、一年の豊穣を祈るのだとか。翁の面やら、早乙女やら出て来て、太鼓に合わせて舞うんですって」

聞いていたにも拘《かか》わらず、その話をすっかり忘れており、三嶋に来てから一度も見たことがない。

　行ってみようかと、思った。

　江川英毅の招きで訪れた新年の大社は、賑わいのなかにあった。そこここで交わされる新年の挨拶を耳にしつつ、鬼卵は舞殿《まいどの》へと向かった。

「ここへ」

　舞殿の近くに座が設けられており、鬼卵は江川の後ろに座る。画帖と筆を手にして、神事が始まるのを待っていた。

　暫くすると、白い翁面の男の「穂長《ほなが》」と、黒い面の婿の「福太郎《ふくたろう》」という役の二人が現れた。舞殿の中、二人が田を耕し、種をまき、田植えをし、鳥追いをする。やがて紙の貼られていない傘を掲げた田主が姿を見せると、穂長、福太郎、それに飯櫃《めしびつ》を持った早乙女が、雷鳴に似せた太鼓の音に合わせて、ぐるぐると回っている。

　鬼卵は回る社家《しゃけ》たちを見つめながら、舞殿の外に響く、新年を寿《ことほ》ぐ笑い声を聞く。

　夜燕が逝き、地獄のような飢饉が明け、日々は恙《つつが》なく過ぎていこうとしている。痛みは消えずに残っているが、今、心から豊穣を祈る思いが沸々と胸に沸き起こる。

　鬼卵は社家たちの姿を描きながら、思わずふと笑みがこぼれる。

「見てみい夜燕。何やみんな、楽しそうや」

　声にならぬ声で、夜燕に話しかける。

　やがてお田打ちの神事が終わると、舞殿からは餅まきが行われた。飛んでくる餅に、わっと手を伸ばす人々の姿を振り返ると、そこにはいくつもの笑顔がある。若者が取った餅を、小さな子どもらに渡す。子どもらはそれを手に境内を走り抜けていく。

凍った心で過ごしている間に、人々は日々を営んでいる。その中にするりとこの身を滑り込ませて生きている幸せを感じた。

そして、手にしていた画帖に目を落とす。

お田打ち神事の様がその場の明るい風を孕《はら》み、微笑むような絵が、そこにあった。

「これか……」

鬼卵はふと、己の手に目を落とす。

己の手だけではない何かに描かされたような気がする。それは、鬼か蛇か、或いは豊穣を祈る田の主か。いや、夜燕かな。

手の内の卵がほのかな温もりをもっている気がした。

晴れ晴れとした新年の空を見上げた。

●きらん屋にて　二

老爺鬼卵の皺《しわ》だらけの手が、煙管の灰をトンと落とした。文化十五年の春、きらん屋の軒先。

定信の傍らでじっと話を聞いていた少年、本間吾郎は顔を上げた。その顔は涙で濡れて崩れていた。

「きっと、夜燕さんも喜んでおられるはずです」

夜燕の死を悼《いた》んでいるらしい。

「何ともまあ、年寄りの昔話に泣いて下さるとは、まっすぐな御方だ」

鬼卵が笑いながら懐紙を差し出すと、吾郎はそれで目元を拭い、ついで豪快に鼻をかんだ。それを見守っていた定信は、ふと鬼卵に向き直る。

「して、その方が描いた絵はどのようなものだ」

鬼卵は、ついと後ろの葛籠《つづら》から一冊の本を取り出し、定信に差し出した。表紙には『東海道名《めい》所図会《しょずえ》』と書かれていた。

「秋里籬島《あきざとりとう》が記した、東海道の名所を紹介する本でございます。三嶋の項には、この鬼卵めの絵が載っております」

定信は本を手に取り、捲《めく》る。富士の山を望む三嶋大社の絵が描かれており、その次に、「正月六日三嶋祭」と題された浮世絵があった。それは、先ほど鬼卵が語っていたお田打ちの神楽らしく、翁の面の舞手や、早乙女が楽しそうに描かれている。

「陶山《とうざん》というのは、そなたの号か」

「はい。鬼卵とは別に、いくつかある号の一つでございます」

定信は、ほう、と頷く。

確かにこの田打ちの絵は、描かれた者たちの外側に広がる明るさをも感じさせる。

「この絵を、大坂の蒹葭堂に送ったのです」

夜燕の死からこちら、気落ちしている鬼卵のことを蒹葭堂は気に掛けていた。

「大坂へ帰って来るならば世話をしよう」

幾度もそう文を寄越してくれた。しかし鬼卵は、三嶋へ向かうことを選んだ。もちろん蒹葭堂や、大坂の文人たちの纏う香りが好きだったし、焦がれてもいたが、同時に恐れてもいた。未だ十分な力もないままに、大坂の気鋭の才能に囲まれているうちに己を見失う気がしていたからだ。

久方ぶりに納得のできる絵が描けたことを、蒹葭堂に報せたかった。これを見れば、鬼卵が悲しみの淵に沈んでいるばかりではないことが分かるだろうと思ったのだ。

すると、しばらくして蒹葭堂から思いがけない文が届いた。

「秋里籬島が、お前さんの絵を使いたいそうな」

それが、この東海道名所図会の話であった。

これまでに都の名所案内などを、何冊か出していた秋里籬島は東海道の案内本を出すことにしたらしい。都の案内を作る時には、絵師と共に名所を訪ね、その由緒を書くと共に絵を掲載していた。しかし東海道の五十三次となると、絵師を連れて歩くにも手間も金もかかる。

「そこで現地の絵師の絵を載せることになったとか。私の絵は三嶋の祭りと吉田の天王祭の二枚。実際に本になったのは寛政の終わりの頃でしたかな。そしてここにこのように……」

そう言って、定信の手にある『東海道名所図会』を手に取ると「逢坂山《おうさかやま》」のところを開いて示した。そこには、百歳を超えた小野小町が、逢坂の関の近くで歌を詠む場面が描かれている。鬼卵は絵の左端にある号を指さした。

「圓山主水《まるやまもんど》と書かれております。これは、円山応挙の号の一つでございまして」

「応挙も描いていたのか」

「はい。敵わぬと思っていた応挙さんと、同じ本の中に描くことができた。それは当時のわてにとってこの上なく誇らしいことでした。ようやく己も、文人墨客として世に認められたと」

定信は、ほう、と頷きつつ、応挙の絵と鬼卵の絵を眺める。二つの絵はいずれも生き生きとしていて、二人の絵師の力を感じさせた。

「なるほど、眺めているだけでも面白い」

「有難うございます。飢饉が明けたことで、ようやっと人々の間に旅の機運が高まりましてな。おかげでこれは大層、売れました」

飢饉の間、飢えによって人々は自暴自棄となり、街道では盗賊の類も多くなっていた。飢饉が過ぎたことで犯罪も減り、街道にも平穏な日常が戻った。これまで移動ができなかった分、人々は旅への想いを強くしていた。

「時に、御殿様は天明の折には何処におられましたか」

鬼卵の不意の問いに、定信は記憶を手繰《たぐ》る。

「はじめは江戸に。その後、国元に戻った」

「ご苦労なさいましたでしょうなあ」

慮《おもんぱか》る口ぶりに、うむ、と低い声で頷いた。

浅間山が火を噴いたという一報を受けた時は、何が起きているのかは具《つぶさ》に分からなかったし、とりあえず江戸においてはさほどの大事ではあるまいと思っていた。しかしその噴煙が空を覆い、夏だというのに寒い日々が続くうちに、これは、ただ事ではないと、はっきりと分かった。

ともかくも、所領の無事を確かめるべく、服部半蔵を本国へと帰した。

定信に代わって国に入り、領内を見て回った半蔵からの文は、字も乱れていた。

「白河はさながら乱世のような有様でございます」

凶作に喘ぐ白河では、米の価格は高騰していた。飢えた民は鍬《くわ》や鋤《すき》を手にして一揆《いっき》を起こしていた。

「儂らの作ったものを返せ」

怒号が城下にまで届いていた。その怒りを前にした留守居の者たちは、江戸から戻らない定信に対して非難囂々《ごうごう》であった。

「上様は、御国よりも幕閣に入ることに心を奪われておられる」

半蔵から皆の怒りの報せを受け、定信は慌てて白河へと戻り、その対応に追われた。

「まずは、飢えから救うことを第一としよう」

飢えとは縁遠い豪農商から資金を集め、困窮者の救済に当て、なんとか米の値を下げた。

「この事態は数年、続くのではあるまいか」

危機感を抱いた定信は、自らや家臣らには徹底して質素倹約を命じた。更には救い米や種、塩や味噌に加え、疫病の流行に備えて灸《きゅう》などの備えを充実させた。そしてその周知に努めて、領民の不安を解消すべく尽力した。

そうした努力は功を奏し、「乱世の如く」に荒れた百姓たちも落ち着いてきた。その手腕は、高く評価され、「仁政を敷いた」として、老中に取り立てられることになったのだ。

「余は最善を尽くしたと今も思う。されど、悔いがないと言えば嘘になる」

定信は苦い思いと共に呟き、隣にいる半蔵に目をやる。半蔵は黙って小さく頷いた。

当時の半蔵は、容赦なく主を批判していた。

「国境では多くの者が飢えて死に絶えております。窶《やつ》れはてた人々が骸となって果てているのを、幾度見たか知れません。まだまだ終わってはおりませぬ」

忘れてもらっては困る、という口ぶりで繰り返していた。しかし定信にしてみれば、当初に比べれば随分と餓死者は減ったと考えていた。

「人別帳にある者には手を差し伸べている。時に冷酷と言われても、領民のためには切り捨てる覚悟をするのもまた、政というものだ」

納得させるように言った。全てを救えぬことを重々承知してもいたし、悔しく思っている。半蔵の苦言は忌々しくもあるが、同時にこの半蔵のような臣がいることが、己を確かに支えているとも思っていた。

飢饉の中、助けられなかった命があること。己は飢えることなく生き延びたこと。それを「忘れるな」と、声なき声に苛《さいな》まれるように思う夜が、定信にもあったのだ。

「それは、ご苦労をなさいましたな」

鬼卵は労《いた》わるように言う。

「その方もまた、骸を間近に見て焼き場に運んだとあれば、辛い思いもあろう」

鬼卵は小さく、はい、と応えた。

「上《うえ》つ方々《かたがた》には方々の、我々には我々の……それぞれの苦しみがございました。わてなぞよりも、余程に苦しい思いをした民百姓も大勢おりました。何と申しますか……こうして生き残ったこともまた、罪深いことでございます」

黙って二人の話を聞いていた年若い吾郎は、はあっと深いため息をついた。

「話に聞いたことはございましたが、飢饉はさほどに酷い有様でございましたか……」

「なるほど、お前様にとってはとんと昔話でござったな」

「私は、腹が減ると何も出来ないので、聞くだけでも恐ろしい」

二人の老爺は見るともなく互いを見合わせ、そしてふふ、と笑った。

「さようなことが二度とないよう、努めて備えをせねばならぬな」

定信の言葉に、吾郎は、はい、と応える。定信は吾郎に笑顔で頷いてから改めて鬼卵に向き直る。

「それで、その方は、飢饉を越え、せっかく良い絵が描けたのに、何故に大坂に戻らなかったのだ。三嶋にて、江川英毅殿に忠義を尽くすことに決めたのか。どうして今、煙草屋なぞをしているのだ」

矢継ぎ早の問いに、鬼卵はやや身を引きながら苦笑を浮かべる。

「煙草屋なぞ……とは、随分なおっしゃりようでございます。御殿様は、余程チュウギがお好きと見える」

まるで、鼠の鳴き声のような口調で「忠義」と言う。定信が眉根を寄せると、御無礼を、と、ちっとも恐れ入らぬ様子で言う。

「無論、江川の御殿様は立派な君子であられました。わてはあの御方が大層、好きでございましてな。それこそ、東海道人物志にもお名前を載せさせていただいたほどです」

ついと手を伸ばし、定信の傍らに置かれた東海道人物志を取ると、三嶋のところに書かれた「中隠堂《ちゅういんどう》主人」を指さす。

「この東海道人物志に御武家を載せるつもりはありませんでした。しかし、江川の殿は人品共に優れ、学ぶべきことの多い御方。旅人が訪ねても、歓待しようと仰せになられました故、こうしてお名前を」

「大層な惚れようであるな」

「はい。君臣としてではなく、人として信じる。それは忠義よりも強いとは思われませんか」

そして鬼卵は視線を定信の傍らにいる半蔵へと向けた。

「貴方様は、こちらの御殿様をただ、御主としてお仕えしているのではありますまい。時にこの御方が至らずとも、支える御覚悟がおありだ」

不意に振られた半蔵は、煙草の煙を吸い込みすぎて、ゴホゴホと噎せ込んだ。

「大事ないか」

「はい」

半蔵は息を整える。そして、定信から問うような眼差しを向けられて、咳払いをしてから背筋を伸ばす。

「忠も信もございますれば」

静かな声音《こわね》で言う。それを鬼卵は面白そうに眺めやり、ほう、と嘆息する。

「そうして間近に相まみえ、その人となりの裏も表も知ってこそ、初めて尽くす気になろうというもの。ただ、このわてのような身の上ですと、雲上の方々のお顔なぞはついぞ存じ上げぬ故、反骨な思いが宿るものでございます」

定信は、眉を寄せて鬼卵を睨む。

「まさか、ご公儀に対して、逆心を抱いておるのか」

「逆心などと大仰な。所詮は滑稽と諧謔が本分の狂歌師、戯作者でございますれば……とはいえ、御恨み申し上げることもなきにしもあらず」

そして、ゆっくりとした所作で、再び煙管に煙草を詰めると、火を入れて、ふうっと吸い付ける。じじじ、と煙草の煙がゆらりと上がり、定信の周りをぐるりと回る。

「ご存知でしょうかね。老中の松平定信公と言う御方でございました」

定信は目を見開いて鬼卵を見据える。鬼卵は定信の正体を知っているのかいないのか分からない。どこか悪戯めいたようにも見えるが、何も考えていないようにも思う。定信は、ごほん、とわざとらしく咳払いをした。

「その、定信公が如何した」

「何ともまあ、無粋な御仁でございましてなあ」

定信は、無粋、と言う言葉を確かめるように口にする。鬼卵は深いため息をついた。

「ちょうど、異国船のことでその御仁が韮山を訪れた頃、私は久方ぶりに大坂に懐かしい人々を訪ねましてね。すると、大坂の様子が少し変わっていることに気付きました」

そして鬼卵はずいと定信の方へ首を伸ばす。

「時に御殿様、学問はお好きですか」

「無論」

定信は、幼い頃から朱子学に通じ、自ら書を認《したた》めたほどだ。それ以後も、新しい学問の書を片端から読み進め、今では蘭学を学ぶことさえある。歴代の老中の中でも、学問好きであろうと思っているし、周囲の者もそう言う。

「御殿様のように、学問や風流を解する御方が老中であれば、あのようなけったいな御触れはなかったでしょうなあ。異学の禁であるとか、卑俗な芸文を取り締まるとか……」

定信は、喉につまりを覚えて噎せこみ、傍らにいた半蔵は、

「上様」

と、背をさすった。鬼卵はそれを見て、

「おや、大事はございませぬか」

慌てる様子もなく、ゆっくりとした所作で、先ほど出した茶碗を取ると、鉄瓶で湯を入れて、定信に差し出した。

「何ぞ、喉に詰まりましたかな」

その様子を眺めている吾郎が、目を慌ただしく瞬かせているが、鬼卵はそれに気づいていないのか、気づかぬふりをしているのか……。

「大事ない」

案じる半蔵を宥《なだ》めつつ、鬼卵を見やる。

「異学の禁なるものは、幕府の御用学者らに向けられたものであろう。湯島《ゆしま》聖堂のほかには何も命じられていないはず。まして大坂には関わりもあるまい」

すると、はああ、と、大仰なため息をついた。

「御殿様、さすがは御殿様でいらっしゃる。生まれながらに高貴な御方というのは、下々のことがまるで分かっておられないのですなあ」

「さようなことはない」

これまでも、幾度となく各地を見分し、多くの民の声を聞いて来たという自負がある。その上で、民に要るのは朱子学であると信じていたし、卑俗な芸文によって犯罪が増えていると思った。故にこそ、それらを取り締まることが大事と決めたのだ。

しかし、鬼卵は定信が睨む視線を受けても、やれやれ、と肩を竦《すく》める。

「力を持つ者の恐ろしさは、持たざる者だけが知るのです。そのことを知らぬ御方が余計な御触れを出さはった。それ故に、大坂は……学問や芸文を愛する者たちは、なかなか生きづらいことになりました」

鬼卵は、空になった定信の茶碗に、もう一度、白湯《さゆ》を注いだ。

「ゆっくりお飲み下さい。その間に、徒然《つれづれ》の思い出をお話し申し上げましょう」

第三章　自由の身

○異学の人々

鬼卵が久しぶりに大坂を訪れたのは、寛政五年の初夏のことであった。町は、相変わらず活気に満ちて、人々が忙しなく行き交っている。土佐堀《とさぼり》川を行く船には、山ほどの荷が積まれていた。

ここを発った日には、隣に夜燕がいた……。

そんなことを思い返しながら向かったのは木村蒹葭堂の元であった。

通された居間には、昔と変わらず舶来の卓が置かれており、そこには山のように本が積み上げられている。その中で椅子に腰かけて書を読んでいる蒹葭堂の姿を見て、大坂に帰って来たという実感があった。

「御無沙汰しております」

「おお、鬼卵。よう来たな。座り」

鬼卵に椅子に座るように勧めながら、微笑みかける。

「送ってもらった三嶋の祭りの絵、良かったな」

「お陰様でございます。せやけど、仲人いただいた夜燕とは死に別れてしもて……」

消え入るような声で語る鬼卵に、蒹葭堂は、うん、と小さく頷いた。

「まあ本望やったと思うで。お前さんとの縁を大層喜んでいたて、船場の伯母さんが言うてはった」

船場の伯母は夜燕の弔いのために三河吉田まで鬼卵を訪ねて来た。そこで人々が夜燕の為に石碑まで立てて弔っているのを見て、泣いていた。

「妹は悪縁で命を落としました。しかし、姪のあの子はお前様の妻としてだけやなく、夜燕という名でこないに仰山の人に大事にしてもろて。本望やったと思います」

当時の鬼卵は、その言葉に頷く気にはなれず、どうして死んでしまったのかと泣き暮らしていた。しかし、伯母の言葉に幾ばくか救われた。

今回、三嶋から大坂へ向かう途上で三河吉田に立ち寄った。ちょうど四月の夜燕の命日で、五束斎木朶らをはじめ、三河吉田の人々が法事を催してくれた。それは大層、華やいで明るくて、夜燕の人となりそのもののように感じられて、改めて有難く感じていた。

「夜燕はわてに憑《つ》いているて思てましたけど、ここにもちょくちょく、顔出してますのやろな」

参列した木朶に言うと、木朶は笑った。

「ええ、いつも思い出していますから。むしろこっちによくおいでかもしれませんよ」

「何や、妬《や》けるなあ」

こうして、夜燕のことを笑って話せる日が来るとは思ってもみなかった。その夜は久しぶりに三河吉田の人々と共に酒を酌み交わし、あれやこれやと夜燕のことなど思い出話に花を咲かせた。

「また、三河吉田にも帰っていらっしゃい。忘帰庵はありますから」

優しい言葉を送られたのだ。

「蒹葭堂さんには、いいご縁を賜りました。三河吉田といい、夜燕といい……」

鬼卵は改めて深々と、蒹葭堂に頭を下げる。

「縁いうもんは結ぼうとしたって、上手くいかん時はいかん。ちょいと手助けしただけや」

婚姻だけではなく、商いでも学問でも、あらゆるところで人と人とを結んできた蒹葭堂の言葉
には実感がこもっていた。

「せや、お前さん、三嶋の陣屋でもそれなりに重宝されとったようやな。江川様からも御文があ
った。このまま三嶋に落ち着く気か」

「わても五十になります。そろそろ隠居したいて思てますねんけどな……」

その時、

「いやあ、久しぶりに会うたら、えらい老け込んだことを言うとるやないか」

と、大きな声がした。そちらを見やると一人の白髪の老爺が杖をついて立っている。

「秋成さん」

「お前さんが来るて聞いたから、来たんや」

秋成は今、京に住まいを移していた。

「目はどないです」

鬼卵は秋成の顔を覗き込む。左の目が見えなくなったと聞いていた。

「右目は見えてるさかい、さほどの不便はない。これも有難い奥方様の信心の賜物や」

ははは、と冗談めかして笑う。というのも、秋成が左目の光を失った頃、あの奥方が出家したというのだ。その話を文で知った時、酔いつぶれた秋成に頭から水を掛けていた奥方が……と、何とも言えない懐かしさと慕わしさを思い出した。

蒹葭堂は二人の様子を微笑みながら眺める。

「折角やから、今日はここに仕出しを頼んで、のんびり飲もう。何が食べたい」

蒹葭堂に問われると、秋成は、

「鯖寿司ですな」

と、即答した。いつぞや、二人で北堀江の居酒屋で「高うて頼めん」と言ったのを思い出す。

「せや、ついでにここに長逗留している変な男を呼んでもええか」

蒹葭堂の言葉に、秋成は鬼卵と顔を見合わせた。そして、ははは、と声を合わせて笑う。

「変な連中に会いとうてここに来ているようなもんや。むしろ大歓迎です」

「しかし、蒹葭堂さんが言うんやから、余程でしょうなあ」

秋成と鬼卵が身を乗り出す。

「江戸から来ている儒学者でな、海保青陵ていう男や。まあ、会うてみい」

蒹葭堂が海保青陵とやらを呼びに行っている間に鬼卵は、手代らと共に居間の卓の上に積み上がった本を片付ける……と言っても、卓の上から床の上へ移すだけだ。バタバタとしていると、蒹葭堂の妻、シャベッテルことシメが姿を見せた。

「鬼卵さん、お久しい」

気さくな調子で話しかけてきた。

「お陰様で、何とか生きております」

「御達者そうで何よりです。夜燕さんを亡くされてから、うちの人がお前様のことを随分、案じておりました。でもまあ、こうしてお会いできて良かったこと」

さくさくとした口調で喋る。この人のこの早口のおしゃべりも、久しぶりに聞くと懐かしい。

そこへ廊下からホテホテといった力のない足音がして、色白な細身の男がひょっこりと顔を覗かせた。

「ああ、どうも」

男は鬼卵よりも十ほどは年若い。総髪の頭は先ほどまで寝転がっていたと見えて、後頭部に寝ぐせがついていた。

「あら、青陵さんもご一緒に」

シャベッテルの問いに、青陵と呼ばれた男は、ええ、と陽気に答える。

「蒹葭堂さんが面白いから来いとおっしゃって。と、こちらが上田秋成先生と栗杖亭鬼卵先生ですか。手前は海保青陵です。ここ数日、ご厄介になってます」

「数日て。もう三月です」

シャベッテルがあきれ顔でため息をつく。そうでしたか、と青陵が頭を掻いた。

「全く、ここにはいつでも、変な人ばかりが集まるんやから」

とぼやくシャベッテルの後ろから、蒹葭堂が姿を見せると、じろりと夫を睨む。

「変人の総大将になってしもて」

「そういうお前さんも、立派な変人のお内儀や」

「はいはい、さいでございましょ。ま、気のすむまでごゆるりと」

くるりと背を向け、廊下を去っていくシャベッテルの背に、すんません、と、秋成と鬼卵が声を掛けた。

やがて運ばれてきた仕出しは、豪華な蒸寿司や煮しめ、鯖寿司に海老、椀物などが並ぶ。いわゆる品のいい料理というよりも、ともかくあれやこれやと頼んだらしい。さすがは酒屋だけあって、良い酒はきれることなく運ばれてくる。

「お前さんも上方料理は久方ぶりやろ。茶席の料理やったら、近いうちに茶会で食べるやろうから、今日は気楽に食べたいものを食べたらええと思てな」

気が置けない間柄ということもあり、好きなものをつまみながら、あれこれと話は弾む。

「そう言うたらお前さん、こっちへ来る前に、三嶋に老中が来るとか言うてたな」

蒹葭堂の問いに鬼卵は、はい、と頷いた。

「何でも、視察やて……」

大坂に一度、帰るために暇《いとま》乞いをしたところ、暫し待ってくれと、引き留められた。老中の松平定信が韮山に来る接待を手伝えとのことだった。

江川は、思い悩んだ様子で、腕を組んでいた。

「総勢四百人余りが来るそうな。どうしたものか、考えあぐねておってな……」

「これまでにも、大藩の御殿様方の御接待をなさっておりましょう」

東海道を行き来する大名を接待するなど、慣れないことでもあるまいが、江川は苦い顔をする。

「老中は質素倹約を命じられておる。とはいえ、何もせずにいれば無礼であろう。程よいところというのが難しい」

確かに、そこらの小藩の武家を相手にするのではない。そこで鬼卵は陣屋の設《しつら》えを、華美ではないが品が良いもので揃えることに奔走した。

役人たちは困惑して愚痴もでる。

「四百人を引き連れといて質素倹約て。既に金がかかっとりますがな」

やがて定信の一行がやって来た。韮山から下田《しもだ》へ行く途中に、三嶋の陣屋に立ち寄った。鬼卵も一行を陣屋で出迎えたのだが、無論、老中と直に話すことなどなく、駕籠が目の前を通り過ぎていくのを、頭を下げながら見送っただけである。

「……とまあ、とりあえず、華美ではなく、質実剛健な接待とやらをしてからお暇を頂きました」

鬼卵は苦笑交じりに言う。

「まあ、江川様には重宝されとるんやろ」

蒹葭堂が鬼卵の盃に酒を注ぐ。ええまあ、と照れ笑いしながら返事をすると、それを聞いていた青陵が、ふらりと椅子から立ち上がった。

「そういうところですよ、あの老中は」

酒は強くないらしく、既に顔は真っ赤だ。

「何がや」

秋成の問いに、青陵は積まれた本へ歩み寄った。

「ここにもあるでしょう、ほらあの禁書になったこれですよ、海国兵談。ご存知ですか」

青陵が鬼卵の眼前に突き付けた本の表紙には、海国兵談という題と、林子平《はやししへい》の署名がある。

青陵は本を開いて一部を指さした。

「江戸の日本橋より唐《から》、阿蘭陀《オランダ》迄、境なしの水路なり……とな」

鬼卵が声に出して読む。

確かに、水路に境はない。大昔とは異なり下田の辺りには遠くに異国船がしばしば現れるという。もしも船が更に進んで来れば、江戸の近海まで来てもおかしくはない。韮山に来た老中は、江川らに異国船に備えよと、強く命じて行ったと言う。

「この海国兵談を書いた子平さんは、凄いのです」

青陵は熱っぽく語る。

林子平は、仙台藩に仕える兄がいたが、自身は無禄厄介……つまりは役目のない身であった。それをいいことに、長崎に出向いて蘭学を学び、江戸では徂徠《そらい》派の学問を学び、識見を深めた。その末に書き上げたのが『海国兵談』であった。国防について書かれた本であったため、板元が忌避したことから、自ら十六巻分の板木を彫り、出版にこぎつけたという。

「この日本は海に囲まれているからこそ、国を守るならば海で戦える軍を作り、砲台を構えなければならないと説いているのです。あの老中はこの本を読んだはず。だからこそ大慌てで韮山まで出向いて、戦の備えをしようとしている。しかし、この著者である林子平先生がどうなったかご存知ですか」

青陵の酔いどれの声はどんどん大きくなる。

「この本の板木が、お上に取り上げられた挙句、書き手の子平さんは蟄居《ちっきょ》させられたんです」

「いや……どうなった」

「板木を取り上げるて……」

鬼卯は思わず絶句した。それは、物を書くことを生業とする者にとって、これ以上はないほど屈辱的な罰である。

「この書は正しかった。それならいっそ、林子平先生を幕府に招いて教えを請うても良かった。それなのに、その識見を頼みにしながら、一方で当人を蟄居させ、苦心した板木を没収したのです。全くもって許しがたい」

拳を卓に叩き、怒り心頭といった様子である。

「林殿とは、知己《ちき》やったんですか」

「はい」

なんでも、幕府奥医師を務める桂川甫周《かつらがわほしゅう》という蘭学者を通じて知り合い、海国兵談についても聞いていたという。

「親も無し　妻無し子無し　板木無し　金も無けれど　死にたくも無し……そう詠んで、自らを六無斎《ろくむさい》と名乗ってお道化《どけ》ておられたが、さぞや悔しかろうと」

鬼卯は林子平なる人物を知らない。しかしながら、その「六無斎」との名乗りの歌は、滑稽と諧謔を含みつつ、己の口惜しさをよく表している。狂歌師の端くれとして、羨ましいほどの名作だ。

黙って聞いていた蒹葭堂は、ゆっくりと腕組みをしながら深く吐息した。

「それにしても、どうやら御老中様は、書に対しては色々と厳しいようだ」

青陵は、おっしゃる通り、と声を張る。

「蔦重《つたじゅう》なんぞは可哀想なほどでした」

蔦重こと蔦屋重三郎《つたやじゅうざぶろう》は、江戸で最も名の知れた板元である。喜多川歌麿《きたがわうたまろ》や東洲斎写楽《とうしゅうさいしゃらく》といった浮世絵師や、大田南畝《おおたなんぽ》や山東京伝《さんとうきょうでん》といった狂歌師、戯作者を世に送り出してきた。

「そのうち、山東京伝が書いた黄表紙が摘発されたんです」

「黄表紙て娯楽ですやろ。面白がったらあかんのですか」

「遊郭の話で、卑俗だからだって話ですけどね。山東京伝は五十日も手鎖の刑、蔦重は、身代半減……稼いだものまで剝がされたって。要は見せしめですよ。金まで奪って盗人みたいなまねしやがって」

卑俗か否かを判断するのに、いかなる基準を設けるかが御公儀の御意向次第となれば、戯作者たちは萎縮《いしゅく》して、上の顔色ばかりを窺うことになる。

「そんなん、面白いもんが書けるはずもない」

鬼卯の言葉に蒹葭堂は、眉を寄せる。

「かつて名奉行と言われた大岡越前守《おおおかえちぜんのかみ》は、書を取り締まるけれども、浄瑠璃やら読本の類は取り締まらんと言うたそうやけど……定信公は違うんやな」

「だから、今の老中は分かってない」

青陵は唾棄《だき》するように言う。すると鯖寿司を頬張っていた秋成も頷く。

「学問かてたまらんで。異学の禁て知ってるか」

鬼卵は、はあ、と曖昧に答える。

「確かにそないな御触れが出たとは聞いてますけど、三嶋ではさほどの話にならなかったですな」

「大坂や京では、おかげであちこち揉めとる」

異学の禁とは、幕府の御用学問所である湯島聖堂において、学者たちが学ぶ学問の正学を朱子学とする、という御触れである。

朱子学は儒学の一つの流派である。湯島聖堂の学者たちは皆、一様に儒学を学んでいる。そこから朱子学や、陽明《ようめい》学などの様々な流派に分かれていく。そこに更に、国学や心学といった学問を取り入れてきたのだ。

しかし松平定信は、そうした折衷《せっちゅう》学を否定し、朱子学をこそ「正学」と定めた。

学者たちは反発し、最初に声を上げたのは、尾張藩の儒者である冢田大峯《つかだたいほう》である。

「武道は弓、剣、槍など様々な道具を以て戦うことで強さを増し、天下の為となる。同じく文道においても、様々な学問を以て考えることが肝要」

そう反対を唱えて上書した。

「儂はこの冢田先生とやらに酒を注ぎたい」

秋成は、己の盃を捧げて言う。

「今や、朱子学だけを学んでいる学者より、折衷で学んでいる者の方が多いやろ」

儒者と一言で言っても、朱子学だけを学んでいる者などほとんどいない。秋成や本居宣長《もとおりのりなが》らの国学、志村天目らの心学はもちろん、陽明学や蘭学を学ぶ者も、皆、幾つもの学問を合わせて学びながら、それぞれの学説を唱えている。

「あの老中様は、折衷学がお嫌いらしい。尤《もっと》も、老中様におかれましては、湯島にだけ言うたつもりやろうけどな。それでもここらでも、朱子学をやっていた連中が、大きな顔をしくさって」

口元をへの字に曲げて文句を言う。

「本居先生に対する態度かて、腹立たしい」

本居宣長は国学の学者ではあるが、当然ながら儒学を心得ている。その上で、この日ノ本において「将軍が天下を治める」ことの正当性について考察を重ねていた。そして『玉くしげ』を記し、

「天照大御神《あまてらすおおみかみ》から天皇に、天皇から東照大権現《とうしょうだいごんげん》に、東照大権現から将軍、そして諸侯に政を任せられた」

という説を唱えた。

「それを、紀州の御殿様に献上したんやけどな。その後になって、あの老中様は同じような『国《こく》本論《ほんろん》』言うんを、さも己の手柄のように唱えよった」

「何ですかそれは。海国兵談と同じですね。学問を、学者を軽んじている」

青陵が気色ばむ。

「ほんまや。それでもな、門下の連中はそこを堪えて、国学は天下泰平の役に立つからと、本居先生を松平定信公と引き合わせようとしたらしい。国学を、異学などと言って切り捨てるなと釘

をさすつもりやったんや」

「それで、どうなりました」

「あかんかった。国学なんぞは知らんといった顔をしよる」

結果として、畿内においても国学よりも朱子学の方が幅を利かせるようになった。

「そもそも学問いうんはな、面白いからやんねん。楽しいから調べるねん。それを、正学や何やて切り分ける。そういう物の見方をするような人はな、学問っちゅうもんが分かってへん。その御触れの無粋さよ」

「おっしゃる通り」

青陵は、秋成の傍らに寄り、肩を組まんばかりににじり寄る。

「要するにあの老中はね、心得違いをしているんですよ。異学を封じて、朱子学で忠義やら孝行やらを叩き込めば、型にはまった学者が増えて、世の中もきれいにまとまるから、それだけで政はうまくいくと思ってる。違う違う、そんなことはあるはずがない。色んな者が好き勝手言い合うことで、どんどん学問は裾野を広げ、世の中を動かしていく。そのことが分かっていないということは、松平定信というお人は余程の学問嫌いか、さもなくば余程、世の中が分かってないか。いずれにせよ傲慢《ごうまん》な阿呆。無粋でつまらんのです」

「よう言うた、よう言うた」

初対面であるはずの秋成と青陵だが、すっかり意気投合している。鬼卵は二人を眺めながら上方料理に箸を進める。

「二人とも怖いもんなしやなあ……」

仮にも老中を酒の肴に悪態をついている。それが蒹葭堂に集まる者らしさでもあるが、どうにも二人共に鬱憤がたまっている様子からして、思っている以上に大坂は窮屈になっているのかもしれない。

その時、青陵がぐいっと鬼卵に向かって銚子を差し出した。鬼卵が盃に酒を受けると、青陵はひたと鬼卵を見据えた。

「お前様は、三嶋の陣屋の手代とか。とっとと無役になった方がいい」

これまで早く仕官せよ、早くまともな役に就けと、幾度となく言われたことはある。しかし、無役を勧められるのは初めてだ。

「お前様は、無役でいらしたかな」

鬼卵が問うと、青陵は、深く頷いた。

「ええ。家督も何も捨ててきました」

「捨てた……」

「ええ、要らんので」

海保青陵は、元は丹後宮津藩《たんごみやづ》青山家《あおやま》に仕えていたという。今はその禄を返上し、藩も出た。それは鬼卵が手代を辞めたというのとはわけが違う。

「武家に生まれて、安寧な暮らしが約束されているのに、何や、わてからすれば勿体ない気がしますけどな」

「何が安寧なもんですか」

青陵はふん、と鼻息も荒く、つまんだ壬生菜《みぶな》の漬物を酒で流し込む。

「私の父はね、青山家の家老だったんです」

青陵の父、青渓《せいけい》は、当時の青山家当主の従兄《いとこ》で、家老として財政の再建にあたった。しかし、その藩政改革の最中で内紛が起こった。結果として、その内紛を収めるために父は役を辞して隠居をすることとなったのだ。

「今、色々と学んでから振り返りますとね、父の改革は至極真っ当でしたよ。後ろ暗いことは何もなかった。しかし御家騒動を一刻も早く収めたい御殿様の御意向に従い、自ら身を引いたんです。まあ、家中の者に足を引っ張られたんですな」

以後、父は無役となった。しかし、青山家からは父が生きている間は、日々の糧は賄《まかな》われることとなっており、青陵は暮らしに困ることはなかった。また、父の交友を通じて、儒学に蘭学をはじめ、様々な学問に触れて見識を深めていった。

「それで分かったことはね、武士の暮らしは、仕える相手に振り回されるってことです」

主の都合で役を追われた。主のおかげで暮らすこともできたが、それは偶々《たまたま》、主と血縁であったからであるに過ぎない。

「御家の都合で役を失い、時には命さえ取られた話もあるそうですからね」

青陵の話を聞きながら、鬼卵はあの狭山の騒動を思い出す。罪のない村上庄太夫に扇腹を切らせたのは他でもない、仕えた主であった。

「私はね、世の中が上手くいかないのは、忠義なんてもんを重んじているせいじゃねえかって思うんでさ」

早口の江戸弁でまくし立てる。

「随分な言いようやな……」

鬼卵は苦笑交じりに言う。青陵は鬼卵の言葉などお構いなしに更に続けた。

「父亡き後に、青山の家に仕えましたよ。それは、忠義なんていう高邁《こうまい》な思いが理由じゃない。ただ、金を出してもらっていた恩があるからだ。でも、そもそも父が役を失った理由は、御主である青山の家にある。するってぇとまあ、ここまで仕えりゃ十分かなってところで家を出たんで。それで分かったことは、何か」

青陵はずいと身を乗り出して、卓の向こうにいる鬼卵の顔を見てにやりと笑う。

「私は金のおかげで仕えていたってことです」

「露骨やなあ……」

「でも、それが本心ですよ。君臣の交わりには忠義なんて曖昧なものを頼りにしているようじゃあ、いけません。その実、秀でた者は、金を積まれて仕える家を移ることなんてよくある話だ。それをね、金も出さずに忠義という曖昧なもので縛りつけようったってそうはいかない」

青陵は両手を大きく広げて天井を見上げた。

「私は自由自在の身なんです」

聞きなれない言葉に、鬼卵は眉を寄せた。蒹葭堂は、また始まったと言わんばかりに、静かな笑みと共に煮しめを食べている。秋成は、芝居がかった青陵の言葉に、面白そうに食いついた。

「何や、自由て。絡繰《からく》りなんぞの仕組みなら聞いたことがあるけどな」

「そうです。上にも下にも右にも左にも動ける。主の意向なんぞ関わりない。学問の学派なんぞも知らん。己の才覚一つで、何処にでも行き、話をする。ただ心の躍る方へ。自由自在なんですよ」

　高らかに笑う。

「自由自在の身……ねえ」

　鬼卯は言葉の意味を確かめるように口にした。そして思いの外、その言葉がしっくりと腑に落ちるように思えた。青陵は赤ら顔で続ける。

「こんなご時世ですからね、これから世の中を変えていく力は、私のように自由な人ですよ。御公儀が、学問やら書にまで口出しをするのなら、いっそのこと、そこに異を唱えないと」

「よっしゃ、言うたれ、言うたれ」

　秋成ははやし立てつつ、青陵の皿に鯖寿司を二つ載せる。青陵は、ありがとうございます、と威勢よく答えて、秋成の盃に酒を注いだ。二人はそれからも、言いたい放題、世の中をくさして、かかか、と笑い合っていた。

　暫くすると、不意に静かになった。見れば、酒に酔った秋成が卓に突っ伏して眠りに落ち、厠《かわや》から戻った青陵が部屋の隅で蹲って眠ってしまった。

「秋成さん、随分酔ってましたねえ」

　鬼卯が言うと、蒹葭堂は苦笑する。

「目をやられてから、少し控えてたらしい。お前さんに会えたんが嬉しかったんやろ」

　鬼卯も秋成や蒹葭堂に会えて嬉しかった。青陵との出会いも面白い。しかし同時に、暫くいない間に大坂が少し変わったという気もする。

「まあ、ご公儀としては学問にせよ芸にせよ、上方よりも江戸が栄えることをお望みなんやろう。天下を治める方々の御考えもあろうから、儂らが何をか言うまい。せやけど異学の禁のおかげで、学問を楽しんでいた連中が萎縮してしもたんはほんまや」

「知りませんでした。三嶋の辺りでは、それこそ国学も心学も、学ぶ人が増えていますし、却ってのびのびできるのかもしれへん」

蒹葭堂は、鬼卵の顔をしみじみと見やる。

「お前さんは、元々、競い合うということが苦手なお人や。それがもどかしいて、少し他所《よそ》へ行ってみいと言うたけどな。今は何や、それはそれで良いことにも思える。ええ顔をしてる」

「そないに男前ですか」

「せやなあ……この大坂には、学問や絵、文で立身をしようという連中が仰山おる。そこへ御公儀の顔色やら、金やらを算段して、ようやっと踏ん張っている者らを見てるとな、顔つきが険しい。競い合うて伸びるだけが能やない。それこそ青陵の言うように、自由自在の身になって、心の躍る方へ……何処へでも行き、何でも言う。そういう者がおらんといかんのかもしれん」

「相変わらず何の芽も出ませんが」

いつぞや、芽が出るかと問うた時のことを思い出す。すると蒹葭堂は笑った。

「まあ、儂かて何の才があるかて言われたらよう分からん。ただ、儂は誰かと誰かを引き合わせたり、面白いもんを見つけたりするのは得手《えて》や。お前さんも、競い合うたりするんやのうて、誰かを育てたり、伝えたりするんはできるのかもしれん。死ぬまでどうなるかは分からん」

その時、秋成がうーんと唸りながら、

「せやから、もうちっと話し合わんと」

と、大声で寝言を言った。それを聞いて鬼卯は蒹葭堂と顔を見合わせて笑う。

「このお人なんぞ、お前さんより年上やけど、年若い学者相手に己の意見をぶつけては、あちこちで論戦して歩いて、書を読んで書いて、忙しそうや。立ち止まっている暇はあらへんで」

鬼卯はふと、部屋の隅で蹲る海保青陵を見た。

「あの青陵さんも変わり者や」

「いつぞやの狭山の話を思い出したやろ」

鬼卯は思わず息を呑み、蒹葭堂を見た。

あの時、木端たちと作った『失政録』のことは、いつも頭の片隅にはあるが、口にすることはない。すると蒹葭堂は、ふっと笑った。

「知らんかったか。わてもあの本の金主の一人や」

「そうやったんですか」

あの時、瞬く間に金が集まったのは、木端と共に蒹葭堂も動いていたからかと、改めて知る。

「刷られてすぐに読んだ。あれは……ほんまに酷い話や。せやけど、御武家らしい話でもある」

確かに、武家らしい話でもある。それを打ち破ろうとするならば、武家の中の忠義という道理を打ち砕かなければならない。青陵の言葉には、その強さがある気がした。

「この人の言うてることは言い過ぎかもしれんけど、新しい時代は、こういう人らが切り開いていくのかもしれませんね」

鬼卯は先ほどの「自由自在の身」という言葉に心惹かれてもいた。

「わても、自由自在みたいな生き方をしているように見えて、その実、存外、色々と頭の中で窮屈に考えてきたのかもしれません」

そう言いながら、手元の盃の酒の残りを見る。

玻璃《はり》の盃に、揺らめく灯火の元で映った己の顔が、いつか見た父親の顔によく似ているように思えた。父は鬼卵よりも随分若くに亡くなっているのだが、面影は確かにそこにある。

「楽しいことをせい」

父が唯一、鬼卵に言っていたことだ。それは或いは、青陵が言う生き方に似ているのかもしれない。

「蒹葭堂さんとその周りに会うだけで、わては人生が動き出す気がします」

ここでの奇妙な面々での宴が、己のこれからの道しるべを示してくれたような気がしていた。

○若人たち

「鬼卵さんは、早く自由自在になった方がいい」

蒹葭堂の元で出会った海保青陵は、鬼卵に繰り返し言った。

「それもええかもしれんなあ……」

そう思うようになったのは、寛政七年のこと。あの時、海保青陵や上田秋成の酒の肴となっていた老中、松平定信はその役目を降り、その後を三河吉田の藩主である松平信明が引き継いでいた。

鬼卵にとって、韮山の代官である江川英毅は、主としても申し分なかったし、禄に不満があるわけでもない。しかし五十歳を過ぎ、この先の人生を考えた時にふと、父の言葉が蘇った。

「楽しいことをせい」

陣屋の手代は、正直なところ楽しいこととは言い難い。

「お暇を頂戴します」

江川に告げた。すると、静かに頷いた。

「いずれ言い出すだろうと思っておった。もし、何か困ることがあれば、臣としてではなく文人墨客の一人として訪ねて参れ」

鬼卵はそのままふらりと三嶋を旅立った。行く当てがあったわけではない。

「それなら丁度いい。私と一緒に行きましょうよ」

海保青陵に誘われて、西へ東へあちこちに赴いた。

中でも東海道は原宿《はらしゅく》にある「帯笑園《たいしょうえん》」という庭園にはよく行った。この名をつけたのは、海保青陵であった。

「花々が咲き乱れる様は、まさに美女が似合う」

青陵は美しい庭に感動し、

名花傾国両相歓
（名花傾国両《ふた》つながら相歓ぶ）
長得君王帯笑看
（長《とこし》えに君王の笑いを帯びて看るを得たり）

楊貴妃《ようきひ》を愛でる玄宗《げんそう》の様を表した李白の詩からとって「帯笑園」というのだ。

この庭園の主である植松蘭渓《うえまつらんけい》は、地元でも名うての素封家《そほうか》であった。一時は京都で応挙の門下に入り、絵を学んでいたこともある。流石に審美眼にも優れており、庭も美しければ、茶室の設えなども素晴らしい。そのため、東海道を行き来する文人墨客たちが立ち寄る。鬼卵もこの帯笑園に出入りをしていたのだが、何せ青陵が忙しない。

「これから武州、次は越後、それから九州だ」

と、方々へ出向く。

「わてはお前さんほどあちこち行きたいわけやないなあ」

そんな話をしていた時、帯笑園に居合わせた駿府の下石町《しもごくちょう》の紙問屋の主から誘いがあった。

「鬼卵先生、駿府にいらっしゃいませんか。時折、歌や絵を教えて下さいまし」

鬼卵はその言葉に甘えて、駿府へと移り住むこととなった。住まいは何処にしようかと考えて、あちこち歩いていたところ、ふと懐かしさを覚える場所があった。

「ここがええ」

丸子《まりこ》の宿から海の方へと下った下川原《しもかわはら》にあった。大きな川に近いその寮は、どこか夜燕と暮らしていた三河吉田の住まいを思い出す。そこにあった古びた寮を買い取り、改装して住まうことになった。

いざ自由になってみると、ふと不安を覚えることもある。仕える先がないということは、寄る辺のなさもある。

「さて、これから何をしよう」

まずは好きな絵を描き、好きな書を読み、好きな文を書いてみようと決めた。

誰のためでもなく、ただ己の心の内だけに向き合う日々は、最初のうちこそ不安もあったが、気づくと夢中になっていた。いつぞや、応挙が腹ばいになって鴨を写生していたことを思い出し、河原に出向いた。するとそこに、一羽のアオサギが魚を獲っている。凜とした佇まいが美しくて、鬼卵は己の画帖を取り出して、じっと描いていた。

「先生、鬼卵先生でございましょうか」

振り返ると、四十ほどの男が一人、立っていた。身なりは黒羽織に町人髷《まげ》。どこぞの大店の主といった風情である。後ろには十二歳ほどの丁稚を連れていた。

「ええ、そうですけど」

「私、下石町で米問屋を営んでおります、小林六兵衛《こばやしろくべえ》と申します。先生にご相談をしたいことがございまして」

男は畏まった様子で、躊躇いがちに言った。

「では、まずはこちらへ」

鬼卵は六兵衛を庵へと招き入れた。茶を淹《い》れると、六兵衛は恐縮した様子でそれを飲む。

「こちらをご覧いただけますでしょうか」

そう言って六兵衛は、丁稚から一冊の画帖を受け取ると、中を広げて見せた。そこには精細な筆致で描かれた草花の絵が幾枚もある。

「凄いですなあ……お前様が描かれたのですか」

「いえ、うちの子が……」

「息子さんが。そら凄い。絵師になったらええ。正直、わてより余程上手いです」

鬼卵は元より、花鳥画は得手ではない。どちらかというと人物を、とりわけ見知った人物を描くのが好きだ。おかげで肖像の類の仕事は入るが、花鳥画はあまり描くことがない。

「うちの子を弟子にしていただけますでしょうか」

鬼卵は、え、と言って黙る。これまで狂歌でも絵でも、同門の者に教えることはあっても、師匠として弟子をとったことはない。

「他にもっとええ師匠がおりますやろ」

「いえ、先生をおいて他にはございません」

そう言われて、悪い気はしない。確かに駿府に限れば鬼卵の他には余りいないかもしれない。

「これだけの腕があれば江戸とか、京とかに出はったらよろしい。ほら、原宿の蘭渓さんみたいに応門《おうもん》もええ。紹介状を書きましょ」

「余り、遠くには行かせたくないのです」

跡継ぎなのかな、と思った。

「ほな、当人を一度連れて来なはれ。まずはそれからや」

当人の希望を聞いて、家を捨てても絵師になりたいと言うのなら、助けてやろうと思った。そもそも普通ならば当人が弟子入り志願に来るものだ。何故、父親が来るのか。

その疑問は、翌日に当人が来てすぐに解けた。

「小林六兵衛の娘、須美《すみ》でございます」

父親に伴われてやって来たのは、十六、七歳、色白で華奢《きゃしゃ》な娘である。

「はあ……てっきり息子さんやと思てました」

夜燕も絵を描いていたし、これまで女の絵師にも大勢会って来た。それなのに何故か、咄嗟《とっさ》に男だと思ってしまった。

須美は、父と並んでしゃんと座り、鬼卵に向かって両手をついた。

「私はこれまで女だと言うだけで、絵を見るより先に門前払いをされて参りました。鬼卵先生は、亡くなられた御妻女も絵を嗜《たしな》んでおられたと聞いております。それならば、或いは弟子にしてもらえるかもしれないと……」

消え入るような声で言う。夜燕のことを引き合いに出されると、断ることは難しい。

「ここまで描けるんやったら、わてが教えることなんぞ何もないと思いますけど……」

すると、藁《わら》にも縋《すが》るような眼差しでじっと見つめられた。ここで断ったら、この娘の道を塞いでしまうようで後味が悪い。

「ええもんが描けたら持って来なはれ」

須美は、はい、と小さく頷きながら笑みを浮かべた。大人しい娘やな、と思った。

しかし実際に描いてくるものは大人しいものではない。画紙一杯に溢れるほどに描かれた松は、その枝ぶりの勢いも、筆に迷いがない。駿府で付き合いのある書林の手代が訪ねて来た時に、須美の絵を見せたところ、

「これはなかなかの迫力ですねえ。誰の御作ですか」

と、褒めていた。

「折角やから、雅号をつけよう」

大人しい娘だから、淑やかに。駿府で画業をやっていく上では、いつか蘭渓に世話になることもあろうかと、蘭の字を入れて「淑蘭《しゅくらん》」と名付けた。駿府の歌人に絵を見せたところ、自分の歌に合わせて、花を描いて欲しいと言われることもあった。

「それにしても、生まれつき絵が上手かったんか。いつからこないに描けるんや」

鬼卵が問うと、須美はぽつりぽつりと話す。

「幼い時分から、余り体が丈夫ではなかったのです。家の中と庭にばかりいたので、庭木を描くほか楽しみがなかったのです」

丈夫ではないというのは、その細い体と、青白いほどの頰から感じ取れる。しかしその筆から繰り出されるのは、その身とは真逆に迸《ほとばし》るほどの命の力だ。

「わてより立派な絵師になるやもしれん」

鬼卵はそれを悔しいとか、妬ましいと感じることはなかった。面白いことになったと思っている。

「或いはこれが、わての才やろか」

蒹葭堂がいつぞや言っていた。人を育てることに向いている者もいるという。とはいえ教えてやるほどの何か秘めたる技があるわけではない。

「紙やったら越前のものがええ。筆は京から取り寄せてみい。それにしても、お前さんの写生はつくづく大したもんや」

遣い勝手のいい道具のことを伝えたり、ともかく褒めたり……といった具合である。これまで密やかに一人で描いていた須美であったが、見る間に上手くなっていった。

そんな調子で一年余りが過ぎた寛政八年の夏。今日は須美が来る日やったな……と思いながら、仏壇に手を合わせて夜燕に語りかけていた。

「須美は、お前さんよりも絵が達者かもしれん。わてよりも上手いぞ」

それからどれくらい時が経っていただろう。

「先生、先生」

珍しく須美が大きな声を張り上げていた。

どないした、と問おうとして声が出ない。そして目を開けてみて初めて、自らが目を閉じていたことに気付く。視界には、心配そうにのぞき込む須美の顔があった。

「何や……わては倒れたんかいな」

起き上がろうとしたのだが、何だか体から力が抜けていくようで、上手く起き上がれない。

「無理なさらないで下さい。定吉《さだきち》、ちょっと」

いつも須美の御付で来ている丁稚が、へい、と傍らに来る。

「押し入れのお布団を敷いて、それから下石町に遣いを。南陽《なんよう》先生に来ていただくように」

定吉は、言われるままに布団を敷き、それから須美と二人がかりで鬼卵を布団に横たえた。

「では、行ってきます」

定吉は、すぐさま下石町へ駆けて行った。

「何があったんかなあ……」

鬼卵は布団に横たわりながら、暢気《のんき》な調子で言って、己の手を伸ばしてみる。手先も指先も動く。どうやら生きているようだ。

「このまま死んでも良かってんけどなあ」

ぼんやりと思う。あちらに行けば、夜燕もいるし、父も母も木端もいる。会いたい人があちらにいると思うと、さほど死ぬのも怖くないようだ。

「何をおっしゃっているんですか。起き上がれるようでしたら、御白湯を」

須美の手を借りながら、ゆっくりと起き上がる。血の気が引くような感覚は去っていて、白湯をゆっくりと飲むと、五臓六腑《ごぞうろっぷ》にしみわたるようだった。そう言えば、ろくろく水を飲んでいなかったかもしれない。

「水瓶が空でした。誰か、手伝いの者をこちらに寄越しましょうか」

「いや、却って気を遣う。一人が楽や」

半時もすると、慌ただしい足音と共に定吉が戻って来た。

「お嬢様、先生をお連れしました」

戸口から現れたのは、年若い男だ。総髪の羽織姿であることから、医師であることは知れた。

「定吉、誰を連れて来たの。大先生はいらっしゃらなかったの」

どうやら来たのは、須美が思っていたのとは違う医者のようである。

「すみません、大先生も先輩方も御家老のところへ呼ばれておりまして。手前が参りました」

どうやら名医を呼ぼうとしていたらしい。

「いやいや、お前様で十分や。ふらっと眩暈《めまい》がしただけやから」

鬼卯が言うと、若い医者は恐縮した様子で膝を進めた。

「福地玄斎《ふくちげんさい》と申します。長らく長崎におりまして、先月戻ったばかりなので……」

「長崎におったんか。ほな、蘭方医か」

「はい」

玄斎は、はっきりとした調子で頷いた。須美は鬼卯を案じて、玄斎を見張るように、背筋を正して座ったまま眉を寄せる。

「大先生は、京で古医方を学ばれたのに……」

須美の言いように、玄斎が苛立ったように後ろの須美を睨んだ。

「昨今では、医者を志す者は、漢方のみならず蘭方も学ぶのです。そして蘭方においては長崎が優れているというので、是が非でも学びたいと」

「そんなことより早く、鬼卯先生を診《み》て下さいまし。倒れていらしたのです」

玄斎は、はたと我に返ったように慌てて鬼卯に向き直る。玄斎は丁寧に脈を取り、顔を見る。その辺りは漢方医と同じじゃな、などと、鬼卯は蘭方医に興味津々だった。玄斎はとりわけ珍しいことをするわけでもなく、普通に診察を終えると、はい、と一つ頷いた。

「暑さ当たりであろうと」

「暑さ当たりで倒れますか」

須美が呆れたように大声を上げる。

「倒れますよ」

玄斎は言い返すが、須美は相変わらず、この医者をヤブだと思っているようである。鬼卯は、まあまあ、と二人を宥《なだ》める。

「死ぬほどの病かと思えばそんなんかいな。言われてみれば確かに、水もよう飲まんとおったわ」

庭には井戸があるのだが、そこから汲んで水瓶に移すのも億劫になっていた。

「今日はこちらに定吉を置いて行きます。何かあったらすぐにお知らせ下さいまし」

「いや、定吉かて帰りたいやろ」

急遽《きゅうきょ》、置き去りにされることになった定吉は、戸惑いながらも御店のお嬢さんの命令には逆らえないらしく、へえ、と小さく頷く。すると玄斎がついと膝を進めた。

「また明日にでも、私がこちらに参ります」

「……よろしくお願いします」

須美は渋々と、頭を下げていた。

鬼卵は数日ですっかり元気になり、定吉は二日もしたら御店に戻って行った。しかし、玄斎はそれからも度々、鬼卵の体調を気遣って訪ねて来た。

「お変わりありませんか」

生真面目な玄斎のことが、鬼卵はすっかり気に入っていた。

「折角、来てもろたから、ついでに教えてもろてもええか」

鬼卵は一冊の本を玄斎に見せた。それは、「解体新書《かいたいしんしょ》」という本であった。

「知り合いの海保青陵という男が、訳した人らと親しいからと持って来たんや。貴重やから、貸しておくけど失くさんようにと言われても、わてはよう分からん。せやけど、医者やったらこれの面白さが分かるやろ」

『解体新書』は、杉田玄白《すぎたげんぱく》、前野良沢《まえのりょうたく》らが、洋書である『ターヘルアナトミア』を漢文に翻訳した医学書であった。解剖をして分かった体の仕組みを事細かに解説したもので、人の臓腑《ぞうふ》の有り様や、筋の動きなども事細かに解説されている。この翻訳に携わった一人である桂川甫周は、海保青陵とは幼い時分からの付き合いがあったらしい。

何でも青陵が言うには、

「甫周の父である甫三《ほさん》は、将軍家の御脈を診る法眼《ほうげん》でございましてな。この書を上様に献上したそうな。大層、面白がった……ということで、異学の禁のおかげで図に乗っている朱子学の学者連中を黙らせることができているようで」

かく言う青陵は、武州の川越《かわごえ》で絹織物やら煙草の生産を高めて、「経世済民《けいせいさいみん》」を行っていると、手柄顔で語っていた。また駿府にも寄るというので、早めに本を読んでおこうと思うのだが、如何せん、腑分けの図を見ても面白さが分からない。

「拝見してよろしいんですか」

「ああ、かまへん。それで、お前さんにとって、面白いことがあったらここで話してくれ」

玄斎はそれから、鬼卯の元に来る度に『解体新書』を読み進めて分かったことを話してくる。

「長崎では一度だけ腑分けに立ち会いました。この解体新書も少しだけ見たことはございます。しかし、こんなにじっくり見られたのは初めてで」

そう言って、胃の腑の在り方や、手の筋の動きなどについて、嬉々として語る。

「鍼灸《しんきゅう》とも、繋がるところもございます」

漢方と蘭方の双方が、玄斎の頭の中で繋がっていくようであった。

須美が絵を稽古にやって来る日と、玄斎が訪ねて来る日が重なることもしばしばあったが、須美は玄斎が語る『解体新書』の話にも、次第に関心を示すようになった。

「肺の腑についても教えていただけますか」

須美は生まれつき、肺があまり丈夫ではないと言われていたらしい。今でも激しく動くと咳き込むこともあるので、無理はしないように気を付けているという。

「これ、ここです。このように鳥の翼のように左右に広がっているのです」

腑分けの図を見せながら、玄斎は須美に解説している。余り情緒のある話ではないのだが、元より好奇心旺盛な二人は、それを熱心に見ていた。そして、須美は描かれている腑分けの図を、完璧に書き写すことができていた。

「この模写を頂戴してもいいですか」

玄斎は須美に頼み込んでいた。

二人の様を見ていると、もっと立派な師の元に行った方がいいように思う。

玄斎は長崎まで遊学していたし、十分に知識を得ているであろう。ただ、その割には自信がないようにも見える。須美も、絵師としての技術は十分にあるのだが、控えめ過ぎる。

己が若い時分もそうであったな……と、思いつつ、それでもこうして文人墨客として生きて来られたのは何故かと考えた。

「色んな人らがおったからやな……」

栗柯亭木端という師があって、その門下である仙果亭嘉栗こと三井治郎右衛門、木村蒹葭堂や上田秋成に、円山応挙……大勢の人々と出会い、話をしてきた。

「蜘蛛の巣みたいや」

かつて、文人墨客たちの繋がりを称して、夜燕と語ったことを思い出す。その端緒を摑めたことが、己の人生を切り拓くことに繋がった。

「わても師匠らしゅうしてやりたいなあ……」

鬼卯は思う。畿内ならば、幾らでも顔を繋いでやれるのだが駿府では限りがある……と、思ってから、果たしてそうだろうか、と思い立つ。

「人と出会う場は、何も、畿内や江戸だけやないはずや」

三河吉田にも、三嶋にも、面白い人たちはいた。五束斎木朶や江川英毅、志村天目や海保青陵らが、畿内の学者や絵師たちに劣るとは思えない。帯笑園に行けば、一流の絵師が描いた絵もあり、東海道を旅する文人墨客が立ち寄る。

「せや……わての蜘蛛の糸を二人にも分けたろう」

思い立った途端、鬼卯は気分が高揚した。こんな思いは本当に久方ぶりのことである。鬼卯はこれまで出会った人々の名を帳面に書き出し、中でも識見豊かな知人たちに文を認《したた》めた。

「若い者たちに、色々と教えてやって欲しい」

頼まれた側は、時には、

「とうの昔に隠居暮らしなので、ご勘弁を」

と、返されることもある。逆に、

「お前様にも会いたいから訪ねて来られたし」

と、返事が来ることもあった。また、

「最近、面白い人に会ったから、そちらも紹介したい」

と、新しい人を教えてもらうこともあり、気づくとどんどんと名前は増えていく。

「せっかくやったら、一緒に行かへんか」

旧知の人を訪ねる時、鬼卵は玄斎に声を掛けた。歌人や国学の門下生、華に箏の師匠などは、女人も少なくなかったので近場であれば須美も共に行くこともあった。

玄斎とは、帯笑園や三嶋にも出向いた。気さくな玄斎は方々で気に入られ、気づけば沼津の薬種問屋の主と釣り仲間になっていた。

「お陰様で、薬種問屋の方々に広く紹介して頂いて、色々と学ぶことが増えました。大先生にも重宝がられております」

どうやら駿府の医者の間で信頼を勝ち得ることになったらしい。

「縁いうもんは繋がるけれども切れるのも一瞬。それを繋ぎ続けられる者は信じるに足る人やて、お互いに思ってるからや。そして、信用は金にも勝るからな」

知ったらしいことを言うて、蒹葭堂さんの受け売りやな……と、鬼卵は自嘲する。だが、二人の世界が広がっていくのを見ていて楽しかった。

すると、ある時、玄斎が言った。

「これは、私だけではもったいない気がします。無論、独り占めしたい気もありますが、みなさん、初対面の私のような若造にも親切な方ばかり。もっと広く、先生方のことを知って欲しい」

「それもそやな……」

思ってもなかったが、こういう名簿が必要な人もいるかもしれない。付き合いのあった大坂の書林である播磨屋《はりまや》にそれとなく文で尋ねてみると、店主が下川原の庵まで飛んで来た。

「いやあ、それはええですね。旅の本を作るにも、名所や名物の紹介は飽きました。東海道の名士を一覧にしてみせるとなれば、会ってみたいという人は仰山いますよ」

前のめりで乗り気になっていた。

ただ、本に名を載せていいかどうかは、当人たちにも確かめねばならない。再び、方々に文を出してみると、やはり「知らぬ人にまで会いたくない」と言う人もいれば、「どんな人でも歓迎する」と言う人もいた。そんな近況を、かつての主である江川英毅にも文で知らせたところ、

「私も載せて欲しい」と、思いがけない文が返って来た。

「武家だ奉行だと名乗ると、人が訪ねて来てくれぬ。名を変えてもいいから、載せておいてくれ」

かくして、中隠堂主人という肩書で掲載することとなった。

夢中で名簿の編纂《へんさん》をしているうちに、一年余りが過ぎていた。

そんなある日のこと。玄斎が改まった様子で訪ねて来た。

「先生、折り入ってお話があるのです」

「どないした」

鬼卵の問いに玄斎は暫く黙り込む。そして意を決したように顔を上げた。

「お須美さんを、妻にしたいと思うのです」

鬼卵は、ほう、と声を上げた。

「そらええ、似合いや」

須美は大人しいが芯がある。玄斎は努力を惜しまず真面目だが、少々、周りに流される。二人が一緒になるのは丁度いい。そして何より、これまで一年以上、庵でやり取りする二人を見てきた。はじめのうちこそ剣呑ではあったが、遠慮なく言い合う二人の丁々発止は、息が合っている。

「それで、須美は何て」

「それが……はいとは言ってくれないもんで」

「それは、あれか。御店の娘である須美には許嫁でもあるとか、そういうことか」

「いえ、そうではないようなのですが……」

どうにも理由が分からないので、困惑しているという様子であった。

翌日、須美は鬼卵の元に美しい水仙の絵を持って訪ねて来た。楽しそうに絵の話をしていたのだが、ふとした時に物憂げに黙り込み眉を寄せている。

「こんなことを言うのもお節介やし、無粋やけどな。玄斎さんがえらい困り顔してはったで」

須美は驚いたように目を見開いてから、泣きそうな顔を隠すように項垂れる。

「私は商家の娘です。玄斎先生は、町医ではなく士分のお医者様です。身分が違います」

「そんなん、わての養女にでもなればええ。これでも一応、士分や。御父上さえ良ければな」

婚姻のための養子縁組なんぞ、山ほどある話だ。須美も想像できないわけがない。

「絵を続けたいというのもあります」

「そんなん、玄斎さんかて分かってはる。何も、お前さんを知らん人やなし」

須美は口を真一文字に引き結び、じっと膝に置いた手を見つめる。常に比べて歯切れが悪い。

「何や、顔が嫌いとか、声が嫌いとか、そういうことか」

玄斎は見目も悪いことはないし、人となりも申し分ないと思う。だが、何かが引っかかっているのだろう。

鬼卯がじっと見つめていると、須美は観念したように深く吐息した。

「私が……玄斎先生に相応《ふさわ》しくないのです」

「何でや。お前さんはええ娘さんやで」

「幼い頃から、嫁には行けぬと言われてきました」

須美は子ども時分から体が弱く、走っては熱を出し、気温が上がったといって倒れ、下がったといって寝込む。幸い、兄と姉がいたこともあって、御店の跡目とは無縁であった。

「この子は嫁がせるにも、体が弱くていけない。養生をして暮らさせるほかにあるまい」

父母はそう言って、余り無理をせぬように言い聞かせていた。引きこもって暮らす娘の唯一の道楽が絵だったのだ。

「玄斎先生は良い御方です。でも、私は丈夫ではないからお手伝いも存分にできません。子を産むことも難しいかもしれません。却ってご迷惑になるのではないかと……」

子を産むことができない女を「石女《うまずめ》」と呼び、離縁されても仕方ないというのが、世の習いだ。しかし、子のあるなしは天の配剤。習いなんぞ放っておけばいいと思う。しかし、生真面目な須美はそうは思えないらしい。

「わてと夜燕の間には子がおらん。せやけどそれを迷惑とは思ったことはない。先に逝ってしもたことは悲しいけれど、一緒にいてくれて良かったたて思てる。お前さんの理由は、玄斎さんを断る理由にはならへんで」

鬼卵をひたと見つめる須美の目から大粒の涙が零《こぼ》れる。抑えていた感情が溢れたように、それは次々と頰を伝って落ちていく。鬼卵は傍らにあった手ぬぐいを手に取るが、それがどうにも泥汚れで茶色くなっていて、差し出すのを躊躇した。その間に須美は、子どものように手の甲で涙を拭う。その様があどけなくて、鬼卵はおかしくなった。

「強がりなさんな。お前さんはええ娘や。親御さんに言われた通り無理をせず、慎重に生きてきた。やりたいことも我慢してな。それでも溢れる力を絵に一筋に注いできた。せやからあないに上手いんやろ。でもな、死ぬまでの暇つぶしみたいな生き方はしなさんな。そないに人生は短うない」

つい数年前まで夜燕の元に早く逝くからと、退屈な生き方をしていたくせに……と、自分でも思う。だが、須美や玄斎と会い、次の世代の為に出来ることを探し始めたら、忙しくて時が足りないほどだ。そしてそれが楽しいのだ。

「楽しく生きたらええねん」

父が己にかけてくれた言葉と同じ言葉を腹の底から今、若者に向けて言える。ああ、己の歩いて来た道は、間違っていなかったのかもしれないと思えた。

「心の躍る方へ行き。それが、玄斎さんのところやないって言うのなら、それでもええ。何処へでも連れてったる。もし玄斎さんのところやったら、わてが御父上に頭を下げたる。どうする」

須美は、うん、と一つ大きく力強く頷いて、顔を上げた。真っ直ぐに鬼卵を見返す目に力が宿る。

「玄斎先生のところへ、参ります」

震える声で、はっきりと言った。

寛政十年の秋。

高砂や　この浦舟に帆を上げて

朗々と歌い上げられる謡曲の声を聞きながら、五十五歳の鬼卯は「花嫁の父」として祝言の席にいた。

「いやいや、この度はおめでとうございます」

祝いの言葉を受けて、鬼卯は注がれる酒を飲みながら、屏風の前に座る若い二人を見た。

白無垢を着た十九歳の須美は、美しい花嫁であった。いつか見た夜燕にも似ているように思われた。隣で固くなって座っている福地玄斎は二十七歳。次々に祝いの酒をもらい、真っ赤な顔をしているが、実に幸せそうな笑顔だ。

この二人を結びつけることができた。そのことがより一層、酒を美味にしていた。

宴が終わり、庵に戻る。

「高砂や　この浦舟に帆を上げて……っと」

千鳥足で節をつけて唄いながら、暗い居間の奥へ向かう。仏壇の夜燕の位牌に向かって、

「帰ったぞ」

と言って手を合わせる。

「育てた雛《ひな》が巣立ってな。卵の中はもう空かと思ってたんけどな。そう言えば、お前さんがまだ入ってたなあ」

東海道の人物をまとめた本を出すと言う話も進んでいる最中だ。

そして、須美に言ったように、死ぬまで時を費やすためだけに日々暮らすのはもうやめだ。

「心の躍る方へ、わても行ってみようと思う。まだ暫く、そっちで待っとってくれ」

いるはずのない夜燕が、傍らにいて、ふふふ、と笑っているような気がしていた。

○更科草紙

「それにしても何で、日坂《にっさか》なんちゅうところに住んではりますのや、鬼卵先生」

文化《ぶんか》八年の初夏のこと。東海道日坂宿にある小さな煙草屋「きらん屋」の軒先で、汗を拭いながら、手代風の男がため息をつく。男は、名を千吉《せんきち》といった。年のころは三十歳ほど。大坂の書林、河内《かわち》屋の手代である。

「ここが丁度ええねん」

栗杖亭鬼卵は真っ白い総髪を後ろに束ねた六十八歳の老爺である。千吉に煙草盆を差し出した。

「河内屋さんもわざわざ遣いを出さんかて」

河内屋は、大坂の本屋仲間において最も力を持つ板元である。その手代が日坂まで足を運んで来たのにはそれなりの理由があった。

「鬼卵先生の『長柄長者黄鳥墳《ながらちょうじゃうぐいすづか》』、上方はもちろん江戸の方でも話題やそうで。浄瑠璃やら歌舞伎でやりたいっちゅう話も出てます。ここらで新しいのをって話でしたけど、なかなか新作が届かん。それで遠路はるばる来ましてん。わてのような若い者ですみませんけど、足が達者なもんですさかい」

確かに体は丈夫で健脚な風情である。

「せやけど、ここまで真っ直ぐ来たわけやないやろ。あちこちの宿場で遊んできたんと違うか。河内屋さんからの御文の方がお前さんよりとっくの昔に着いとる」

「それはまあ、役得でございましょ」

悪びれない物言いが却って気持ちいい。

「それやったらいっそ、江戸に住んだったら良かったかいな」

「そらありえませんわ。江戸は御公儀が五月蠅《うるさ》い、窮屈やて、京や大坂に移って来る人もいてるのに」

松平定信による「卑俗な芸文」の取り締まりは、定信が老中の座を退いて下火になったと思われた。しかし、新たな老中首座となった松平信明は、基本的には定信の方針を踏襲した形になっており、厳しい取り締まりこそないものの、皆、何となく「御公儀の顔色を窺う」風潮が江戸では続いていた。

「まあ、江戸は確かにわてには合わんけど、大坂や京も忙しのうてなあ……」

「まあ、そうかもしれませんけど」

愚痴を言う千吉を見ながら、鬼卵は苦笑する。

須美が福地玄斎に嫁いでから、十三年の歳月が流れていた。

この十三年、鬼卵は実に忙しかった。

人名録『東海道人物志』を作るために、東海道を三往復はしたであろう。自ら名だたる名士に会いに出向き、品川から大津《おおつ》まで六百三十三人もの人々の名を記した。

ようやっと一冊にまとまりそうだ……という時に、大坂で木村蒹葭堂が危篤《きとく》だという報せが届いた。

慌てて大坂に行ったのだが、死に目に遭うことはできず、何とか初七日の法事に間に合った。

そこには懐かしい面々がおり、上田秋成もいた。

「蒹葭堂さんが死んでしもた」

秋成は、人目もはばからずに泣いていた。鬼卵にとっても、大坂での寄る辺を失ったような心もとなさがあった。

「蒹葭堂の後に蒹葭堂はいない」

海保青陵が言った。確かにその通りだ。

絵や文において、蒹葭堂と同等の力量を持つ者もいるだろう。或いは、古物の蒐集家として蒹葭堂を超える物を持つ者もいるかもしれない。しかし、その才覚を持ち合わせ、かつ人望が厚く、人々を繋ぎ合わせることができる者は恐らくいないだろう。

「いつぞや大坂に来た曲亭馬琴《きょくていばきん》っちゅう戯作者がな、上方には蒹葭堂の他に会うに値する人はおらんと宣《のたも》うたそうな。あいつ……儂の『雨月物語』を読んでいるらしいのに、儂のところには来んかった」

秋成は愚痴りながらも、蒹葭堂を高く評価したことについては、「馬琴を認めたる」と語っていた。

蒹葭堂が亡くなってから、これまで蒹葭堂を中心としていた文人墨客たちの繋がりが、ほろほろと解けていくようであった。鬼卯にとってそれは悲しく空しくもある。

「わての思う大坂は、消えてしもたんやな」

それから間もなくして『東海道人物志』は完成した。序文を寄せてくれたのは公家の富小路貞直や、海保青陵ら、蒹葭堂を通じて知り合った人々であった。

京にいた海保青陵に本を届けると、出来上がった本をしみじみと眺めた。

「これはいいですね。何よりも、鬼卯さん自身がちゃんと人品を確かめているという点において信じるに足る。これが大事ですよ」

街道は人の往来がますます盛んになり、流言飛語も千里を走る。「信じるに足る」か否かが、人々の要望の中心になっているのだと言う。そして青陵の言う通り、『東海道人物志』は大坂のみならず、京、江戸の三都市で売り出し、人気を博すこととなった。話題の本となった途端に、

「こんなことなら、私も断らずに載せてもらえばよかった」

と、後になってから文を寄越す人もあった。

本が売れたことで暫くは暮らしも落ち着いた。さて、この先は何処に住まおうかと考えながら、大井川《おおい》の畔、島田《しまだ》の宿で仮住まいをしていたところ、久方ぶりに福地玄斎が訪ねて来た。

「久しいなあ。達者やったか。丁度、お前さんのところを訪ねようと思うとったんや」

出迎えた鬼卯を前に、玄斎は静かに頭を下げた。

「先生……須美が亡くなりました」

「……いつ」

「もう、一年になります」

病の床についた須美であったが、

「先生にご心配をおかけしたくないから」

と、鬼卯に病のことを告げるのを拒んだという。

「まるで知らんかった……」

鬼卯の元に届いたのは、相変わらず力強い筆致の花の絵であったこともあり、鬼卯は須美の達者を疑いもしなかった。

「亡くなりましてすぐに文を出しましたが、生憎と先生は御不在で……その後も何度か足を運んだのですが」

鬼卯は方々へ出向いていたこともあり、又、島田宿に住んで間もなかったことから、留守を預かる人もいなかった。

「そうか……心配かけんようにて、須美が仕掛けたんかなあ。不孝娘と言うべきか、孝行娘と言うべきか……」

須美が病に倒れていると知れば、東海道を往復している暇はなかったろう。須美がもう見ることもないと思えば、『東海道人物志』を纏《まと》める気力はなくなったかもしれない。

「須美が訪ねていけるように、女人の絵師や歌人も仰山、載せたんやけどなあ……」

鬼卯としては、これから先も須美は玄斎の元で達者に絵を描いて暮らしていくものと思っていたのだ。それは玄斎も同じであったろう。鬼卵を前に萎《しお》れる姿を見て、かつて夜燕を失った頃の己を見るような心地がした。

「玄斎さんのせいやない。須美は嫁ぐて決めてから、楽しそうやったで」

二人の間には子はなかったが、須美のたっての希望で養子を迎えていたという。これからその子を育てていくのだと、玄斎は語っていた。

「しっかりしいや」

玄斎を励ましたものの、須美にまで先立たれてしまったことは、鬼卵にとっても辛かった。日ごろ、顔を合わせるわけではないけれど、血の繋がらぬとはいえ、娘となった須美のことを、何処かで頼りにしていたのだと思い知る。

長う生き過ぎた……

そんな風に思いさえした。

とはいえ、自らが須美に言った言葉を思い出す。

「暇を潰すだけで生きるには、人生は長い」

その通りだ。心の躍る方へ……。

そんな時、府中の本屋に薦められたのが、『小夜中山復讐《さよなかやまかたきうち》　石言遺響《せきげんいきょう》』という読本であった。作者は曲亭馬琴であった。本屋は、鬼卵がこの本に関心を示したことを面白がった。

「ほらそこの、小夜の中山にまつわる物語を書いたそうですよ」

鬼卵も、東海道を行き来する時に、幾度となく小夜の中山を通った。そこには久延寺《きゅうえんじ》という寺があり、かつては西行も通ったと言う。

年たけて　また越ゆべしと思ひきや
命なりけり　小夜の中山

と、長らく生きて来た感慨を詠んだという。

そこには、もう一つの伝承があった。

その昔、小夜の中山の山中にある久延寺に安産祈願にきた妊婦が山賊に襲われて殺されたという。

馬琴はその話を元にした物語を書いていた。

『小夜中山復讐　石言遺響』では、殺された妊婦の傷口から、赤子が這い出す。その子を案じた母は近くの石に乗り移り、夜ごと泣いた。その声を聞いた久延寺の僧が、残された子を助けた。やがてその子は長じて、仇討を成し遂げた……というのだ。

「不気味やけど、面白いなあ」

いつぞや読んだ秋成の『雨月物語』を思い出す妖しい話だ。そう言えば、『雨月物語』を読んだ時、秋成相手に悔しいだの羨ましいだのと言いながら、自ら戯作を書いてはいなかった。

「せや、書いてみよ」

手遊びでいい。やり残したことをやってみようと思い立った。

「それには、少しは落ち着いて暮らせるところが欲しいなあ……」

方々で言って歩いていたところ、

「掛川に参られませんか」

と、声を掛けてきたのが、大庭代助《おおばだいすけ》という男であった。鬼卵よりも二十ほど年若いのだが、豪商としても知られ、松風《しょうふう》と号する趣味人でもあった。絵の収集家でもあり、大庭の元には文人墨客がしばしば集っていた。鬼卵も幾度か訪ねたことがあった。

「掛川よりも、もう少し静かな所がええなあ」

残り少ない人生を謳歌しようと思うと、わがままも臆面もなく口にするようになるものだと、我ながら可笑《おか》しくなった。しかし、大庭は、「それならば」と、日坂宿に小さな一軒を用意してくれた。

「小商いでもして、日銭を稼いでみるか」

佐太の親戚が煙草を育てていることもあったし、海保青陵の伝手で秩父《ちちぶ》の方からも煙草が入る。煙草屋を営めば、仕入れに困ることはなさそうだ。

かくして煙草屋「きらん屋」を営みながら、六十四歳で『蟹猿奇談《かいえんきだん》』という、猿蟹合戦を題材とした読本を書いた。

「ならば、本にしてみましょう」

声を掛けてくれたのは、沼津原宿で会った江戸の書林であった。しかし残念ながらさほど売れはしなかった。

そこで、戯作を学んでみようと思い立ち、曲亭馬琴や上田秋成にも指南をして欲しいと文を認《したた》めた。すると、ほどなくして秋成から文が届いた。

「来られたし」

ともかくも来いという文である。何せ互いにいい年である。もしや危篤かと思って訪ねると、秋成は老いてはいたが達者であった。

「お前、馬琴に弟子入り志願したてほんまか」

京の住まいを訪ねると、開口一番、そう問われた。

「志願言うか『蟹猿奇談』があんまりうけんかったから……上手い戯作の書き方があったら教えて欲しいと思いましてな。弟子にしてもらえるんならそれでもええと書きました。ほら、秋成さんに書いたんと同じような文です。断られましてん」

すると秋成は、呆れたように吐息した。

「あのな、あないな男に余計なことを言いな。馬琴の奴、栗杖亭鬼卵に弟子入りを頼まれて断ったて、あちこちに自慢しよってからに」

「自慢になるんやったら有難いですなあ」

すると秋成は、すぐそばにあった本を丸めて鬼卵の頭を一つ叩く。

「ともかく、そないな戯作をやる気があるんやったら、書いて大坂に持って来い。お前さんは上方の方が合う」

そこで新たに『新編復讐陽炎之巻《かげろうのまき》』という物語を書いた。秋成はそれを大坂の秋田屋《あきたや》に持ち込んだところそれは思いの外に好評となった。

それから暫《しばら》くして再び秋成を訪ねると、以前に比べて大層、細く小さくなっていた。とはいえ変わらず意気軒高で、いつものように小料理屋に出向いて、鯖寿司を食べながら酒を呷った。

「何や、『雨月物語』を羨ましいて言うてただけやったのに、いつの間に腕を上げて。お前さんにお株を奪われては敵わんからな。わてもいいもの書く。せやからこの前書きかけた草稿は捨てたった」

からからと声を立てて笑う。鬼卵は頭を掻いた。

「わての前の戯作は、江戸ではあんまり売れへんかったんですけどねえ。大坂ではうけましたな」

「どっちか言うたら上方風なんとちゃうか。せやけどそのうち、お前さんなりの東海道風ができれば、江戸でも大坂でも売れるようになる。負けてられへんな。次も面白いもんを書いて来い。勝負や」

腕まくりをして見せた。七十も半ばだというのに、まるで創作意欲が衰えないことに驚かされた。

秋成はその後、『春雨物語《はるさめものがたり》』などを書き記し、一昨年に世を去った。鬼卵は死に目に遭うことはできなかったが、弔問には訪れた。

「寝床の枕辺は、書やら紙やらが積んであった」

大坂の書林の連中の話を聞いて、さもありなんと思い、自らもそうありたいと思った。

「勝ち逃げされたら敵いませんわ」

亡き秋成に投げかけるような思いで書き綴ったのが、『長柄長者黄鳥墳』であった。

大井川の畔の宿に、加賀《かが》の佐々木源太左衛門《ささきげんたざえもん》という男が泊まっている。そこへ奇しくも同じ名前の河内の佐々木源太左衛門という男がやって来るところから物語は始まる。

「それにしても、大井川が舞台になる辺りが、やはり東海道に住まう人であればこそですなあ」

千吉はこの『黄鳥墳』の話が気に入っているらしく、しみじみと言う。

「まあ、大井川の川止めに遭った時に、宿に泊まって思いついてん」

偶々、駿府に出向いた時、日坂まで帰ろうとしたら雨に降られた。ほんの数里だというのに渡ることができない。島田宿の安宿に逗留したのだが、ぎゅうぎゅうの雑魚寝《ざこね》となって寝付くことができず、宿の縁で酒を飲んでいた時のこと。同じように縁に出ていた男二人が、随分と盛り上がっていた。

「朋輩と旅とは良いですなあ」

鬼卵が声を掛けると、男二人は顔を見合わせて笑った。

「違います。ここで初めて会ったんですがね、同じ源太という名だったんですよ」

年恰好も似ている二人は、

「うっかりお互いが入れ替わってしまうやもしれん」

などと笑い合っていた。なるほど面白い、と、話に混じって聞いていたのが思いつきの切っ掛けになった。

『黄鳥墳』の話では、同じ宿に泊まった二人の佐々木源太左衛門が、具足を取り違えていざこざを起こし、河内の源太左衛門が加賀の男に殺されてしまうのだ。その河内の遺児である佐々木源《げん》之助《のすけ》が、本編の主人公となる。

源之助は父の仇討ちを誓うものの、叔父に家を追われ、乞食にまで身をやつすことに。行くあてもなく大坂天満天神にいると、一羽の鶯が鷹に襲われていた。源之助が鶯を助けると、それが、長者の娘、梅《うめ》が枝《え》が可愛がっている鶯であったことから、二人が出会う。

やがて様々な困難を乗り越えて、源之助は見事に仇討を成し遂げることとなるのだ。

「驚きましたよ。話の筋いうより、主役の源之助が乞食のまんま長者の娘に惚れられる……身分に厳しい朱子学の先生なんぞに見つかれば、怪しからんって叱られまっせ。それがなんとも面白いて評判で」

鬼卯は苦笑する。

「そらそうや。とりあえず、やんごとない若君が理由もなく一目ぼれされるいうんは、もう飽きた。それなら小さな鶯の命一つも見逃せん、心優しい乞食の若者が一目ぼれされる方が、読んでる者も腑に落ちる。そうか、わてかて親切してたらええことあるかもて思うやろ」

はははは、と声を立てて笑いつつ、ふと脳裏を過っていたのは、若き日の北堀江のこと。命を懸けても扇腹の真相を伝えようと志乃たちの元を訪ねて来た才次郎であった。

「あのお裁きを下した御前を、主と仰いで生きていくことはできそうにない。物乞いとなろうとも、命を落とすことになろうとも、戻るつもりは毛頭ない」

あの瞬間の晴れ晴れとした顔が忘れられなかった。現《うつつ》の世では、空しく命を落としたが、せめて物語の中では報われて欲しいと思ってもいた。

身分の貴賤を絶対とする世の中に対して、物申したい思いもあった。あの時、武士の身分さえ捨てて走った才次郎は、若き日の鬼卯にとって誰よりも義の人であったのだ。

全六巻を無事に書き終えることができて、あの日の才次郎の供養が済んだような心地がしていた。

「しかし、大したもんですわ。六十過ぎて戯作を書き始めて次から次に人気作でっせ。上方のみならず、江戸でも流行っていますからね」

「まあ、それなりに歌やら詩やら嗜んできたのも無駄やなかったんやろ。それに東海道にいてると、丁度ええ具合に西と東が混ざってるんと違うか」

「先生は上方の戯作者ですからね。江戸の連中に負けてる場合やないんです」

「わてはここ、日坂や。東西の合戦に巻き込みな」

「上方言葉を喋ってはるうちは、上方の者です。それにこの作品の長柄かて、先生の故郷でしょう」

確かに、鬼卵の故郷の近く、長柄には古くから鶯塚という塚があった。それにまつわる伝承を元にしてもいる。お陰で、その塚を訪ねる人が増えているらしい。

「故郷への恩返しも出来たかな」

鬼卵としては満足であった。

すると千吉は、ずいと膝を進める。

「さて、次に何を書きます」

「もう書いてある」

鬼卵は葛籠の中から紙束を取り出して、どんと千吉の前に置いた。千吉は、おおきに、と言ってその場で読み始める。

「……何や、この更科姫いう御姫様のお話ですか。えらい雅《みやび》な……」

そこまで言って、暫く黙って目を落としていたのだが、やがてその眉根が寄り、ついで顔を上げた。

「この御姫様はえらい武勇ですなあ。たった一人で二十人の男を倒してしまいよった」

「ええやろ。華があって」

しかし、千吉は肩を竦める。

「どうせなら、可憐で儚《はかな》い御姫様の方がええなあ」

「しゃあない。わては勇ましい女子さんの方が好きやから」

鬼卵はこの物語のはじめに、勇ましい女が描きたかった。かつて北堀江で、女衒を相手に立ち向かおうとした志乃。自らの運命を切り開くために、翼の生えた鼠になりたいと願った夜燕。淑やかさの中に強い意志を秘めていた須美……。更科姫のような武勇ではないが、周りに流されるだけではない、心根の強い女たちだ。

「それで、この物語はどう続きますのや」

千吉は好奇心を込めて、鬼卵の方にずいとにじり寄る。鬼卵は腕組みをする。

「この御姫様がな、そこにある諏訪原城で一人の男の子を産む。それが名高い尼子《あまご》十勇士《じゅうゆうし》の筆頭、山中鹿之助《やまなかしかのすけ》や」

「尼子十勇士て、出雲《いずも》ですよね。鹿之助はこの辺りの生まれですか。えらい遠いなあ」

千吉の返事に、鬼卵はハハハと大笑いする。

「いや、作り話やで。この辺りを舞台にすると、いつも世話になってる人らが喜ぶからな」

いつぞや馬琴が小夜の中山を書いたことで、この辺りの人々が喜んで読んでいるのを知った。長柄長者では、大井川を描いたところ、やはり島田や金谷《かなや》の宿場町の人々が喜んだ。それならば、と、諏訪原城で鹿之助を誕生させることにした。

「何や、ええ加減やなあ」

「なあに読本は楽しむもんや。堅苦しく考えんと、面白ければそれでええねん」

「まあ、それもそうですな。あとの十勇士についても話はありますのやろ」

「まずはその更科姫の話を持って帰り。お前さんと違うて、武勇の御姫様が好みの連中が多ければ、その話はいずれ尼子十勇士の話に続く」

鬼卯は置かれた紙束をするりと撫でる。

「これまでわてが見てきたこと、感じたこと、出会った人……そういうもんを、若い者らに面白おかしゅう語りとうてなあ……」

するると出された茶を飲んでいた千吉が、怪訝そうな顔をした。

「何や先生、死ぬんですか」

「そうならんように気をつけんと」

「そうして下さい」

揶揄うように言ってから、二人は声を立てて笑い合った。

「そしたらわては、日が暮れんうちに失礼せんと」

千吉は恭しく紙束を捧げ持って、自らが背負って来た葛籠《つづら》に入れた。

「続きは、先生が大坂に遊びついでに持ってきて下さい。河内屋の主人も会いたがってますよって」

よいしょ、と葛籠を背負って立ち上がる。

「ああ、そうさせてもらうわ。気いつけてな。余り、寄り道せんと」

「へえ、おおきに」

千吉は明るい調子で返事をして、足取りも軽く掛川の方へと歩き始め、鬼卯はそれを見送った。

夜、灯りの下の文机についた。明り取りの窓からは、月の光が注いでくる。

鬼卯は白い紙の上に、筆を走らせる。

『勇婦全傳繪本更科草紙《ゆうふぜんでんえほんさらしなそうし》』の物語は、勇ましい更科姫と、心優しい相木森之助《あいきもりのすけ》の二人から始まる。

鹿之助の父、森之助は、戦乱の中にありながらも、「人はおろか生あるものを害することをきらひ給ふ」。臆病ではなく、強い意志を持って闘うことを避けて、徳によって人を治めることを志す男にした。そこには鬼卯がこれまで出会った木端や蒹葭堂、江川など敬愛すべき人々の姿を投影していた。

そんな夫婦の元で育った鹿之助が、後編の主人公となっていく。

「さて、鹿之助はどないな若者やろう……」

史実においては、尼子氏は戦に敗れ、遂には亡びの道を辿ることになる。しかし、闘ってきた彼らの人生の全てが無駄であったとは、鬼卯は思わない。勝敗に拘わらず、物語の最後は大団円にしたいと思った。

「負けたとて、悔いのない生き方とは……」

それは何か。誰に阿《おもね》ることなく、自らの意志を貫いたのであれば、たとえ千辛万苦《せんしんばんく》があったとて、乗り越えられるはずだ。

今の世では、武士も百姓も己の住まう土地も、仕える主も選ぶことは許されない。

かつて狭山では、生まれついた地の主に忠義を尽くしたにも拘わらず、扇腹を切ることとなった村上庄太夫がいた。飢饉の折には、生まれた地の主君の才覚によって、生き死には分かれ、力ない民は街道で行き倒れていった。

一方、己はどうであったろう。

運にも縁にも恵まれて来たのではなかったか。木端という師匠に出会い、蒹葭堂に出会い、秋成や応挙をはじめとした優れた文人墨客たちに出会った。江川のような敬える主もあり、また、夜燕という伴侶を得た。若い弟子であった須美もいたし、その夫となった玄斎も、我が子のように思う。

多くの出会いが、いつも背を押してくれた。

「鹿之助も、いい出会いがあるといい」

尼子には十勇士がいるという話を、『常山紀談《じょうざんきだん》』で読んだことがある。現れる仲間たちとの出会いもまた、鹿之助にとって得難いものとなるだろう。

大谷古猪之助《おおたにこいのすけ》、早川鮎之助《はやかわあゆのすけ》、横道兵庫之助《よこみちひょうごのすけ》、寺本生死之助《てらもとせいしのすけ》、五月早苗之助《さつきさなえのすけ》、高橋渡之助《たかはしわたりのすけ》、秋宅庵之助《あきあげいおりのすけ》、藪中茨之助《やぶなかいばらのすけ》、荒波碇之助《あらなみいかりのすけ》……。

伝説に残る勇士たちの名を書き記しながら、思い巡らせる。彼らを通して、物語を手にした誰かが今の世の柵《しがらみ》を忘れられたらいい。

「生まれた地にも、親兄弟にも縛られず、自らが仕えたい者に仕え、志のままに生きる」

その自由を、与えたかった。

　では鹿之助の志は何だろう。何の為に命を賭して戦うのか。それは、「主」という目の前の者だけのためではないはずだ。

「某《それがし》は天下に横行して世を納め民のくるしみを救はん事を願外《ねがうほか》なし」

　その台詞を書いた時、筆を握る手に、自然と力が漲《みなぎ》った。

　何者でもない若者が、天下を語り、世の人を救いたいと願う。

　もしも、現の世でそんなことを言えば、傲慢だ、身の程知らずだ、分を弁えよと、謗られ、叱られることになるかもしれない。しかし、物語の中ではもっと自由になっていい。誰もが志を持ち、それを声高に口にして前に進んでいく。それが叶う世が来るとしたら、どんなにかいいだろう……。

　そんな思いが沸々と鬼卵の中に沸き起こる。

　そして、筆先から、見も知らぬ時代、架空の世界で駆けまわる武将たちの姿が生まれて跳ねていく。

「ああ、師匠……ようやっと卵が孵ったかもしれません」

　いつぞや木端が言っていた。

　筆からは、鬼も蛇も出る。その卵を握るように優しく握って生きていく。「鬼卵」の名のその意味が、ようやっとここで形になっていく。

　窓の外の月を見上げ、心地よい風を感じる。

　今は亡き懐かしい人々が、傍らにいてくれる気がしていた。

●きらん屋にて　三

日坂宿に、夕日が差していた。

文化十五年の春である。

鬼卯が語り終えると、困惑と戸惑いを満面に浮かべた少年、本間吾郎が、傍らの松平定信の顔色を窺うように忙しなく瞬いた。定信は、暫しの沈黙の後に眉を寄せて腕を組んだ。

「その方は、ご公儀に随分と不満があると見える」

小さな煙草屋風情が老中の政に異を唱えるとは、分を弁えよ……と、怒鳴りたい思いもあった。しかし、この男に怒鳴ったところで、ひょいと身を躱《かわ》されて、却ってこちらが恥をかくような気がして唇を引き結ぶ。

鬼卯は、定信の様子をじっと見つめてから、ふっと口の端に笑みを浮かべる。

「不満は誰にもございます。政は万人を救うものではございませぬ故」

「救わぬと申すか」

定信の声はやや気色ばむ。

「いいえ、より多くを救おうと、上つ方々が御尽力されておられるのは存じております。しかし、為す側と為される側では、見える景色は違います。御殿様が動かした指先が、末では鉈《なた》を揮《ふる》うほどの力にもなる。君子たる方には、重々ご承知おき願いたく……」

鬼卯はやや目を伏せるだけの礼をする。定信は、奥歯を嚙みしめる。

確かにそういうものかもしれない。

異学の禁も、卑俗な芸文の取り締まりも、良かれと思って触れを出した。しかし、学者や文人墨客らからの反発も大きかった。

白河の　清きに魚も　棲みかねて
もとの濁りの　田沼恋しき

そんな狂歌が巷間《こうかん》で詠まれていると知ったのは、老中を辞める少し前のこと。

清く正しい世を追い求めることが、何よりも民の為なのだと信じていた。しかし、それを求めて為したことが、民にとっては「棲みかねて」と言われるものになり果てていた。

「ここは、お引き願いたい」

松平信明から、老中を引くように示唆《しさ》された時には、驚きと共に虚しさと怒りに震えた。

「何故に」

問うても信明は言葉を濁した。しかし、共に改革に携わって来た本多《ほんだ》忠籌《ただかず》が言っていたことを人伝に耳にした。

「専横が過ぎる。あれでは最早、誰もついては行けぬ」

幕閣の中にさえ、反発する者がいたことを思い知らされた。

定信は改めて鬼卵に問う。

「その方は、老中であった松平定信という者をどう思う」

恐らくは、定信が望むような賛辞は来ないであろう。それでも、異なる道を歩いてきた遠慮のない老爺の言葉を、聞いてみてもいいと思った。

「わてが、御老中様について話すのですか。会うたこともございませんのに」

「構わぬ」

むしろ身近にいた人々は、定信の為すことに逆らうことも苦言することも少なかった。傍にいた半蔵や蒙斎は物を言うが、それにも多少の遠慮はあろう。

「物好きな御方や……」

鬼卯は大きく吐息して、ふと首を傾げる。

「その外の障子に、この鬼卯めの歌がございます」

鬼卯の指さす先を見て、定信は立ち上がり、煙草屋の障子に記された歌を見た。

世の中の　人と多葉粉《たばこ》の　よしあしは
煙となりて　後にこそ知れ

定信は声に出して読み上げて、反芻《はんすう》するように呟きながら、元の小上がりに腰を下ろす。鬼卯は、ふふふ、と声を潜めて笑う。

「煙草いうんは、芽が出て木になり、その葉を摘んで乾かして……育つ間は誰もその良し悪しなんぞは知りはせぬ。煙管に詰めてふかして煙になって、初めて美味いの不味《まず》いのと語るものでございましょう」

そう言ってから、新たに煙管に煙草を詰めて、ふうっと吹かす。煙はゆらゆらと天へと上る。そして鬼卵はふと首を傾げた。

「人も同じでございます。その道程がどうあろうとも、その良し悪しは死んで煙にならねば分かりますまい。生きているうちにあれこれ言うんは無粋というもの。わても、御殿様もそれは同じ。かの名高い御老中様かて同じでございます。まだ生きてはりますやろ、あの御方」

とぼけた調子で問いかける。吾郎と半蔵はあたふたとし、定信は一つ咳払いをした。すると半蔵がついと鬼卵に向き直る。

「無論、御達者でおられます。常人ではなかなかできぬ政を為された方と存じます」

不意に割って入った半蔵の言葉に、

「はあ、さいですか」

と、気のない調子で返事をし、煙を見上げる。

「さすれば御殿様に問いましょう。民草の日々は、割り切れぬものが多くございます。それでも生きる支えとなるものは、何と思われますか」

鬼卵に問われ、定信はふむ、と首を傾げた。

「割り切るように努めるほかにあるまい」

割り切れぬものをそのままにしておくと、苛立つばかりだ。理に適《かな》うように世を変えるしかない。

するとと鬼卵は、ほう、と驚いたように嘆息する。ついで、ははは、と声を立てて笑った。

「世の全てが、努めれば己の意のままになるなどとは……神仏ならぬ人の身で、それは流石に傲《ごう》慢《まん》が過ぎましょう」

「傲慢とな」

定信は眉を寄せ、流石に傍らの服部半蔵も気色《けしき》ばんだ。しかし鬼卵は飄々《ひょうひょう》とした様子を崩さない。定信はふん、と鼻息も荒く身を乗り出す。

「しかし、そなたの言うように、皆が鹿之助の如く自由に生きることなど叶うまい」

「御殿様、物語いうんは、心を遊ばすものでございますよ」

鬼卵は首を傾げ呆れたような口ぶりで続けた。

「世は意のままにならぬもの。それはこのやつがれも御殿様も同じでございます。さすればこそ、時に風月を愛で、詩文や物語を読んで思いを馳せて楽しみ、日々の憂さを晴らすのです。そして明日を生きる力にする」

トン、と、煙管の灰を落とす。そこへ何処からともなく花びらが舞い込んで来た。

「ああ……かの老中、松平定信公は、今はご隠居されて、雅号を楽翁《らくおう》とか、風月翁《ふうげつおう》とか申されるそうでございますな。ご存知ですか」

問われた当人は、ああ、と曖昧に頷く。鬼卵は静かに目を細めて、外を舞う花びらを見る。

「かの定信公も無粋な政から放たれ、風月を愛で、人生を楽しんでおられることでございましょう。故に風月とか、楽とかいう雅号をおつけになられたのではありますまいか」

鬼卵は柔らかく微笑んだ。しかし定信にはその笑みが、何やら含みを持っているように感じられ、ついと目線を逸らした。

「かく言うその方も、かように見も知らぬ老中を評すとは、傲慢ではあるまいか」

「そら、御殿様が聞かはるから話しましたのや。こんな煙草屋の戯言《ざれごと》を傲慢やから言うて、お縄でも頂戴しますんかいな。怖い御方や」

大仰に怯えて見せる。そして吾郎に目をやった。

「これでわても終《しま》いらしい。後は頼んだ」

吾郎は、困惑を満面に浮かべて定信の顔を見上げる。定信は苦笑した。

「かようなことで捕えたりはせぬ。そこもとはすっかり、この若者を手なずけておるのだな」

「そうそう人は人に手懐けられたりしません。わての書いたものが、偶々このお人の心に届いた。それはほんまに幸甚《こうじん》です。若い人を見守り育てるんは、楽しい。年寄りの後世の功徳《くどく》でございましょう」

吾郎を優しい眼差しで見る。視線の先の吾郎は、恐縮した様子で鬼卵に微笑み返してから、定信の機嫌が気になり、肩を竦める。

「上様、そろそろ……」

半蔵は、日が傾く前に城に戻ろうと思っているらしく、定信を急《せ》かす。定信は半蔵に向かって一つ大きく頷くと、ゆっくりと立ち上がった。

「栗杖亭鬼卵とやら。実に面白い昔語りであった」

「おや、お帰りでございますか。それはまた、徒然《つれづれ》に御耳汚しを」

鬼卵は、見送りに際しては威儀を正した美しい礼をする。

定信は半蔵に促されて立ち上がる。吾郎は定信の後に続きかけ、鬼卵にひょこっと一つ頭を下げて定信の後についいて行った。

定信は駕籠に乗る前に、小さな煙草屋を振り返った。中にいる白髪の老爺と、まさかこれほど長々と話をしようとは思っていなかった。

駕籠に揺られながら、扉窓の簾《すだれ》を開けると、傍らを歩く吾郎の姿があった。

「栗杖亭鬼卵、なかなか曲者《くせもの》じゃな」

吾郎は恐縮したように頭を下げる。

「随分と、上様に対し奉り、無礼な男でありました。私があの者のことをお話ししたばかりに申し訳ございません……」

定信を慮《おもんぱか》りつつ、語尾が消えるように言う。

「いや、その方のせいではない。それに……まあ、確かに無礼ではあるが面白くもある」

言いたいことを言われ、苛立ちはしたが、不思議と不快ではない。己も知らない己の姿を垣間見たようで、今少し、あの老爺の話を聞いてみたいとさえ思った。しかし、吾郎にしてみれば、己の好きな戯作者が、定信の機嫌を損ねたと思い、恐縮しているのであろう。

「そなたが更科草紙を面白いと思うのは、大いに結構。楽しめばよいのだ」

すると吾郎はパッと顔を上げ、心底安堵したように、忝《かたじけの》うございます、と言った。

なるほど、上の者が「無礼」「不快」と口にすることが、思いがけず目下の者たちの楽しみを奪うことにも繋がるのだと、思い知る気がした。

「確かに、無粋か」

自嘲するように笑いながら独《ひと》り言《ご》ちた。

終章　きらん風月

●掛川の城

「某は天下に横行して世を納め民のくるしみを救はん事を願外なし」

掛川城竹の丸。不意の定信の大仰な台詞に、傍らにいた半蔵は驚いて眉を寄せた。

「何事でございますか」

「何、ここに書いてある」

灯りの下、定信の手元には『更科草紙』がある。

「山中鹿之助がかように申すのだ」

この物語の中で描かれる山中鹿之助は、主君の為にわが身をなげうつ覚悟をもった忠臣ではない。鹿之助は何れに仕官するより前に、天下の為に何を為すべきかを考えている。

「鹿之助は、尼子の主君の為に戦うのではない。己の志を叶えるべく戦うのだ」

そのため、時には主たる尼子義久《よしひさ》の意に添わず、勝手に討って出る。仲間である十勇士たちとも、尼子の元に忠義故に集うのではない。出会い、人として分かり合うことで繋がっていく。

「そして最後は、大団円だ」

真の尼子は滅んだが、この物語では十勇士と共に国に戻る。挿絵には、日の光射す海を行く船が描かれ、「千秋万歳」と記される。

「その方は更科草紙を読んだか」

「はい、吾郎から借り受けました。鬼卵めを訪ねる前に、如何なる男か知っておかねばと思いまして」

「して、どう思った」

「剣呑な物語でもなく、上様を危うくすることはなさそうだと思いましたが……無礼者でございましたな」

定信は、まことに、と頷きながら、ゆっくりと本を閉じた。

「時に半蔵。あの男はまさか、我が領内のことを知っているわけではあるまいな」

「と、おっしゃいますと」

「いや……あの者の申す事が、どこか蒙斎の言い分に似ているように思えたのだ」

この旅の間にも、御家の儒学者である広瀬蒙斎からは幾度となく文が届いた。それは、定信に「政から引く」ことを促す言葉であった。

定信は、深く吐息する。

「定永様の件でございますか」

半蔵が問いかける。定信は渋い顔をして、うむ、と頷いた。

この旅に出る前、定信は我が子、定永の政への介入を、広瀬から厳しく諫められていた。

定信にしてみれば、我が子、定永の政は心もとない。

「我が子として、然るべく善政を布き、藩を平らかに治め、天下に力量を示さねばならない」

定信は、幼い頃から定永にそう言い聞かせて来た。そして、定信のように幕閣として重役に名を連ねることこそが、悲願であったのだ。その為、定信は定永出世の為に陰ながら尽力していた。定永が、家督を継いで間もない二十四歳の時、異例の若さで出世をした。老中と共に政の大事に携わる「溜詰《たまりづめ》」となったのだ。

「裏で金が動いた」

当時、そう囁《ささや》かれていたし、事実、定信は金も力も使った。しかし、定信にしてみれば、それは何も悪いと思っていない。

「優れた者は、早くに幕政に携わることこそが天下の為」

そう言って憚らなかった。

しかし、定永はそう思っていなかったらしい。

「居《い》た堪《たま》れない」

蒙斎にそうこぼしていたということを、此度、初めて聞いた。

「ならば、直にそう申せば良いものを」

定信が蒙斎に言うと、蒙斎は渋い顔をした。

「もしもそのことをご存知でしたら、上様は定永様の推挙をおやめ遊ばしましたか」

「やめる理由はない。何故、そのように思うのかを聞いて、定永を説き伏せることはできる」

「さようでございましょうなあ。故に、何もおっしゃらなかったのです」

蒙斎は含みを持たせて言う。

子の顔色を窺えというのか、と、苛立つ。

「そもそも、定永は弱腰が過ぎる」

それが、定信には常に気がかりであった。

定信には二人の息子があった。正室と側室が同じ年、十一日違いで息子を産んだ。先に生まれたのは側室の子であったが、正室の産んだ子、定永を嫡子とした。

嫡子、定永は母に似て手足が長く顔の小さい華奢な体軀で、性格もおっとりしていた。一方、側室の子、幸善《ゆきただ》は父である定信に似て、顔かたちもがっちりとして、正に才気煥発。家中では誰からともなく、「幸善様こそが後継として望ましい」という声も聞こえていた。

「御家騒動の元になりかねん。嫡子は定永である」

定信は毅然とした態度を崩すことなく、幸善を松代藩主真田《さなだ》家の養嗣子とした。そして二十二歳になった定永に早々に家督を譲ることにした。

「私に務まりましょうか……」

頼りなげにつぶやく我が子定永に、定信は安堵させるように言った。

「案ずるな。余がおる」

だからこそ、是が非でも「溜詰」の役目に就けねばならなかったのだ。

当主となって六年が経った今も、定信の目から見る定永は、相変わらず頼りなく見える。

「何でも、余に尋ねれば良い」

常日頃、そう言い聞かせ、いつでも支えているつもりでいた。

しかし、蒙斎はそのことこそが、「定永様の御威光を霞ませる」と言う。

「何故、定永様のお優しい人となりをそのままに、認めて差し上げぬのですか」

そしてそれは、蒙斎のみならず定永に仕える大目付や横目《よこめ》たちも同じ意見であったらしく、定信への反発は家中で静かに広がった。

昨年、遂に家臣たちは「御政事向基本《ごせいじむききほん》」を改めるよう評議をし、定信に政の一切から手を引くよう決定をした。それを聞いた時、定信は己の身の内を炎が駆け巡るかのような怒りを覚えた。怒りのままに定永を呼び、激しい口調で言った。

「君臣の義を心得ぬとは怪しからん。臣の分際で逆らう者には毅然とせねば御家は纏まらぬ。此度の評議に関わった者、八名を処罰せねばならぬ。さもなくば家中に威信を示せぬ」

細身の定永は、いつもであれば定信の声に、はい、とか細い声で即答する。しかしその時は違った。ゆっくりと顔を上げ、真っ直ぐに父を見据えた。

「父上の御意向は尊ぶべきものと心得てございます。されど此度の評議は、私の意向でもございます。何卒、お聞き入れ下さいますよう」

背筋を、冷たい氷が伝うような心地がした。次の言葉が見つからず、絶句していた。定永は父の顔を見据えてから、深々と頭を下げた。

「大目付、横目共々に、当家に仕える忠臣でございますれば、どうかご厚情を」

そこで初めて凍り付くほどの衝撃と、慚愧《ざんき》を覚えた。

蒙斎の言葉が蘇る。

「上様が出過ぎているからでございます」

それでも定永は頼りにしてくれていると思っていたが当の定永から、最後の一刺しを食らった。目の前にいるのは、幼く頼りない子ではない。父に対してさえも冷たい眼差しを向けてくる当主であった。

「余が間違っているというのか」

物心ついた時から、権現様たる徳川家康に憧れてきた。己もいずれは天下を見守る権現様の如くなりたいと願い、尽力してきたのだ。だが今、御家が荒れている。

その理由は或いは、己なのか……。

静かに思案するためにも、改めて自らの目指してきたものを確かめるべく、此度のお忍び旅に出た。久能山東照宮を詣で、岡崎の地へと赴いた。改めて家康公の御霊に触れ、己の道を歩む糧とするつもりであったのだ。

しかしその帰途、気まぐれに立ち寄った身分も定かならぬ煙草屋の主に、「無粋だ」「傲慢だ」と、日ごろは言われぬ悪態をつかれた。腹が立つこともあったが、あの男の話には幾ばくか胸に刺さるものもあった。

狭山の御家騒動について。かつて己が感じていた怒りの在処《ありか》。絶対に正しいと信じていた朱子学を、公然と批判する学者たちのこと。卑俗なものと思っていた芸文に命を懸けてきた者。

「政では救いきれぬ者か……」

それは、定信の与り知らぬ者たちである。だが、半蔵が天明の折に見た国境で倒れていた者たちは、確かに定信の政が取りこぼした者なのだろう。また、一揆を鎮圧するために、国元では民百姓が刀で斬られた例もある。

仁政を志して来たことは間違いない。しかし……

「全てが為しえたわけではない」

定信は独り言《ご》つ。

「はい」

傍らの半蔵が、はっきりとした声音で頷いた。定信は半蔵を見やり、自嘲するように笑う。

「遠慮なく言いよる」

定信は苦笑する。しかし正にその通りである。幕政に構い、藩を留守にしている間、藩政の大半をこの半蔵に任せて来た。そして藩に戻る時には、藩における失策の全ての責任を半蔵に押し付けて、隠居を命じたことさえある。そしてまた呼び戻して家老に据えたのも定信であった。

「上様はただ、お命じになればよろしいのです。わがままには慣れております」

半蔵は軽い口ぶりで言うが、思えば翻弄したものであった。

「至らぬ主であるな」

定信が呟くと、半蔵は改めて定信に膝を向けた。

「某は臣として、上様の御為に忠義を尽くす覚悟でおります。故にこそ、これまでにも苦言をすることもあり、さぞやご不興を買ったことがあろうと存じます。されど、真の忠義であることに、微塵も疑い召されませぬよう」

半蔵の言葉には揺らぎがない。定信は、半蔵の真摯《しんし》な言葉に頷きつつ、ふと吐息した。

「半蔵、そこの縁を開けてくれぬか」

半蔵はゆっくりと立ち上がり、縁を開いた。定信は端近《はしぢか》に出ると、中空に浮かぶ月を見上げる。春先の夜気《やき》はまだ冷たさを残しているが、微かに花の香りがしている。

「風月を愛で、人生を楽しむ……とな」

鬼卵の言葉を思い出す。

政の一線にいた時、息をつく暇もなかった。いずれ家督を譲った時には、風月を愛で、人生を楽しもうと心に決めた。故にこそ、自らの号を「風月翁」「楽翁」としたのだ。

しかし、長年の習いというものは、そうそう簡単に解けるものではない。ふとした時には政が気になる。気になるから問う。すると家臣らが、「畏れながら」と、聞かれたことに答える。それに対して意見を言い、結果として政ばかりが気になってしまう。

「無粋な力を手放し、年若い者たちを見守る……あの鬼卵めが、知ったようなことを申しておったな。力の一つも持ったことがなかろうに」

ふん、と鼻で笑うように言うと、半蔵は、はい、と応える。だが、その罵りをあの老爺に浴びせたところで、

「端《はな》からさようなものは要らなかったので」

と、飄々《ひょうひょう》と答えそうな気がする。それが何とも腹立たしい。

思えば、競い、駆け、力を欲してきた。それが過ちだとは思わない。だが、それがしたかったわけでもなかったはずだ。

定信自身、失政をしたとは思っていない。だが、老中としての務めの最後は、周囲の者がついて来なくなっていたのもまた事実だ。

そしてそれは、幕閣や家臣らのみならず、文人墨客らもそうであったのだろう。定信の治世を

揶揄する狂歌の類を何首も目にしていた。

「白河の清きに魚も棲みかねて……か」

滑稽と諧謔を込めた歌を、定信は愚かな戯言と思って来た。しかし鬼卵のように、真に棲みかねていた者たちの声なき声が、この一首には詠まれていたのだろう。

定信は、縁に腰を掛ける。半蔵はすぐに羽織を定信の肩に着せかけた。

「まだ、肌寒うございます」

うむ、と頷くと、半蔵にも傍らに座るように示す。半蔵はやや後ろに控えるように座した。

「もそっとこちらへ」

定信に促され、半蔵は戸惑いながら横に並んで座ると、居心地が悪そうに居住まいを正す。

「鬼卵なる者は、真に無礼な男であったが、そなたや蒙斎と、よう似たことを申しておった」

半蔵は、畏れ入ります、と小さな声で言う。

「君臣の立場があるからこそ、聞き流していたこともある。それは、そなたがいつも数歩後ろに控えておるからかもしれん。こうして隣に並べば、分かることもあろう」

そして、ふふふ、と小さく笑う。

「あの煙草屋の軒先は身分の上下を感じさせぬ。あの者の申す、自由な設《しつら》えであるな」

「真に、いつ上様がお怒りになるかと、肝を冷やしておりましたが……なるほど、申していることは某と似ておりましたか」

「故に、そなたが仕組んだ出会いかと思った」

定信は探るように半蔵を見やったが、半蔵は首を傾げた。

「言い出したのは、吾郎でございましょう。あれは己の好いた戯作者を、尊敬する上様に引き合わせたかったのです」

「そうか……そうであったな」

あの『更科草紙』は、吾郎のような年若い者の心に響いている。主への忠義ではなく、己の志を胸に生きる。もし世の皆が同じように考えて動く日が来たら、或いはこの天下は揺らぐかもしれない。だからこそ主や親を敬う忠義や孝行は、世を平らかにする賢さだと信じてきた。

一方で、誰もが皆、唯々諾々と主や親に従っていれば、世は滞《とどこお》ってもいくだろう。

我が子である定永もまた、己の思いや志があると、信じなければならないのかもしれない。必ずしも、老中を目指すことが是とは限らない。

「……余は定永とも、こうして隣に並んで語らわねばならぬな。親と子であるが故に、後ろに控える定永が見ているものが、余には見えておらぬのやもしれぬ」

定信は、ついと部屋の中の文机を振り返る。

「蒙斎の文をこれへ」

半蔵が文机から持って来た文を広げ、定信は深く吐息する。

「大目付らの処罰について、改めて定永とも話し合って吟味しよう。厳しく断ずることのみが、正しいとは限らぬな」

半蔵は、深々と頭を下げた。

「御英断、痛み入ります」

そして定信は空を見上げた。星々が輝いており、明日の天気も良さそうだ。

「そろそろ、出立できるか」

「はい、大井川の水も引きました。明後日には江戸に向けて、出立する手はずでございます」

定信は、うむ、と頷いた。

●煙となりて

どこからともなく鶯の声がする。春先に比べて歌が上手くなったものだと、定信は駕籠の中で目を閉じて一人、微笑む。

定信のお忍び旅の一行は、掛川城を出立した。お忍びとは言うものの、それ相応の威容を保ち、駕籠には葵の御紋もある。誰とは分からぬが、やんごとなき御一行であろうことは遠目にも知れ、道行く者たちはその場に膝をついて頭を垂れた。

駕籠はゆっくりと日坂宿へと向かって行く。陣屋の数軒先まで進んだところで、

「止めよ」

定信が声を上げた。一行は止まり、駕籠が下ろされた。定信は駕籠の外へと出た。

先日とは異なり、錦の羽織に葵の御紋がついている。街道で頭を下げる者たちが固唾を呑んで見守る中、定信はゆっくりとした足取りで、小さな煙草屋「きらん屋」へ向かった。半蔵が先んじて店先に駆け寄る。

「頼もう」

その声に、奥から白髪の鬼卯が顔を覗かせた。鬼卯は半蔵と定信の姿を見ても、さほど驚く様

子も見せず、先日と同じように頭を下げる。

「御煙草を御仕度いたしましょうか」

その様子を見て、定信は口の端を上げて笑う。

「その方、先日から余が何者であるか存じていたのであろう」

するとと鬼卵は、はて、と首を傾げる。

「私にとっては、何処の何方であれ御客様は畏れ多いことでございます。せやけど、下げる頭は一つしかございませぬ故、ご勘弁を」

相変わらず人を食ったような返事をし、深々と頭を下げるのだが、畏れ入った様子もない。定信は、ふん、と鼻を鳴らした。

「まあ良い。煙草を土産にもらおう。父子で嗜むのも悪くない」

「それはよろしゅうございますなあ」

鬼卵は奥から煙草の包みを持って来て、恭しくそれを差し出した。半蔵が代わって受け取ると、銭を置いた。

「その方は、余の家中のことを存じおるか」

どうせまた、はぐらかされると思いながらも問いかける。鬼卵は眉を寄せる。

「この老爺が、御庭番か何かとお思いですかな。生憎と何も存じません。ただ、よくある世間話を幾ばくか致しましたが、何ぞお気に障りましたかな」

「よくある世間話……か」

確かに、父子の間の軋轢《あつれき》なんぞ、大藩の話ではなく、町中の商家や民草の間でも、幾らもあるありふれた話なのかもしれない。

「余は、巷によくいる頑固爺ということか」

「畏れながら」

鬼卵は間髪入れずに言う。すると傍らの半蔵が、ふっと噴きだしてから、

「これは御無礼を」

と、取り繕った。定信は一つ咳払いし、そして改めて小さな煙草屋を眺める。こんな小さな店の老爺の言葉に、天下人であった己が耳を傾けるとは、つい数日前までは思いもしなかった。

それもまた面白い。

その時ふと、看板の横にあるあの狂歌が目に留まった。

「世の中の、人と多葉粉のよしあしは、煙となりて後にこそ知れ……とな」

全くもって、狂歌というのは皮肉なものだ。

ここまで必死で歩き名君と呼ばれたことを誇りに思ってきた。しかしそれを善か否かは分からないと、この狂歌は言う。

「それなりに、善行を積んだと思うがな」

「そうでしょうとも。せやけどそれを自ら言うんは無粋でございます。わてなんぞ、生きているうちに、己の為したことを善行と言うやなんて、とてもとても恥ずかしいてでけしません」

「余が、無粋で恥ずかしいと申すのか」

「いえいえ、滅相もない」

大仰に慌てて恐縮する様は、わざとらしくてどこか滑稽だ。定信が、呆れたように苦笑をする

と、鬼卵は莞爾《かんじ》と微笑んだ。

「まあ、煙とならず血肉の通ううちは、御殿様とてわてと同じく道半ば……と、歌った次第。場末の煙草屋の戯れ言にてご勘弁を」

定信は、ははは、と声を立てて笑った。

「さすれば煙となった後には、その方よりも高く昇る故、見上げているが良い」

「煙となったら風まかせ。考えてもしゃあないことでございましょうに。風も操るおつもりですか。なんとまあ……傲慢な……っと」

鬼卵はわざとらしく両手を口元に当てて、言葉を呑み込んでみせる。小憎らしい態度だが憎めないのは、この男が媚びもせず、卑屈でもないからなのだろう。

何とかして、この鬼卵めに一矢報いたい。

定信は思案を巡らせてから、ぽんと手を打った。

「そうじゃ。余はこの狂歌に大いに楽しませてもらった。先日の煙草も旨かった。故にそなたに褒美を取らせよう。何なりと望みを申すが良い」

定信はやや声を張り、街道筋に控えている者たちにも聞こえるように言った。

反骨を気取る戯作者が定信から褒美を貰った。そう広まれば、散々に言われた定信も、少しは溜飲《りゅういん》が下がるというものである。

「とりたてて、欲しいものもございませんが……」

鬼卵は、首を傾げていたのだが、ふと企みを込めた目でにやりと笑った。

「この先の小夜の中山は、西行法師ゆかりの地。故にその古《いにしえ》に倣い、銀の猫を賜りたく存じます」

「銀の猫……」

その昔、鎌倉を訪れた西行は、将軍、源頼朝《みなもとのよりとも》の屋敷に招かれた。そして褒美として銀細工の猫を授かったという。しかし西行は、屋敷の外へ出てすぐに、門前で遊ぶ子らに、「これをやろう」と、銀の猫を惜しげもなくあげてしまった。

力ある者に阿《おもね》らぬ西行を表す逸話でもある。

真に銀の猫を授ければ、物知らぬ者と笑われる。怒れば、無粋者と鬼卵が嘲笑う。

定信は、かかか、と声を立てて笑った。

「何とまあ……食えぬ男よ」

「畏れ入ります。されど、同じ空の下、御殿様のような御方と、このやつがれの如き者が共にいるのもまた、面白きことかと」

「同じ空の下か」

若い時分は己の意に添わぬ者がいることに苛立ちもし、何故、分からぬのかと思うこともあった。だが今は、こうして異なる思いを抱く者がいることが面白い。

「そうさな。共に風月を愛で、人生を楽しむとしよう。煙となって後に会おうぞ」

定信はきらん屋に背を向ける。鬼卵は草履《ぞうり》を履《は》いて店先に出た。定信は駕籠に乗る前に鬼卵を一瞥《いちべつ》し、鬼卵もまた定信に静かに頭を下げた。

「出立」

ゆらりと駕籠が持ち上がり、一行はゆっくりと日坂の宿を去っていく。鬼卵はそれを見送ると、元のように小さな煙草屋へと戻って行った。

文化十五年の春の終わり。花びらの舞う日坂宿の街道で、戯作者栗杖亭鬼卵と風月翁松平定信は、ひとときの邂逅《かいこう》の後、静かにすれ違って行った。

参考文献

書籍

読本論考　田中則雄　汲古書院
人物叢書松平定信　高澤憲治　吉川弘文館
木村蒹葭堂のサロン　中村真一郎　新潮社
水の中央に在り 木村蒹葭堂研究　水田紀久　岩波書店
江戸の出版統制　佐藤至子　吉川弘文館
江戸の本屋さん　今田洋三　平凡社ライブラリー
天明の浅間山大噴火　大石慎三郎　講談社学術文庫
海保青陵 江戸の自由を生きた儒者　徳盛誠　朝日新聞出版
立川文庫山中鹿之助　人物往来社
近世の摂河泉　井上薫　創元社
東海道と人物　杉山元衛　山本正　静岡新聞社
静岡県史 通史編4近世2
三河吉田藩　久住祐一郎　現代書館
夏が来なかった時代　桜井邦朋　吉川弘文館
第255回平成十九年十月歌舞伎公演　国立劇場筋書
通俗教育研究会　逸話文庫詞人の巻　大倉書店

論文ほか

藤沢毅「栗杖亭鬼卵序論」上智大学国文学論集　2002年1月12日35号

岸得蔵「栗杖亭鬼卵の生涯」　静岡女子短大紀要第八号1962年3月

田中則雄「読本における尼子史伝」山陰研究（第五号）二〇一二年十二月

福慈庵菜　福地賢吉

東海道人物志

初出　産経新聞二〇二三年一月八日～七月二十日

永井紗耶子（ながい・さやこ）

1977年、神奈川県出身。慶應大学文学部卒業。新聞記者を経て、フリーライターとして雑誌などで活躍。2010年、『絡繰《からく》り心中』で第11回小学館文庫小説賞を受賞し、デビュー。『商う狼　江戸商人 杉本茂十郎』で'20年に第３回細谷正充賞および第10回本屋が選ぶ時代小説大賞を、翌'21年に第40回新田次郎文学賞を受賞する。'22年、『女人入眼《にょにんじゅげん》』が第167回直木賞候補に。そして'23年『木挽町《こびきちょう》のあだ討ち』で第36回山本周五郎賞と第169回直木賞のダブル受賞を果たした。また同年、『大奥づとめ』で啓文堂書店 時代小説文庫大賞を受賞した。

きらん風月《ふうげつ》

第一刷発行　二〇二四年一月二十二日

著　者　永井《ながい》紗耶子《さやこ》

発行者　森田浩章

発行所　株式会社　講談社

〒112-8001東京都文京区音羽二―一二―二一

電話　出版　〇三―五三九五―三五〇五

販売　〇三―五三九五―五八一七

業務　〇三―五三九五―三六一五

本文データ制作　講談社デジタル製作

印刷所　株式会社ＫＰＳプロダクツ

製本所　株式会社若林製本工場

定価はカバーに表示してあります。

落丁本・乱丁本は購入書店名を明記のうえ、小社業務宛にお送りください。送料小社負担にてお取り替えいたします。なお、この本についてのお問い合わせは、文芸第二出版部宛にお願いいたします。本書のコピー、スキャン、デジタル化等の無断複製は著作権法上での例外を除き禁じられています。本書を代行業者等の第三者に依頼してスキャンやデジタル化することはたとえ個人や家庭内の利用でも著作権法違反です。

©Sayako Nagai 2024

Printed in Japan　ISBN978-4-06-533819-3

N.D.C. 913　318p　20cm

KODANSHA